正定歌谣

宋荣琴 编

知识产权出版社

全国百佳图书出版单位

—北京—

图书在版编目（CIP）数据

正定歌谣 / 宋荣琴编 . — 北京：知识产权出版社，2020.5
ISBN 978-7-5130-6882-6

Ⅰ. ①正… Ⅱ. ①宋… Ⅲ. ①民间歌谣—作品集—正定县 Ⅳ. ① I276.222.4

中国版本图书馆 CIP 数据核字（2020）第 062000 号

内容提要

正定是歌谣之乡，先辈们都是唱着歌谣长大的。这些歌谣没有文字记载，只是通过口耳相传代代留存下来。民间歌谣是民族文化的重要组成部分，是老祖宗留给我们宝贵的精神财富。这些歌谣在体现其自身魅力的同时，也为研究民间音乐艺术、诗歌艺术、语言艺术等提供了客观的参考价值，具有重要的研究价值和历史价值。本书将具有民间传统文化特色的正定歌谣汇编成册，展示了过去当地人们在生活中的喜怒哀乐。

责任编辑：刘晓庆　　　　　　　　　　　　责任印制：孙婷婷

正定歌谣
ZHENGDING GEYAO
宋荣琴　编

出版发行：知识产权出版社 有限责任公司	网　　址：http://www.ipph.cn
电　　话：010–82004826	http://www.laichushu.com
社　　址：北京市海淀区气象路 50 号院	邮　　编：100081
责编电话：010–82000860 转 8363	责编邮箱：laichushu@cnipr.com
发行电话：010–82000860 转 8101	发行传真：010–82000893
印　　刷：北京建宏印刷有限公司	经　　销：各大网上书店、新华书店及相关专业书店
开　　本：787mm×1092mm　1/16	印　　张：18.25
版　　次：2020 年 5 月第 1 版	印　　次：2020 年 5 月第 1 次印刷
字　　数：400 千字	定　　价：78.00 元

ISBN 978–7–5130–6882–6

序

　　正定，位于河北省西南部，是一座千年古城，是全国著名的历史文化名城，有众多文物古迹和历史文化名人，也有丰富多彩的民俗文化。中幡、竹马、八大碗等已经被列入各级非物质文化遗产名录中。这里还有大量的口头文学。宋荣琴搜集和整理的这部《正定歌谣》，是当今正定一带民歌、民谣的集大成。看到这本书，就想起在 2014 年河北省民俗文化协会成立十周年纪念暨表彰活动中，宋荣琴被评为"河北省民间文艺搜集整理三杰"之一。另外两人是藁城长期搜集和整理耿村民间故事的樊更喜和对蔚县剪纸艺术搜集、整理和出版的田永翔。

　　宋荣琴具有民族文化的自信和自觉，有对民间优秀传统歌谣的热爱和抢救保护意识。她只要听说谁会唱民歌、念民谣，就会主动登门拜访。她跑遍了正定城和其下属的各个乡镇，收集了五六百位中老年人的 3000 多首歌谣。她曾经为"白跑腿"而叹息过，也曾为有新发现而快慰着。她是 20 世纪 80 年代民间文学集成高潮后冒出来的一位歌谣艺术志愿者；她是一切自愿、一切自费、一切自己动手而无怨无悔的文化奉献者；她更是许多古老歌谣和现当代歌谣精品的拯救者。

　　虽然从 21 世纪初以来全国开展了非物质文化遗产保护工程，但保护到的也只是其中的一小部分。许多散落于民间的、自生自灭的、没有谱系的好东西并没有被列入其中。宋荣琴正是一位接地气的艺海拾贝人，她把零散的传世玑珠拣拾起来，是一位慧眼识珠的惜古惠今者。我们必须看到和肯定宋荣琴长期默默的贡献，必须发扬她查漏补缺孜孜不倦的精神。因为不被文人墨客关注的民间文艺仍然存在，而且还在随着时代不断产生新东西。宋荣琴的这种精神是正定历史文化哺育出来的，也是正定人文精神的一部分。

　　这部《正定歌谣》是一种重要的口头文学积累，其包容量很大。例如，在《正定农谣》中，一年到头怎样耕种收获，用传统十二月歌的形式唱出了整个流程，这便是传统农民生产劳动的时间表，富有农事知识性和遵循节气的科学性；《小二姐》

《黑丫头》《小纺车》等反映过去妇女的生活苦难，也多有揭露和批判。劝赌、劝懒、劝愚，劝善、劝孝、劝学等歌谣大都精短而幽默；情歌、仪式歌、儿歌童谣中有不少是我初次见到的；《正定府》《正定四门》《斜角头》等有关地方风情的文史性、地理性歌谣更为独特。关于正定宋姑娘在云盘山坐化传说的说唱宝卷也属珍品，但与井陉当地的唱法不同，是娘家后代人的视角；一批革命歌谣、红色歌谣更是具有民族精神的正气歌；民国时正定七中八师的校歌虽然现在看有些生硬，但也很值得珍惜。它们不是一般意义上的民歌，而是学府中的师生歌曲，有劝学立志、爱国向上的积极意义。书中还有关于店规的行业性的歌诀，具有经营服务、讲究诚信的内涵，也与今天市场经济时代相吻合。书中的大小作品，都充满着浓烈的正定文化气息，尤其是正定村夫野老们用方言土语形成的生活韵味十足。

总之，有志者事竟成。宋荣琴为歌手们当了秘书，也当了正定民俗文化的抢救者、传承人。宋荣琴主编的这部《正定歌谣》的出版，是正定、石家庄和全省民俗文化界的一件新事和喜事。我在拜读中似乎听到了历史的回声，看到了民间的喜怒哀乐，看到了这部书的文化艺术价值。让我们向她学习，为她祝贺！

袁学骏

2019 年 7 月

（袁学骏是中国作家协会会员、中国文艺评论家协会会员、中国民俗学会常务理事、中国散文学会理事、河北省民俗文化协会会长、河北省文化交流协会常务副会长、河北省散文学会副会长、一级作家。）

前　言

　　在众多老师与文友的帮助下,《正定歌谣》集终于付梓了。这对我而言,是一个文学爱好者文化自觉价值的体现;对口头文学来说,是一个民族坚定文化自信的繁荣和延续。

　　正定是国家级历史文化名城,我们的祖先不仅为我们留下了星罗棋布的名胜古迹,而且还留下了丰富多彩的口头文学,如歌谣、童谣、故事、小调、谚语、谜语等。它是来自社会最底层的心声,是劳苦大众群体智慧的结晶,也是我们亟待保护和传承的非物质文化遗产。这些作品没有文字记载,只是通过口耳相传的方式代代流传下来,它不仅带给人们快乐,而且对地域文化、风土民情也产生了积极的推动作用,在传美向善的同时,也给予了丑恶愚昧以无情的鞭挞与讽刺。然而,随着时代的发展,这些植根于乡间沃野中最质朴的声音,不但没有得到传承,反而被视作过时文化,丢进了历史的垃圾箱,致使古老的歌谣面临绝失的境地。惋惜之余,我踏上了漫漫寻歌路,而且这条路走了将近20年,为此付出了我多年的积蓄,甚至几乎告别了电视,更别说串门、逛市、掷骰子了。

　　搜集歌谣是一个耗时耗力的活,寻歌路上的艰辛,只有身在其中才能真切感受到它的不易。为了把搜集到的歌谣整理成电子文本,熬夜敲键盘便成了常态。由于打字慢以及方言口语的复杂性,整理一首歌谣往往需要很长时间,为此累得腰酸背痛,还落下严重的颈椎病,视力也因此大幅下降。多年来,我的大部分时间与精力都投入民间文化拾遗中,足迹遍布一百多个村庄,田间地头、街头巷尾、农家院舍,我用心聆听着一首首穿越时空的声音,用疲惫的双脚丈量着这条孤独的旅程。

　　古老的歌谣形式多样,简短易记,或犀利泼辣,或生动幽默,吟咏起来朗朗上口。由于流传于民间,很多也不知道作者是谁,所以它直言不讳。为此,人们把它喻为"活化石"。如今,中华民族优秀传统文化迎来了前所未有的新机遇,这也

使民间歌谣的挖掘整理工作更具现实意义和时代价值。鉴于此，我们有必要重返历史长河，看看老辈人是如何利用歌谣来表达情感、愉悦身心的，进而探寻古人精神世界的朴拙之美及时代变迁。

为了让这濒临湮灭的作品留存于世，供人们欣赏研究，我将这些歌谣整理成册，让更多的人从歌谣中了解博大精深的中华文化，了解正定。为方便起见，我将入卷的歌谣分为生活歌、情歌、时政歌、宝卷歌、儿歌、正定风情歌、游戏歌、谜语及其他八个类别。凡属于鞭挞丑恶愚昧、歌颂真善美、风俗节令及写景状物的歌谣，归生活类；凡属于男女初识、婚恋、思念、离别、苦情等表现爱情生活的歌谣，归情歌类；凡属于时事政治、阶级斗争、武装斗争的歌谣，归时政歌类；凡催眠歌、物象歌、绕口令等都归儿歌类；凡描述正定乡俗民风的都纳入正定风情歌类；正定游戏歌及其他各成一类。

《正定歌谣》是按普通话整理的，为了合辙押韵，有的字和词需要用方言来表述。由于被访者大都年龄较大又不识字，不会说普通话，个别处咬字模糊不清，所以我尽可能地选择了最接近本意的字和词。因此，本书多处采用了注释的方式对方言和疑似有误处做了解释。另外，书中的歌谣大都再现了过去年代中的场景，如《小女婿》《受屈的媳妇》等，这就需要读者跳出当今的时代背景，重回过去来领略其中的韵味。由于不懂音乐，自己即便会唱也难以写出曲子，故本卷以歌词为主，那些以歌唱形式流传的作品，大部分都留有录音资料，待谱曲后再做修订。

《正定歌谣》集的问世，我要感谢的人实在太多了：感谢正定文化馆对歌谣集出版所做的不懈努力，感谢石家庄市文化广电新闻出版局非遗处给予的大力支持，感谢河北省民俗文化协会会长袁学骏先生，在百忙之中为歌谣集写序，感谢各级领导和各位文友的关怀与鼓励，更感谢教我吟唱歌谣的老人们。

因本人水平有限，在编辑整理过程中难免会出现不妥之处，敬请大家批评指正。

宋荣琴

2020 年 3 月

目 录

生活歌

赵子龙

三国战将勇，首推赵子龙，
长坂坡前逞英雄。
杀退千员将，喝退百万兵，
怀抱阿斗得太平。

讲唱者：赵修禄，男，93 岁。2010 年采录于西南街
街头。

木刀沟

木刀沟，老河滩，几十里没人烟。
冬天冻破碌碡❶，夏天烫熟鸡蛋。
人说黄连苦，苦不过老河滩。

———————

❶ 碌碡：农具，用石头做成的，呈圆柱形，用于轧谷物。

讲唱者：王建民，男，72 岁。2012 年采录于正定县傅
家村。

拐角铺

拐角铺❶，大沙窝，唱不起大戏唱秧歌，
搭不起台子就沙坡❷。
坐不起板凳坐碌碡，骑不起大马骑墙头，
嗑不起瓜子嗑黑豆。

❶ 拐角铺是正定北部的一个村庄。

❷ 就沙坡：过去穷，没有戏台，就在高处唱戏。

讲唱者：无名氏，女，80 岁，不识字。2011 年采录于
吴兴村。

十二月歌

正月里，正月正，大年初一起五更。
子孙来拜年，鞭炮响连声。
二月里，天渐长，平整土地春耕忙。
麦子返了青，山药上了炕，植树造林闹嚷嚷。
三月里，桃花开，草木发芽燕归来。
油菜开黄花，蜂蝶把蜜采，播种棉花又浇麦。
四月里，大风刮，男女老少把地下。
麦垄点玉米，棉地点芝麻，茄子、辣椒早栽下。
五月里，麦梢黄，大麦小麦都上场。
这边忙收割，那边忙打场，稻秧、薯秧快插上。
六月里，数三伏，快种过冬晚菜蔬。
大葱和白菜，萝卜和芹菜，甜菜、豆角都种足。
七月十五水盘定❶，各种庄稼定年景。
谷子弯了头，棉花回了性❷，庄稼人盼个好收成。
八月里，中秋天，秋收种麦忙不闲。
金黄的玉米、洁白的棉，
辛苦换来粮和钱，男女老少忙田间。
九月里，秋风凉，人人换上夹衣裳。
丈母来探亲，闺女去看娘，亲戚往来拉家常。

十月里，收完秋，碾米磨面开了头。

作坊开张油料打成油，纺花织布忙刺绣。

十一月，场地光，男女上庙赶集忙。

男的制家具，女的制衣裳，男婚女嫁喜洋洋。

十二个月整一年，杀猪宰羊烹炸煎。

又做豆腐又蒸糕，馍馍年菜样样全。

扫卫生、贴春联，高高兴兴过新年。

———————

❶ 过了农历的七月十五，基本没有太大的雨水了，旱涝已定，庄家收成好坏就知道了。❷ 回了性：棉花不再疯长，定型了。

讲唱者：苏顺保，男，82 岁，读过私塾。2011 年采录于正定县斜角头村。

十二月调

正月打春头一节，过了雨水就惊蛰。

套车去耕地，栽蒜种大麦，晚了不沾气。

二月里，春分节，桃树、梨树都该接❶。

小燕归来房檐下，衔泥垒窝为子孙。

人留后辈防备老，草留老根等来春。

三月里是清明，庄稼主子才动工。

动工先拉粪，然后把地耕。

等老天爷下了雨，玉米、高粱一起种。

四月立夏见麦芒，庄稼主子必定忙。

麦垄里点豆子，垄口上点高粱。

雀也弹，蚂蚱也咬，点得高粱收不了。

五月里，芒种见麦茬，前晌不拔后晌拔。

拔了它，捆上它，拉到场里铡了它。

明天开天晴一日，套上牲口打了它。

六月里，小暑到，家家户户栽山药。

栽山药，蔓子插，种菜疏，

萝卜、根达❷，还有白菜芥疙瘩。

七月里，立秋节，家家都刨玉秫秸。

腾了茬❸，种荞麦，荞麦本是快庄稼。

红秆绿叶开白花，黑籽结了一扑啦❹。

八月里是秋分，腾茬种麦最要紧。

男女老少齐上阵，起早贪黑来送粪。

深耕细作把地整，抓紧时间来播种。

秋分早，霜降迟，寒露里麦子正应时。

九月里霜降耩起麦❺，刨山药来拢白菜。

霜降到立冬，又拔萝卜又刨葱。

十月里，大雪和小雪，起土、打坯、打棉秸。

深秋耕地不放松，留下白地是不行。

十一月冬至，数九天气寒，场光地净农活完。

多拉土，勤垫圈，预备明年好种田。

十二月里大小寒，一年四季全过完。

杀猪宰羊做好饭，扫卫生、贴对联，

人人穿上新衣衫。

放鞭炮，拜大年，欢天喜地笑开颜。

———————

❶ 接：嫁接。❷ 根达：农村乡野之间一种很常见的野菜。

❸ 腾了茬：一种作物收获后，腾出地来种另一种。

❹ ：一串。❺ 耩起麦：播种好冬小麦。

讲唱者：杜乱子，男，60 岁，小学文化。2013 年采录于正定县吴兴村。

表古——十三辙歌谣

正月里，正月正，斩将封神是姜太公。
能掐会算的诸葛亮，呀咿呦！
未卜先知是李淳风，咿儿呀咿呦！
在金桥算命的苗广义，刘伯温制造北京城。
袁天罡就把唐王保，后去的军师徐茂公。
呀呀呀咿呦，咿儿呀儿呦！

二月里，草芽发，三下寒江樊梨花。
手持大刀王怀玉，呀咿呦！
替兄夺印的葛红霞，咿儿呀咿呦！
穆桂英大破天门阵，刘金定下山四门杀。
呀呀呀咿呦，咿儿呀咿呦！

三月里，桃花开，吕蒙正无事去赶斋。
寻茶讨饭是崔金瑞，呀咿呦！
提笔卖字的高秀才，咿儿呀儿呦！
说说六国苏秦子，朱买臣受困去打柴。
呀呀呀咿呦，咿儿呀咿呦！

四月里，麦梢黄，镇守三关是杨六郎。
白马银枪高嗣继，呀咿呦！
夜收双妻的小罗章，咿儿呀咿呦！
周瑜本是东吴将，狄青盗宝收双阳。
呀呀呀咿呦，咿儿呀儿呦！

五月里，端阳节，刘备无事卖草鞋。

推车贩伞的柴王主，呀咿呦！
贩卖过酸梅的洪武爷，咿儿呀儿呦！
苍天不灭汉刘秀，煤山吊死崇祯爷。
呀呀呀咿呦，咿儿呀儿呦！

六月里，数三伏，王老道持刀捉妖狐。
法海捉妖雷峰塔，呀咿呦！
包老爷捉妖五鼠除，咿儿呀儿呦！
张天师法力捉五鬼，毕小唐法力捉五毒。
呀呀呀咿呦，咿儿呀咿呦！

七月里，燕雀飞，黑头能争数着李逵。
敬德监工大佛寺，呀咿呦！
喝桥断路是毛张飞，咿儿呀儿呦！
李逵下山去寻母，呼延庆上山去打擂。
呀呀呀咿呦，咿儿呀咿呦！

八月里，桂花香，高君宝抱号❶下南唐，
双锁山遇见刘金定，呀咿呦！
扶保着赵匡胤坐汴梁，咿儿呀儿呦！
过关斩将属关羽，白马解围斩颜良。
呀呀呀咿呦，咿儿呀咿呦！

九月里，九重阳，有一个好汉叫王彦章。
打遍天下无对手，呀咿呦！
出了个李存孝比他强，咿儿呀儿呦！
饿虎山前飞天豹，箭射双雕李靖王。
呀呀呀咿呦，咿儿呀咿呦！

十月里，十月一，孟姜女江边送寒衣。
秦始皇念她容颜好，呀咿呦！
传旨收下孟姜女，咿儿呀儿呦！
姜女一听生了气，一头扑到大江里。
呀呀呀咿呦，咿儿呀咿呦！

十一月里，冷清清，带兵征西是秦英。
对头关上一场战，呀咿呦！
回首打破锁阳城，咿儿呀儿呦！
书海摆下三阴阵，多亏樊氏女花容。
呀呀呀咿呦，咿儿呀咿呦！

十二个月整一年，寒窑受苦的王宝钏。
薛平贵西凉回家转，呀咿呦！
带上公主赶三关，咿儿呀儿呦！
回家见了王三姐，夫妻二人得团圆。
呀呀呀咿呦，咿儿呀咿呦！

十三个月一年多，孙二娘开店十字坡。
打遍天下无敌手，呀咿呦！
出了个好汉武二哥，咿儿呀儿呦！
今天遇到对手将，二人结拜把头磕。
二人同把梁山上，宋江一见笑呵呵。
呀呀呀咿呦，咿儿呀咿呦！

———————
❶投号：投名号。

讲唱者：赵修禄，男，96岁。2013年采录于正定县西
南街。

正定府

要看古迹往正定走，三山不显九桥不流。
九楼四塔八大寺，二十四座金牌坊。
东门瓮圈梅花鹿，西门瓮圈小鸡叫。
南门椿树望南京，北门槐树望北京。
东门外有个孩子岸，西门外有个斩人坑。
开元寺里有砖塔，砖塔东边一座楼。
九龙金钟楼上吊，初一十五把它敲。
九龙金钟一声响，城里五关听见了。
东门里头大佛寺，南大街里阳和楼。
青塔花塔南门里，木塔就在观前头。
正定府里三桩宝，扒糕、粉浆、豆腐脑。
城下还有三桩宝，砖头、瓦碴、毛毛草。
敬德监工修大寺，修好大寺往南走，
走到河南省修了个山门口。

讲唱者：张庆珍，男，72岁，不识字。2009年采录于
正定岸下村。

正定四门

东门里头大佛寺，东门外头接官厅。
南门里头阳和楼，南门外头麦饭亭。
西门瓮圈小鸡叫，西门外头万人坑。
北门里头韩信洞，北门外头出石青。

006

讲唱者：韩荣，女，63岁，小学毕业。2013年采录于
正定县封家庄。

杨二刁拉大庙

南岗家修大庙，修得大庙镇雕桥。
杨二刁拉大庙，怨你大庙盖得高。

讲唱者：杨丙仁，男，86岁，曾就读私塾。2013年采
录于正定雕桥村。

封家庄跟着瞎胡闹

东慈亭，西慈亭，拐个弯，到吴兴。
吴兴有个三月庙，封家庄跟着瞎胡闹。
蒸馍馍，轧饸饹，这个饭碴❶也行了。

———————

❶饭碴：方言，饭食。

讲唱者：韩荣，女，63岁，小学毕业。2013年采录于
正定县封家庄。

南岗朱七十

清朝改民国，正定南岗有一家。
住在老母庙北里张箩的七十家。
朱七十，差不离，说瞎话，诓了个人。

人家说和他搭伙计，他说不如咱娶娶❶。
你秫秸根把檐子❷，茅子墙夹皮篱，
七十儿你凭什么娶媳妇?
你说这话不粘弦❸，搞不住俺柜里有洋钱。
别看俺七十儿手里穷，买洋布，甭进城，
家里住着马玉红。
织裹呢，织贡缎，连蒙带骗五块半。
洋布拿在媳妇手，包达包达❹就要走。
七十儿拉住她的手，今个走了多咱来，
还打不打俺七十儿的牌?
今天我是光有去，没有来，
别指望我打你的牌。
前晌娶，后晌走，白叫乡亲们喝壶酒。

———————

❶娶娶：结婚。❷此句意指挖苦对方用秫秸根做檐橼。
❸不粘弦：方言，不行的意思。❹包达：用包袱裹起来。

讲唱者：朱培申，男，84岁。2012年采录于正定县南
岗村。

蟠桃庙

大巴丫头，二巴丫头，跟上老娘我上蟠桃。
蟠桃有一个蟠桃庙，呀呼嗨!
你看那热闹不热闹。

讲唱者：高老胖，男，84岁，不识字。2014年采录于
正定县雕桥村。

关爷庙

关老爷庙盖得高，不论穷富把香烧。
好过主儿烧香为儿女，穷主儿烧香为吃烧。

讲唱者：百岁老人，不识字。2004 年采录于正定县城
内胜利街。

女孩家少说话

女孩家少说话，今年不比往年价。
过了一年大一岁，眼看就要到婆婆家。

讲唱者：韩荣，女，63 岁，小学毕业。2013 年采录于
正定县封家庄。

闺女见了娘

闺女见了娘，越说话越长。
闺女见了爹，说话把嘴噘。

讲唱者：张庆珍，男，77 岁，不识字。2014 年采录于
正定岸下村。

太阳一出磨盘大

太阳一出磨盘大，你我出来纺棉花。
你说我纺得好，我说你纺得也不差。
纺呀，纺呀，一天能纺二斤花。

讲唱者：张廷兰，女，79 岁，不识字。2012 年采录于
正定县三里屯村。

抱孩子有功劳

拾破鞋，跶破脚，抱着孩子有功劳。
干茧❶ 不做活儿❷，必定抱着个凤凰鹅。
干茧不做饭，必定抱着个凤凰蛋。

❶干茧：方言，意思是干活儿。
❷不做活儿：不做针线活儿。

讲述人：吴金红，女，64 岁，不识字。2012 年采录于
正定县东上宅。

打金落金

打金落金，打银落银，织布的落块花手巾。

讲唱者：吴金红，女，65 岁，不识字。2013 年采录于
正定县西上宅村。

媳妇回娘家

先问好，后问安，然后上屋里去打扮。
梳梳头，洗洗脸，出来给婆娘磕头问声安。
起来问婆娘住几天，婆娘说，
有事住半月，没事住三天。

讲唱者：张庆珍，男，不识字，77岁。2014年采录于
正定县岸下村。

喜鹊叫

早报喜，晚报财，不早不晚报客来。

讲唱者：张秀珍，女，72岁，小学文化。2013年采录
于正定县永安村。

小女婿尿床（一）

说了个大姐本姓王，寻了个小女婿好尿床。
头一黑间尿的红绫被，第二黑间尿的象牙床。
第三黑间没的尿，尿了我绣鞋整一双。
小大姐一见生了气，拿起棍来把他棒。
打得轻了叫姐姐，打得重了叫亲娘：
"亲娘姐姐你别叫，
你是我的丈夫，我是你的新娘。"

讲唱者：李文兰，女，81岁，不识字。2008年采录于
正定县西关村。

小女婿尿床（二）

十八的女儿九岁的郎，
说你是郎岁数小，说你是儿不叫娘。
睡觉你枕着胳膊睡，醒来你嚷渴得慌。

头一黑间尿了红绫被，二一黑间尿了象牙床。
尿得二姐儿无处睡，抄起绣鞋打你个郎。

头黑间打得叫亲姐，二黑间打得叫亲娘。
三黑间打得亲姐亲娘一起叫，
四黑间尿得屋里发水江。

发大水，起波浪，二姐儿下水捉鱼虾。
捉了条鲤鱼扁担长，开剥开剥煮鱼汤。
一家大小吃了个遍，就是不叫二姐儿她尝尝。

讲唱者：刘黑胖，男，91岁，不识字。正定县朱河村。

看菜园

姐儿门前一棵枣，二八佳人手叉腰。
抬眼往上瞧，青的多来红的少，

想吃红的够不着，刺刺儿扎着了。
找个能人把刺儿挑，肉又嫩来皮儿又薄，
鲜血出来了。

姐儿南园看白菜，隔墙蹦过个小光头，
吓得奴家不自在。
想吃白菜拔棵走，想找便宜换脑袋，
早些走出来。

别看我小光头模样丑，又有银子又有钱，
皮袄套合衫。
不爱银子不爱钱，不爱皮袄套合衫，
就爱俊俏男。
说得小光头上了墙，扭回头来再望望，
闹下了事儿一桩。

姐儿南园去看葱，隔墙蹦过个愣头青，
吓得奴家一大惊。
想吃大葱拔把走，想找便宜万不能，
错打了定盘星。

姐儿南园看根达，一个小伙墙头爬，
吓得奴家一支煞❶。
想吃根达撒把走，别逼着二姐住娘家，
早些走开吧。

_____

❶ 一支煞：方言，吓得一哆嗦。

讲唱者：何进福，男，82岁。2012年采录于正定县北高营。

丢戒指

姐儿南园采花心儿，不小心甩手丢了金戒指。
一钱单三分儿，哎嗨哎嗨呦！
一钱单三分儿，南园找到北园里，
找不着奴的金戒指。
真是急死一个人儿，哎嗨哎嗨呦！
真是急死一个人儿。

小学生你拾了我的金戒指，两杆油墨一杆笔儿，
写开字了不求一个人儿，哎嗨哎嗨呦！
写开字了不求一个人儿。

老太太你拾了我的金戒指，红绸子裤子丝带子儿，
叫你绑腿不求一个人儿，哎嗨哎嗨呦！
叫你绑腿不求一个人儿。

老先生你拾了我的金戒指，洋烟闹上两盒子儿，
报一报老先生的恩儿，哎嗨哎嗨呦！
报一报老先生的恩儿。

小郎君你拾了我的金戒指，不装四两装半斤，
下帖请上门儿，哎嗨哎嗨呦！

下帖请上门儿。

叫声丫鬟拿钥匙，打开楼上绣房门儿，
八仙桌太师椅子儿，哎嗨哎嗨呦！
刻着好花纹儿。

纸裱屋子阴阳车 ❶，煤火、炉子、茶吊子，
十样子茶碗好叶子，哎嗨哎嗨呦！
还有小茶几儿。

醋熘白菜凉粉皮儿，拌豆腐配了芥辣丝儿，
配了四个素碟子，哎嗨哎嗨呦！
配了四个素碟子。

大螃蟹配的是海带丝儿，红烧带鱼大虾米儿，
配上四个海碟子，哎嗨哎嗨呦！
配上四个海碟子。

芥末肚子肉丸子，糖醋里脊炒肉丝儿，
配了四个荤碟子，哎嗨哎嗨呦！
配了四个荤碟子。

黄酒装了两瓶子，烧饼端了两盘子，
品品好滋味儿，哎嗨哎嗨呦！
品品好滋味儿。

牛肉大葱拌馅儿，吃上一口香喷喷儿，

真是好馅儿，哎嗨哎嗨呦！
真是好馅儿。

叫声大姐为啥事儿。为啥给我摆酒席？
有话讲在席儿，哎嗨哎嗨呦！
有话讲在席儿。

叫声小郎君不为别的事儿，只因为丢了金戒指，
请你多费心，哎嗨哎嗨呦！
请你多费心。

———————

❶ 纸裱屋子：过去用纸糊室内的墙壁。裱：糊。

　　阴阳车：轿车。

讲唱者：王文兰，女，80岁，不识字。2014年采录于
正定县东汉村。

瞧这一枝花

村东头，第一家，家里有着一枝花。
从小爱上刘武林，爱他心眼儿好，
爱他又疼人。
没结婚，没过门，又爱上了李祥文。
爱他能打又会算，爱他精明又能干。
换手绢，等过门，然后爱上王新喜。
爱他眯缝儿眼，爱他罗圈儿腿，
爱他走开道了掂掇不着地。

半夜三更去过门，黄瓜丝、豆腐皮，
好事儿没干成，弄到街里耍狗熊。
招来人马一大圈，你看体面不体面。

2012年采录于正定县拐角铺。

小白菜

小白菜心里黄，三岁两岁没了娘。
从小跟着爹爹睡，就怕爹爹娶后娘。
娶了个后娘三年整，添了个弟弟叫孟良。
孟良想吃干条面，他吃稠的俺喝汤。
端起碗来想亲娘，拿起筷子泪汪汪。
后娘问俺哭嘛呢？碗钵钵烫得俺手心慌。
河里开花河里落，俺想亲娘谁知道。
亲娘想俺一阵风，俺想亲娘在心中。
低低腰，猫猫腰，柳树上，知了叫，
挨打受气谁知道？

讲唱者：宋秋菊，女，93岁，不识字。2006年采录于
正定县西权城村。

懒老婆巧对诺 ❶

老头子去赶雀儿，没有棉花纺不了。
贼老婆瞎胡说，咱家里棉花一大垛。
一大垛也不行，没有锭子纺不成。

贼老婆瞎胡说，咱家里锭子四五根。
四五根也不沾 ❷，三根折，两根弯，
再有五根也枉然。
懒老婆巧对诺，对诺得老汉没话说。

———————————
❶ 对诺：狡辩。 ❷ 也不沾：方言，也不行的意思。

2010年采录于正定县东汉村。

农具歌

杈把、扫帚、扬场锨，碌碡、簸箕、赶牛鞭。
筛子、脚轮、麻袋囤，箩筐、抬筐、大铁锹。

2015年采录于正定县古城街头。

端阳

粽子香，香厨房，艾叶香，香满堂。
桃枝插在大门上，出门一望麦色黄。
这端阳，那端阳，热火朝天过端阳。

讲唱者：张丽霞，女，40岁。2018年采录于正定县。

草包大肚汉

唱戏没嗓子，拉弓没膀子。
上学不识字。干活没有劲。

草包大肚汉，能吃不能干。
挑着俩尿泡，使了一身汗。

2002年采录于正定县古城街头。

天菱的花

天菱的花，地菱的花，杨二舍雕工的花。
袖筒里袖着芙蓉花，手里捧着闹红花。
头上戴着石榴花，裤腰带上绣球花。
鞋上扒着锦锦花，隔着墙头是腊梅花，
怀里还抱着个娇娇花。

讲唱者：李文兰，女，76岁，不识字。2003年采录于正定县西关村。

劝赌歌

打麻将，骨牌顶，消遣解闷赌输赢。
谁晓内中情，耗费光阴腰腿疼。

讲唱者：李文兰，女，83岁，不识字。2010年采录于正定县西关村。

媳妇开脱辞

不误你家秋，不误你家麦，不误你家落秋糟黄菜。

不误你家腊月三十捏饺子，不误你大年初一把年拜。

讲唱者：韩荣，女，63岁。2013年采录于正定县西门里街。

上娘家

担杖钩，滴啦啦❶，挎上包袱上娘家。
娘家有个大花狗，不咬屁股单咬手。
黄狗黄狗你别咬，不吃你家饭，
不喝你家酒，前晌来了后晌走。

———————
❶滴啦啦：方言，下垂着的意思。

2012年采录于正定县吴兴村。

为婆婆待儿郎

为婆婆待儿郎，好像香油调米汤。
想想从小长到大，千万别忘爹和娘。

为婆婆待儿媳，应该拿着当闺女。
闺女本是亲生的，媳妇儿本是外来的。

想想闺女离家远，孝敬公婆理当先。
公公婆婆有了病，还得媳妇儿在眼前。

讲唱者：张书琴，女，59岁。2013年采录于正定县东汉村。

调教闺女

说南乡，道南乡，南乡有个巧姑娘。
百样子活儿她都会，模样数她长得强。

母亲娘，到绣房，叫声丫头听其详。
明天就把你婆家找，不要在家里靠为娘。

到了婆婆家，你迟点睡，早点起，
早点起来扫佛堂，佛堂扫得干干净。
婆娘上香你敲磬，婆娘磕头你拿衣裳。

婆婆起来把佛念，你挽挽袖子下厨房。
做饭先添洗脸水，然后再添做饭汤。

煮米知道软和硬，小手拇捻不要尝。
炒菜知道咸和淡，小手抓盐有存量。
要是把饭做好了，红油漆桌子放炕上。
切上两盘红腌菜，乌木箸子拿几双。

盛饭先给公爹舀，然后再给婆母娘。
舀饭舀个七分满，不要顺着小手沥啦汤。

小女婿，下学堂，陪脸带笑给他盛上。
一家大小去用饭，手拿鞋底锥两行。

剩下稠的你吃稠，剩下稀的你喝汤，

要是稀稠没剩下，紧紧腰带潜后响❶。

你要是听了为娘的话，媳妇越当越落响❷。
你要不听为娘的话，打你肉皮骂你娘。

---

❶潜后晌：坚持一后晌。❷落响：得到众人夸奖。

2014年采录于正定县西洋村。

争热炕

马瘦毛长蹄子壮，老两口睡觉争热炕。
老头儿说："我拾的柴。"
老婆儿说："我烧的炕。"
老头儿拿着掏灰笆，老婆儿拿着擀面杖，
叮叮叮，当当当，一直打到大天亮，
老两口谁也没有睡上热乎炕。

讲唱者：韩荣，女，63岁，小学毕业。2013年采录于正定县封家庄。

忍为上

做大哥的要忍，家贤孝双亲。
做兄弟的要忍，不把家分。
做丈夫的要忍，换来夫妻恩。
做妻子的要忍，没有外心。

五个汤碗

一个汤碗本姓白，为了行好登庙台。
年老的行好为自己，年少的行好为发财。

二个汤碗本姓蓝，上头画着李翠莲。
谁不知道翠莲死得苦，借尸还魂到人间。

三个汤碗本姓青，上画着王祥卧寒冰。
王祥本是亲母生，二十四孝头一名。

四个汤碗格外红，上头画着九条龙。
九龙治水救百姓，搭救黎民享太平。

五个汤碗里外黄，上头画的是皇娘。
皇娘寻声来救苦，到头只为五烛香。

讲唱者：邵正姐，女，86 岁，不识字。2013 年采录于正定县吴兴村。

训诫歌

爹娘生你不容易，好像杀了个赖冬宾❶。
为人不把父母敬，枉披着人皮你算个什么人？

一岁两岁娘怀抱，三岁四岁离了娘的身。
几时盼得你十八九，男大成双，女大成群。

弟兄们好像搭伙计，妯娌们七凑八凑成了群。
今天有个分家日，一屋一瓦不让人。

兄要宽来弟尊到老，兄要不宽弟也不尊。
枕头头上告了一状，各家挑唆各家男人。

——————————
❶ 此句是比喻，生孩子要出很多血，好像杀了人似的。

2002 年采录于正定县恒府广场。

训世孝悌歌

子养亲兮弟敬哥，休残骨肉起风波。
劬劳❶恩重须当报，手足情深最要和。
公艺同居今古罕，田真共处子孙多。
如斯遐迩皆称美，子养亲兮弟敬哥。

子养亲兮弟敬哥，怡声下气要谦和。
难兄难弟名偏重，贤子贤孙贵自多。
负米尚能为薄养，读书宁不擢高科。
仲由陈纪皆如此，子养亲兮弟敬哥。

子养亲兮弟敬哥，训贤妯娌侍公婆。
好遵孟母三迁教，须读张公百忍歌。
孝友睦姻兼任恤，智仁圣义与中和。
当时曾子同杨博，子养亲兮弟敬哥。

子养亲兮弟敬哥，天时地利与人和。
莫言世事常如此，堪叹人生有几何。
满眼繁华何足贵，一家安乐值钱多。
奇哉让果与怀橘，子养亲兮弟敬哥。

子养亲兮弟敬哥，光阴过去急如梭。
庭闱乐处儿孙乐，兄弟和时姒娣和。
孝悌传家名不朽，金银满柜富如何。
要知美誉传今古，子养亲兮弟敬哥。

子养亲兮弟敬哥，晨昏定省莫蹉跎。
一门孝友真难得，百岁光阴最易过。
和乐且耽宜自翕，彝伦攸叙在谦和。
斑衣舞罢埙篪奏 ❷❸，子养亲兮弟敬哥。

子养亲兮弟敬哥，丈夫休听室人唆。
眼前锦帛勿嫌少，膝下儿孙不厌多。
但得家和贫也好，若教不义富如何。
王韩孝友垂青史，子养亲兮弟敬哥。

子养亲兮弟敬哥，休伤和气忿争多。
偏生嫉妒偏艰窘，暗积私房暗折磨。
不孝自然生忤逆，无行定是出妖魔。
但闻孝悌传千古，子养亲兮弟敬哥。

子养亲兮弟敬哥，莫因微物遽伤和。
黄金柜内休嫌少，阴骘冥中要积多。

私曲岂如公道好，刚强无奈善如何。
古今简策多名誉，子养亲兮弟敬哥。

子养亲兮弟敬哥，吁嗟分拆听搬唆。
囊中财物他嫌少，祖上田园你要多。
夫妇眼前虽快乐，儿孙日后恐消磨。
何如孝悌亲乡党，子养亲兮弟敬哥。

---

❶ 劬劳：劳苦，辛劳。❷ 埙：陶制吹奏乐器。
❸ 篪：竹制吹奏乐器。

2008 年采录于正定县恒府广场。

孝悌歌

父天母地孝敬理当先，养育之恩重如山。
怀抱三年整，濡湿又宿干。
不孝双亲禽兽一般，不孝双亲禽兽一般。

弟恭兄拥家庭乐陶然，同气连枝莫相残。
弟弟要恭敬，哥哥也要宽。
孔融让梨传为美谈，孔融让梨传为美谈。

2013 年采录于正定县永安村。

父母恩情似海深

父母恩情似海深，人生莫忘父母恩。
生儿育女循环理，世代相传至古今。
身为儿女要孝顺，不孝之人罪逆天。
家贫常能出孝子，鸟兽尚知哺育恩。
父子原是骨肉情，不敬爹娘敬何人？
养育之恩不知报，望子成龙白费心。

2003 年采录于正定县城内。

十步重恩歌

第一步重恩呐，
养儿生身母，十月怀胎日夜多辛苦。
饮食渐渐少，周身不舒服，
临产之时生命全不顾。

第二步重恩呐，
疼痛在心怀，全身血染便把模样改。
为儿又为女，造下罪孽来，
母恩深似海无人能替代。

第三步重恩呐，
娘卧儿湿窝，洗净晾干天天用手搓。
不嫌脏和累，做些零碎活儿，
一天到晚为娘辛苦多。

第四步重恩呐，
儿食娘陪伴，口含食喂子一天好几遍。
甜的给儿吃，苦的娘来咽，
娘体日渐瘦好像干柴片。

第五步重恩呐，
爱儿娘心欢，笑言笑语娘扶儿学站。
左看左欢喜，右看右喜欢，
打个能能 ❶ 扑在怀里边。

第六步重恩呐，
爱儿娘心宽，冷热饥饱全在娘心间。
饿了给儿吃，冷了给儿穿，
劳碌母亲日夜不得闲。

第七步重恩呐，
儿病母担忧，跪地求神两眼泪交流。
东庄去抓药，西庄去许愿，
许愿吃斋每年吃到头。

第八步重恩呐，
儿在外边游，抛下妻儿又把母亲丢。
贪花又好色，净往下贱求，
儿行千里母担万里忧。

第九步重恩呐，
想儿心痛酸，病在床上两眼泪不干。

儿再不回来，病重见面难，
恳求上苍给我的灵魂悬。

第十步重恩呐，
望子转回乡，灵床上看见娘两眼泪汪汪。
哭了一声母，叫了一声娘，
养育之恩还未报母亲入天堂。

———————

❶ 打能能：小孩学站立。

亲疏关系

姑表亲，辈辈亲，胳膊折了连着筋。
姨表亲，不算亲，姨姨死了断了根。

2009 年采录于正定县岸下村。

二十三，糖瓜粘

二十三，糖瓜粘。二十四，扫房日。
二十五，做豆腐。二十六，去割肉。
二十七，宰年鸡。二十八，把面发。
二十九，去买酒。
腊月三十守一宿，大年初一走一走。

矬老婆（一）

说了一个大嫂矬又矬，高着不过二寸多。
门槛底下常来往，眼药瓶里能做活儿。
婆家到娘家没有半里地，来来回回一年多。
半路的蚂蚁盗了一堆土，
她言说："好难过的一个大沙坡！"
牛蹄窝里有点水，
她言说："没有摆渡怎么过河？"
今天到了婆家去，急急忙忙下厨阁。
锅台高，个又矬，搬了个梯子也够不着锅。
三爬两爬爬上去，咔嚓嚓，打了一摞好家伙。
婆母娘一见没好气，使脚搓了几搓搓。
这一搓不要紧，哪也找不见矬老婆。
给她娘家送了个信，她娘家矬人多。
矬哥哥，矬嫂子，还有一个独眼龙的矬表哥。
矬表哥一听表妹没有了，一蹦三跳上了车。
今天到她婆家去，找她婆家把理说。
"你今天找着我矬表妹，立刻微笑没话说。
今天找不着我矬表妹，我要拆了你家的窝。"
眼看着两家要打架，矬大嫂子把话说：
"别吵了，别嚷了！我在蚂蚁窝里缝被子。"

讲唱者：高老胖，男，不识字。2014 年采录于正定县
雕桥村。

矬老婆（二）

说了一个大嫂矬又矬，高着不过二寸多，
门槛底下常来往，眼药瓶里能做活。
婆家到娘家没有半里地，来来回回一年多。
半路里蚂蚁盗了一堆土，
她言说："好难过个大沙坡。"
牛蹄窝里有点水，
她言说："没有摆渡的怎么过河？"
今天到了婆家去，急急忙忙下厨阁。
锅台高，个又矬，搬了个梯子也够不着锅，
三爬两爬爬上去，咔嚓嚓，打了一摞好家伙。
婆母娘一见没好气，使脚搓了几搓搓。
这一搓不要紧，哪也找不见矬老婆。
给她娘家送了个信，她娘家矬人多。
矬哥哥，矬嫂子，还有一个独眼龙的矬表哥。
矬表哥一听表妹没有了，一蹦三跳上了车。
今天到她婆家去，找她婆家把理说。
"你今天找着我矬表妹，立刻微笑没话说。
今日找不到我矬表妹，我要拆你家的窝。"
眼看着两家要打架，矬大嫂子把话说，
"别吵了，别嚷了！我在蚂蚁窝里做被窝。"

2014 年采录于正定县雕桥村。

矬姑娘

说了个姑娘生得矬，浑身上下穿不起半点绺。
半分的绺她穿不起，扯了个线头当围脖。
有一天她娘嫌她长得矬，一心要给她找婆婆。
找了个婆家半里地，来回扭扭捏捏走了半年多。
半道上，蛤蟆尿在车阁楼里，
姑娘说："呦，这不坐船怎么过河？"
屎壳郎盗了一堆土，
姑娘说："呦，好难过的一个大山坡。"
姑娘过门三天问婆婆：
"我是做衣裳还是缝被窝？"
婆婆说：
"你要是闲着没有事儿，先到厨房里给俺刷刷锅。"
这矬姑娘登着蒲墩摞板凳，蹬着板凳摞蒲墩。
板凳蒲墩摞了一大摞，姑娘还是够不着锅。
婆婆一看生了气，啪一巴掌打到地下找不着。
这姑娘哪去了？
吓得婆婆马上给娘家捎了个信儿，
来了她大哥、二哥、叔伯子哥。
叔伯子哥进门把话说：
"叫一声我的矬妹子她的婆婆，
限你三天以里找到我的矬妹子，
咱一笔勾销没话说。
要是找不到我的矬妹子，咱法院里头去解决。"
吓得公公直打战，吓得婆婆直哆嗦。
她筛子筛，簸箕簸，过了粗箩过细箩。

一笸笸了七八遍，这姑娘还是找不着，
你要问这姑娘哪去了？她在瓜子壳里缝被窝。

讲唱者：张庆珍，男，不识字，72 岁。2011 年采录于正定县岸下村。

胡

杨树尖上也是胡，房檐底下也是胡。
眼角里边也是胡，桌当摞的也是胡。
床沿底下也是胡，这个床上也是胡。
杨树尖上是黄胡，房檐底下夜百胡❶。
眼角里边眵模糊，桌当摞里是茶壶。
床沿底下是夜壶，老两口睡觉打呼噜，
打呼噜！

———————
❶ 夜百胡：蝙蝠。

讲唱者：刘新年，男，83 岁，不识字。2013 年采录于正定县树鹿村。

四大歌

四大红
火烧云，庙里门，大闺女的月事，杀猪的盆。
四大黑
镜子边，窑洞烟，煤堆遇着黑火镩❶。
四大宽

铺着地，盖着天，河里洗脸，枕着山。
四大窄
铺裹脚，盖裹腿，墙头上骑马，扁担上睡。
四大弯
水烟袋，辘轳把，拿着牛鞅砸车瓦。
四大直
文家的笔，武家的剑，老婆婆的锭子，木匠的线。
四大好听
吹口琴，拉胡器，新媳妇说话，鸟叽叽。
四大难听
磨锅沿，伐大锯，老驴叫唤，放大屁。

———————
❶ 黑火镩：捅煤炉子的工具。

讲唱者：安刁子，男，70 岁，小学毕业。2018 年采录于正定县北早现村。

人老猫腰把头低

人老猫腰把头低，树老根深叶子稀。
葫芦老了掐不动，甜瓜老了一把泥。

讲唱者：于小连，男，66 岁，初中毕业。2008 年采录于正定县西关村。

门楼高大

门楼高大，盖得清雅。

妈妈门前站，怀里抱娃娃。

头戴虎头帽，铃铛十二三。

孩子摇摇头，铃铛呵啷啷。

他娘解开扣，孩子吃妈妈 ❶。

他娘摸摸嘴，孩子打哇哇 ❷。

他娘拍拍手，孩子朝前爬，

他娘往前走，孩子叽喳喳 ❸。

咱娘俩一屁股坐在凉地下，

看看咱娘俩会斗打不会斗打。

————————

❶ 吃妈妈：方言，吃奶。❷ 打哇哇：方言，哄孩子。

❸ 叽喳喳：方言，孩子哭闹的声音。

讲唱者：蔡贵姐，女，85 岁，不识字。2009 年采录于正定县斜角头村。

瞎话

胡说话，话说胡，荞麦地里耪两锄。

一耪耪到枣树上，落的葚子黑打胡。

铺上包，捏葚子，茄子、黄瓜两嘟噜。

提到家里熬瓜菜，熬了一锅烂豆腐。

张三吃了两大碗，撑得李四白瞪眼。

讲唱者：高凤兰，女，80 岁，不识字。2012 年采录于正定县教场庄村。

大年初一头一天

大年初一头一天，过了初二是初三。

初三是个鬼节日，家家户户把坟圆。

男人家上坟画十字，娘们家上坟画圆圈。

画了个圆圈冰盘大，留了个口冲西南。

冲西南，冲西南，西南就是鬼门关。

讲唱者：高老胖，男，82 岁，不识字。2012 年采录于正定县雕桥村。

十二月调

正月里，正月正，刘伯温自造北京城。

打板算卦苗广义，未到先知徐茂公。

能掐会算诸葛亮，斩将封神姜太公。

二月里，草芽发，三下寒江樊梨花。

穆桂英大破天门阵，刘金定宝刀四门杀。

有个大刀王怀女，替亲夺印杨金花。

三月里，桃花开，提笔卖字的高秀才。

崔文端讨饭在大街，朱买臣上山打过柴。

大街要饭韩纪子，吕蒙正千里赶过斋。

四月里，麦梢黄，卖国奸臣数李良。
曹孟德害过忠良将，诓道河东欧延方。
潘仁美定计害杨将，秦桧行奸害忠良。

五月里，端午节，薛平贵要饭在大街。
推车力战柴子岳，贩卖过酸梅的洪武爷。
刘秀十二年南阳走，刘备江南卖草鞋。

六月里，数三伏，王老道拿妖捉黑狐。
法海捉妖金山寺，老包法力收五鼠。
沉香力劈华山倒，席方平阴间把恨除。

七月里，七月七，秦琼背着铜二戟。
罗成夜打东州府，韶关白头伍子胥。
武松单臂擒方腊，黄飞虎一路反西岐。

八月里，月亮圆，李三娘打水到井前。
双目失明李娘娘，西凉公主是玳瓒。
明朝朱皇马娘娘，一代女皇武则天。

九月里，是重阳，替主赴宴杨大郎。
七郎力劈小潘豹，文广大战江南王。
杨继业李陵碑上尽忠死，沙里澄金杨六郎。

十月里，寒风吹，摇旗领兵打石围。

敬德监工大佛寺，当阳桥上毛张飞。
手持钢鞭呼延赞，梁山勇士数李逵。

十一月，水结冰，崔莺莺私见小张生。
梁红玉金山敲战鼓，孟姜女骂秦哭长城。
王宝钏寒窑剜野菜，无盐娘娘做正宫。

腊月里，梅花红，赵氏孤儿有程婴。
萧何月下追韩信，忠心耿耿老杨洪。
梅伯为国炮烙死，替天行道宋公明。

讲唱者：韩小申，男，68 岁，初中文化。2014 年采录于正定县东杨庄村。

绣荷包

正月里，是新年，大年初一头一天。
初一到十五，十五月亮圆。
年年下口外 ❶，月月不回来，
捎书子 ❷ 传信要个荷包戴。
要想戴荷包，绸绸朝回捎。
捎回绸绸来，我给你绣荷包。
低头进绣房，两眼泪汪汪。
手拿小钥匙打开红柜箱，
看看丝线包，丝线不全了。
打开钢针包，钢针不强了。
叫过小丫鬟上街里叫货郎。

前街到后街，找找卖货郎。

卖货郎的担子挑到二门上。

一买红头绳，二买搽脸粉，

三买胭脂乩乩红嘴唇。

临走各样的丝线抽几根，

再要几个小钢针。

各样买停当，回家绣鸳鸯。

手拿样拆红纸揭两张，

拿起小剪子剜个荷包样。

今天荷包一定要绣上。

先绣一只船，绣到江河边，

绣了一个哨官就在船上站。

二绣张果老，骑驴过仙桥，

绣了一对灵哥正在船檐瞧。

三绣李三娘，绣到磨台上，

磨道里产生姚七郎。

四绣张天师，身穿马褂衣，

绣了一对童儿就在台上立。

五绣杨五郎，绣在五台上，

杨五郎怕死出家当和尚。

六绣热难当，绣个象牙床，

绣了一把绫扇，扇扇个人凉。

七绣杨七郎，绣到华表上，

乱箭射死杨七郎。

八绣八贤王，绣到金殿上，

绣了一把令箭靠到他身上。

九绣九女星，首推穆桂英，

一百单八阵，阵阵都有名。

十绣十样景，荷包要绣成。

光兴你带着，不兴送人情。

你要送了人情，俺再绣也绣不成。

---

❶ 口外：长城关隘多称"口"，指长城以北地区。

❷ 捎书子：捎书信。

讲唱者：郭小荣，女，83岁，不识字。2012年采录于正定县斜角头村。

戏说人生

（一）

讲道理，论人情，一人处事百人评。

传言语，不能信，阿谀奉承不可听。

能忍能让真君子，斤斤计较行不通。

积德行善洪福广，坑蒙拐骗天不容。

善恶到头终有报，举头三尺有神明。

平生不做亏心事，半夜敲门心不惊。

无论穷富心要正，平易近人传美名。

为人不讲情和义，扑到哪里都是空。

人的一生德为本，别忘父母养育恩。

父母恩情似海深，夫妻情义心连心。

生儿育女防备老，人留后世草留根。

攒下黄金千万两，临死不能带分文。

争名夺利几十载，一阵轻烟化灰尘。

人生如同一场梦，转眼就是几十春。

不怕老人能耐小，就怕儿孙不成人。

千辛万苦都能忍，落下疾病不由人。

儿女孝顺还好过，儿女不孝最伤心。

金银财宝虽有用，身体健康是根本。

（二）

人生路上不好走，喜怒哀乐家家有。

莫做伤天害理事，不怕沉雷震九州。

亏心的钱不能占，不义之财不可贪。

爱占便宜多遭难，安分守己福寿全。

善行好事身无过，损人利己臭万年。

良言一句三冬暖，恶语伤人六月寒。

能忍一时风浪静，能让一步处处宽。

不求机遇和富贵，都盼儿女个个贤。

花谢没有重回日，人过青春没少年。

人逢喜事精神爽，愁事当心难入眠。

有话送给真君子，烟花柳巷不可贪。

酒喝多了好出丑，色迷容易把腰弯。

贪财容易招横祸，气大伤身后悔难。

人的一生不容易，坎坎坷坷几十年。

有病早治勤锻炼，方能保得一生安。

不知说得对不对，望求大家多海涵。

2010 年采录于正定县韩家楼村。

十碗茶

一碗茶斟给天，天又保，福又安。

二碗茶斟给地，地保着我走一千里地。

三碗茶斟给爹，儿子出征把家撇。

四碗茶斟给娘，儿子出征想得慌。

五碗茶斟给哥，上地里干活别指着。

六碗茶斟给嫂，刷锅洗碗别犯靠。

七碗茶斟给叔，侄子出征要远游。

八碗茶斟给婶，侄子出征多帮衬。

九碗茶斟给妹，插画枕头红绫被。

打发哥哥出门走，你和嫂嫂通脚睡❶。

十碗茶斟给妻，插画枕头泪淅淅。

少搭桃花粉，多穿粗布衣。

少在门前站，别叫外人耻笑你。

----

❶ 通脚睡：过去一条被子两人盖，脚对脚，一头一个人称为
"通脚睡"。

讲唱者：苗玉瑞，女，83 岁，不识字。2013 年采录于
正定县斜角头村。

表树

柳树开花叶叶长，柳树倒栽路两旁。

远来的鸟儿争枝叶，过路的善人要歇凉。

椿树开花真威风，通着南京到北京。

南京北京通大道，刘秀挂牌头一名。

石榴开花火样红，一十六岁小罗成。
人人都说罗成小，夜打灯笼救秦琼。
榆树开花锯齿多，孙二娘开店十字坡。
打遍天下无对手，来了个好汉武二哥。

松树开花叶叶长，来了英雄五大将。
一烛长香手里拈，五位弟兄把头磕。
杏树开花编成耙，禅位太子要出家。
文武百官留不下，隆兴寺里落了发。
杨树开花随风响，走南闯北到南洋。
南洋有个武二郎，为兄报仇杀嫂娘。

丁香开花满院香，喜鹊喳喳配海棠。
门外走着个大相公，美貌女子就看上。
槐树开花一片黄，杨排风人小武艺强。
打得焦赞服了气，打得韩昌直叫娘。

2003 年采录于正定县恒府广场。

大脚好（一）

大脚好，大脚得❶，又推车，又打水。
十里八里摸不了黑。

---

❶ 得：方言，好的意思。

讲唱者：朱小福，女，93 岁，不识字。2010 年采录于正定县西关村。

大脚好（二）

大脚好，大脚好，推起碾来就要跑。
又省草，又省料，又省纥拉子❶又省套。
又省扫帚扫碾道。

---

❶ 纥拉子：牲畜上套时，套在脖子上的一个装置。

讲唱者：王记，女，83 岁，不识字。2011 年采录于正定县王家庄。

娶个媳妇大脚丫

呜哩哇，呜哩哇，娶了个媳妇大脚丫。
不梳篡，不戴花。不坐轿，不车拉。
大步流星到婆家。
见了婆婆叫妈妈，叫声妈妈你坐下。

媳妇跟你说句话：
"我模样长得不算差，可别嫌我脚丫大。
我会织布，会纺纱，还能下地把锄拉。
洗衣做饭我都会，还会养猪会养鸭。
能读书，会看报，能写能算有文化。"
大脚媳妇进了门，就像芝麻开了花，

光景连年发。

婆婆笑，笑哈哈：
"别看我媳妇大脚丫，人家不夸自己夸。"

讲唱者：无名氏，男，82岁，不识字。2005年采录于
正定县城内。

捉狗蚤

张大嫂，李大嫂，提留着裤子捉狗蚤。
狗蚤一看事不好，喷，啪，就蹦了。
一蹦蹦到土地庙，摁着个土地使劲咬。
咬得土地呛不住劲儿，叫小鬼捉狗蚤来拿狗蚤。
狗蚤一听事不好，喷，啪，它又蹦了。
一蹦蹦到关爷庙，摁着关爷使劲咬。
咬得关爷呛不住劲儿，叫周仓扛大刀，
捉狗蚤来拿狗蚤。
狗蚤一听事不好，喷，啪！它又蹦了。
一蹦蹦到个大水坑，摁着个乌龟使劲咬。
咬得乌龟呛不住劲儿，抻着腿，张着嘴，
台子底下卖瓜子儿。

讲唱者：刘新年，男，83岁，不识字。2012年采录于
正定县树鹿村。

开店规矩

（一）

开店顺风流，名扬四海州。
开的日常店，卖的油白面。
一人吃半斤，仨人吃斤半。
现钱我就卖，佘着我不干。

（二）

推车的，挑担儿的，轱辘锅的，卖蒜的，
都来我这儿下店来吧！
我问你吃嘛饭？
一个吃炒饼，一个吃炸酱面。
一个人吃半斤，仨人吃斤半。
有钱的照顾我，要是没钱我不干。

讲唱者：刘新年，男，83岁，不识字。2012年采录于
正定县树鹿村。

上梁喜歌

一进大门观四方，四梁八柱安当央。
四块金砖托玉柱，两根玉柱托金梁。
木是好木，梁是好梁。
出在何处，长在何方？
木出云南高山顶，长在卧龙山岗上。
老师傅从那儿过一趟，见此树与众不同吉祥样，

叫主人找个牙行 ❶ 咱商量。

三言两语说停当，把树刨倒拉门上。

大师傅迎头吊线，二师傅挥锛急砍。

此梁好比一条龙，摇头摆尾往上行。

一行行到半空中，单等主人挂彩红。

彩红挂到一龙头，子孙后代出王侯。

彩红挂到一龙腰，子孙后代出阁老。

彩红挂到一龙尾，清似镜来明如水。

一把瓦刀九寸长，盖了北房盖南房。

北房一盖阁老府，南房一盖万年仓。

金银库里有财宝，万年仓里有余粮。

五子登科八宝地，噼里啪啦喜歌扬。

_____

❶ 牙行：过去提供场所以协助买卖双方成交而抽取佣金的商行。

讲唱者：刘新年，男，84 岁，不识字。2013 年采录于正定县树鹿村。

揭盖头歌

新媳妇盖头揭下来，花儿般的脸儿露出来。

樱桃小口笑起来，三间新房放光彩。

揭下盖头交给奶奶，放到家里招三财。

粮库五谷堆成山，金库财宝滚滚来。

2005 年采录于正定县恒府广场。

育女箴言

女儿经，女儿念，念熟经最方便。

识文断字能写算，遇着事了不遭难。

2007 年采录于正定县永安村。

学会奇门遁

学会奇门遁，算账不用问。

长是六，短是五，不多不少是一亩。

尺子排，找秤约，方方圆圆是一遭。

2007 采录于正定县永安村。

宋江杀楼

闫月英坐在北楼上，忽然大事想心中。

提起来我不是此地人氏，家住山西一洪洞。

那时洪洞遭年艰，逃难来至在郓城县。

郓城县里没处存占 ❶，马王庙里把身掩。

老爹爹担水筲大街上卖水，

老母亲扲篮子给人家缝穷 ❷。

老爹爹不服郓城水土，马王庙里得风寒。

风寒得了个半月，四十五天要性命。

我父死在马王庙，想买棺椁无银钱。

我的母万般无其奈，手拉婆惜来到大街中。

一街两巷众人听，哪个舍银三十两，

婆惜许给你们做人情。

贫女跪到晌午错❸，没有一人舍银铜。

多亏了唐牛子好兄弟禀报公明，宋公明来在大街上。

我的娘有眼色拉住他，宋公明舍白银三十两，

三十两白银嘱托清：

"十两白银买棺椁，十两白银把殓成。

花了二十剩十两，你母女籴米买柴过光景。"

我的娘无恩报，把我许给宋公明。

自从到了公明手，穿不清的绫罗花不尽的铜。

他为我修下乌龙院，他为我盖下北楼厅。

他为我饿死高头马，他为我得罪四路的好宾朋。

他为我得罪下亲娘舅，高堂母不叫他去行孝，

鬈鬏夫妻断交情。

宋公明那日喝醉了酒，来到北楼耍酒疯。

上前抓破我的脸，口口骂得不绝声。

他骂我长来他骂我短，声声揭短不留情。

宋公明那天骂恼了我，小心眼里含恨在心中。

三哥哥常把北楼上，小心眼里没了宋公明。

三哥哥快来吧，想死妹妹闫月英。

闫月英坐在北楼上，打开梁山书信看。

上写着梁山寨主双手拜，拜谒英雄宋公明。

我在高山聚好将，你在四路访英雄。

大兵聚在梁山上，八月中秋返郓城。

开刀先杀蔡知县，人马妥妥攻东京。

推倒昏王宋天子，保着公明把基登。

———

❶ 存占：安身。 ❷ 缝穷：为人缝缝补补。

❸ 晌午错：晌午时分。

2012年采录于正定县古城街头。

鹦哥打水

小鹦哥，去打水。

绳又细，井又深，割得小手血淋淋。

揭着金桥看银桥，看见娘家柳树柯。

放羊的他大哥，回家对俺爹娘说，

套上车接鹦哥，接到娘家去住着。

讲唱者：吴青淑，女，86岁，不识字。2013年采录于正定县东权城村。

去房子卖地快赎我

井里开花十二朵，怀里揣，被窝里裹，

狠心的老子卖了我。

一卖卖到沙河县，大小姑子打骂我。

黑间听着山水流❶，白天看着山水走。

有心跟着山水走，横怕山水不回头。

放羊的他大哥，回家对我爹娘说，

去房子卖地快赎我。

———

❶ 黑间：夜里。

讲唱者：吴青淑，女，86岁，不识字。2013年采录于正定县东权城村。

姐妹摘花

初八、十八、二十八，姐妹二人去摘花。
放着棉花她不摘，坐在地头讲婆家。
大姐说："俺婆家种着两顷地。"
二姐说："俺婆家种着一顷八。"
身穿着夹袄鸡皮皱❶，葱皮绿的裤子在底下。

———————
❶ 鸡皮皱：布料的一种工艺。

讲唱者：王进荣，女，82岁，不识字。2009年采录于正定县北关村。

棉花段

天上的星星滴溜溜地转，我给你讲个棉花段。
先说南京归西府，后说河北正定县。
说张三，道张三。
张三赶着个黄牛打打趔趄❶上村南。
把地耕，把地翻，擦子❷擦得平坦坦。
棉花籽找灰拌，种到地里一大片。
出来了，挺好看。
锄头遍，拉二遍，连锄带榜七八遍。
头伏天，掐了尖。开黄花，黄落三。

结得桃子一串串，开得棉花像雪团。
叫大姐，叫二姐，上村南，去摘棉。
大姐摘了一包袱，二姐摘了一幄单❸。
叫张三，担子儿担，担子儿担到我家弯❹。
两头支上木板凳，当间架着大杉杆。
铺箔子，晒籽棉，晒得籽棉嘣嘣干。
远看铁山靠木山，一边下冷子❺，一边下雪片。
枣木弓，牛皮弦，大嫂二嫂来弹棉。
弹得穰子真熟儿，搓得秬节❻空堂儿。
右手拨得天花转，左手拉着白花线，
纺的穗子大又圆。
拐线子，猴耍拳。浆线子，猴爬杆。
落线的，卧当缠。经布❼的，走长道。
织布的，坐正关。
脚蹬木板把梭穿，织的布面一尺三。
东门里有个染坊店，染了一块蓝布段。
棒槌捶，石头颠。
剪子剪，拿线连，做了一件蓝布衫。

———————
❶ 打打趔趄：走路不稳。❷ 擦子：方言，在打耙过后的土地上，用于磨碎土和找平的农具。❸ 幄单：用被单床单代替包袱。
❹ 家弯：家里。❺ 冷子：冰雹。❻ 秬节：用纺车纺线时，先要把弹好的棉絮搓成条，叫作"秬节"。❼ 经布：织布的一道工序。

讲唱者：王进荣，女，83岁，不识字。2010年采录于正定县北关村。

黑丫头

黑丫头，放黑牛，一放放到地南头。

朝东看花花轿，朝西看花花楼。

花花楼上俩斑鸠，斑鸠斑鸠哭嘛呢？

大哥二哥没媳妇儿。

娶了个媳妇儿一拃高，灶火腔里烧没了。

东屋里找，西屋里找，一找找到半截脚。

东屋里寻，西屋里寻，一寻寻个半截人。

讲唱者：吴青淑，女，86岁，不识字。2013年采录于正定县东权城村。

花儿

有江有海牡丹花儿开，连河带海八仙过来采。

珍珠花大姐，白珠花大郎，二人入了花洞房。

洞房薄荷香，芙蓉花的被子，茉莉花的床。

石榴花的枕头兰花褥，虞美人的姑娘缠着绣房。

清晨不打紧儿，使的小丫鬟叫兰喜。

银洗脸盆端着水，檀香皂花露水。

蓝麻格线的花手巾，清晨换上新衣裳。

梳油头桂花香，搽官粉栀子样，

口吐嘴唇石榴花里红。

上穿金丝蝴蝶袄，下穿碎朵菊花裙。

海棠丝裤子长裙带，郁金瓣的汗襟拖地长。

前走一步梅花鹿，后头吹着百花香。

象牙床，纱罩子，里头住着俏佳人。

讲唱者：吴青淑，女，86岁，不识字。2013年采录于正定县东权城村。

警世箴言

山上青松山下花，花笑青松不如它。

有朝一日风霜至，只见青松不见花。

讲唱者：张珍姐，女，60岁，小学文化。2014年采录于正定县东里双村。

韩家洼

村南有个韩家洼，那里住着人一家。

三间房子一间半塌，剩下半间插把扫帚顶着它。

他养了个母狗三条腿，养了个叫驴没尾巴。

养了个公鸡不打鸣，养了个狸猫偏和老鼠做亲家。

2001年采录于正定县西关村。

拉粪

轴又细，人又弱，过了马路过铁道。

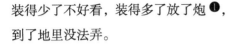

装得少了不好看，装得多了放了炮❶，
到了地里没法弄。

——————
❶放了炮：爆胎。

2001年采录于正定县西关村。

拉泔水

俺姓王，叫多余，半夜三更拉泔水。
又拐弯，又上坡，辕条栽了两个节。

2001年采录于正定县西关村。

老汉锄地

有老汉去锄地，一溜大路朝前走，
行走来到地头上。
这是大大伯的好棉花，这是二大伯的好高粱，
这是老汉的白草地。
锄头一撂地头上，装上一袋子玉兰香。
掏出火镰❶打着火，吸了一袋连三袋，
磕了烟灰露水越。
锄了一垄不算地，锄了两垄并成双。
正锄中间抬头看，看见送饭的闹嚷嚷。
人家送饭都来到，不见俺家老婆出村庄。
来得早了还便罢，来得迟了给她两锄耩。

老爷儿❷出来正端阳，家家户户把饭忙。
盔里淘，罐里装，香油拌菜喷喷香。
咸菜装在毛篮里，迈动金莲进上房。
上房打开描金柜，描金柜里取衣裳。
毛蓝布衫套上一件，寸脚的小鞋蹬上一双。
椿木担子拿在手，鹞子翻身肩膀头上。
头里挂上洋瓷罐，后头挂上毛竹筐。
一溜大路往前走，行走来到地头上。
担子撂在溜平地，叫声老头子把饭忙。

老爷儿一出你不起，你梳头洗脸闹半晌。
半前晌送来难吃的饭，来到地里你胡嘟嚷。
我要不为咱婴孩儿小，咕哧咕哧打你两锄耩。
你把良心拍一拍，奴烧火，奴抱柴，
小小的婴孩儿不下怀。
吃饭你该回家去，为来为去为咱婴孩儿。
你要不回家乡去，饿死你老东西也活该。
今天你要是打了我，该你个老东西身带灾，
我大哥来了拧折你胳膊打折你腿。

贼老婆你胡嚷嚷，把你的背兴你说说❸。
有一天到你娘家去，进了大门是猪圈，
进了二门是狗窝，厨房里安着个破砂锅。
给老汉做了点黍米饭，老汉吃了个无其奈何。
你大哥前凹后罗锅，脸上的麻子赛蜂窝。
甭说你哥打老汉，搭上你一家子也不够我拾掇。

031

说得佳人抿嘴笑，端起碗来米饭喝。

———————

❶火镰：过去一种取火的器物。❷老爷儿：方言，太阳。

❸背兴：背时，背运。

讲唱者：朱培神，男，82岁。2012年采录于正定县南岗村。

人穷马瘦耷拉鬃

人穷马瘦耷拉鬃，穷人说话没人听。
富主家随便说句话，人人都说好音声。

讲唱者：高凤兰，女，80岁，不识字。2012年采录于正定县教场庄村。

姥娘❶喜

姥娘喜，姥娘喜，姥娘得了个外甥女❷。
拿黑糖，拿白糖，拿虎头，拿铃铛。
拿小袄，拿小裤，拿上裤子屁股裆。

———————

❶姥娘：姥姥。❷外甥女：外孙女。

2012年采录于正定县教场庄。

送饭

老爷儿❶出来一竿子高，俺娘送饭好熬焦。
鼻子长着两道红，支棱着两根老白毛。
往后看我的妻来送饭，梳得头溜溜光，
鼻涕都比醋油香。
眵目糊赛砂糖，脱下褂褂儿你坐上，
戴上草帽遮太阳。
要不是当着仨招工，小子叫你仨亲娘。

———————

❶老爷儿：太阳。

2009年采录于正定县诸福屯。

腊月里，贼崩多 ❶

腊月里，贼崩多，手拿小刀把门拨。
偷了米，偷了面，给你个穷人做不了饭。
老婆子，你别急，赶明赶个赵庄集。
买了麦子买了米，吃的喝的蛮对起。
没有七垛❷做不了饭，纸篾潮，吹不着❸。
傻菜❹老婆你胡嚷嚷，连个纸芪也吹不着。

———————

❶贼崩多：方言，贼真多之意。❷七垛：火柴。

❸纸篾：过去的一种火柴。❹傻菜：手拙。

2003年采录于正定城杨庄。

乞讨歌（一）

大掌柜，二掌柜，摸不清掌柜是哪一位。

大掌柜，动动口，二掌柜，动动手。

你给花子我就走，你不给我不要，

掌柜的好听莲花落❶。

莲花落，不下本，搞不住我舌头打俩滚。

你这馒头个又大面又白，姓张的、姓李的，

都到庙上买你的。

掌柜的，真发财，卷子❷个大面又白。

姓张的，姓李的，不买他的买你的。

前头走，后头跟，好像女婿送丈人。

———

❶ 莲花落：一种民间曲艺。❷ 卖卷子的假如不给，推上车子就走，乞讨者在后边跟着，看看乞讨无望，就会挖苦人。

乞讨歌（二）

老头的胡彩撇两绺❶，顿顿不离四两酒。

老头的胡彩分两半，顿顿不离四个菜。

你家大门盖得高，不缺吃来不缺烧。

你家大门盖得矬，不缺吃来不缺活儿。

小狗小狗你别咬，不跟你主人要多少，

打发打发就走了。

大婶子，二婶子，高粱面的菜饼子。

给吧给吧快给吧，不要叫俺说好话。

早点给，早点走，早点离开你栅栏口。

你不给，俺不要，怨俺好话没说到。

———

❶ 胡彩：胡须。

乞讨歌（三）

你家大门盖得高，不缺吃来不缺烧。

刮拉板❶，门上吊，不要饼子要山药。

大嫂子真是好，拿上饼子朝外跑。

一年四季常在外，大把的票子往回捎。

———

❶ 刮拉板：门闩。

观佳人

一个小子刚十七，送到男学念书本。

头一本念的百家姓，第二本念的千字文。

在男学念了仨月整，来到大街去宽心。

手搭凉棚朝西看，看到一个小黑驴。

小黑驴是白眼圈黑眼眉，白尾巴尖白肚皮。

底下四个小银蹄，上头还驮着个小佳人。

这佳人，左边梳得潘龙凤，右边梳得黑墨鱼。

鬓角里有两绺烂头发，一边梳得蜜蜂采花心，

一边梳得蚱蜢❶来浮水。

当间还梳着一座庙，庙里还梳着三尊神。

要问神灵是哪三位？关公、刘备和赵云。

庙后还梳着一座庙，庙里梳着三尊神。

要问神灵是哪三位？城隍、阎王和小鬼。

庙前还梳着个八角琉璃井，

井台上还梳着个打水的人。

庙后头还梳着一块地，地里耩着是谷子。

红根、绿叶秀黄穗，上头趴着个老蚰子。

老蚰子长着六条腿，抻着腿，张着嘴，

吱喽吱喽喝露水。

——————

❶ 蚱螂：螳螂。

讲唱者：董芝姐，女，89岁，不识字。2010年采录于
正定县西关村。

小大姐盼抬亲 ❶

说了一个小大姐刚十七，倒坐门槛上缭扣眉。

一条扣眉没缭起，忽听着大街上吹海笛儿。

不用人说也知道，想必是俺婆婆家来抬亲，
慌忙进绣房去梳洗。

头上的红头绳忙缠下，缠开青丝几万多根。

檀香木拢子拿在手，梳梳头上青发丝儿。

江南带来的猫头篦子，左刮右刮五六下，
哪一下也没刮下一点泥儿。

一边梳得龙盘凤，一边梳得童子拜观音。

鬓角里剩着两绺烂头发，梳了个蚂螂❷餐花心儿。

当间梳着一座庙，庙里梳着三座神。

要问神灵是哪三位？关公、刘备和赵云。

为什么不梳毛张飞？嫌他脸上有点儿黑。

庙一边还梳着个歪胯子树，歪胯子树上九个枝。

九个枝上九个鸟，九个是喜鹊，九个是蛐蛐。

庙一边还梳着个八仙桌，八仙桌旁梳着太师椅，
太师椅子上还坐着个大美人。

大美人抻着腿、张着嘴，嘚喽嘚喽弹弦子。

脖子后头剩着两绺烂头发，梳了个黄狗撵兔子。

还梳着一个种菜的畦，菜畦里梳的是小白菜，
畦背上立着个小小子。

小小子绷着腿儿、张着嘴儿，梳着小手掇蝴子。

满头的花色忙梳起，叫丫鬟端来洗脸水。

不凉不烫刚刚温儿，手捧清水净了净面，
小丫鬟拿来花汗巾。

脸上水珠忙揾净，小丫鬟端过来粉匣子。

江南官粉匀白面，苏州的胭脂乱嘴唇。

耳朵上戴着八宝灯笼坠儿，又有罩，又有底，
又有插蜡的芯儿，差点没烧了俺的耳朵唇。

上身穿着石榴对花氅，狗牙绦子压大襟儿。

葱叶绿的裤子描金绣，八幅罗裙系腰间。

青丝带子腿腕扎，白梭布裹脚带香味。

红段子小鞋儿杉木底，两头着地中间空，
当间爬过个小耗子。

叫丫鬟搀我下楼门，忽听着大街以上闹玩意儿。

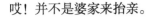

哎！并不是婆家来抬亲。

───────────

● 抬亲：过去娶媳妇都是用轿子抬，所以叫抬亲。

● 蚂螂：蜂。

2003 年采录于正定县城李庄。

玲珑塔

高高山上一座庙，这小庙多比山要高。

这座古庙盖完毕，里边住着一老僧。

要问老僧年岁有多大？曾记得黄河九澄清。

黄河五百年澄一澄，总共是四千五百冬。

这老僧收了八个徒弟，八个徒弟个顶个都有法名。

大徒弟名叫青头愣，二徒弟名字就叫愣头青。

三徒弟名叫增三点，四徒弟叫作点三增。

五徒弟名叫崩葫芦耙，六徒弟叫作耙葫芦崩。

七徒弟名叫随风倒，八徒弟就叫倒随风。

八个徒弟学会了八桩艺，八仙过海各显其能。

青头愣会敲磬，愣头青是会撞钟。

增三点能吹管，点三增会捧笙。

崩葫芦耙能打鼓，耙葫芦崩来会念经。

随风倒来会扫地，倒随风来会点灯。

老师傅一见喜欢了，要叫他们大换工。

也不知道换成换不成？

愣头青敲不了青头愣的磬，

青头愣撞不了愣头青的钟。

点三增吹不了增三点的管，

增三点捧不了点三增的笙。

耙葫芦崩打不了崩葫芦耙的鼓，

崩葫芦耙念不了耙葫芦崩的经。

倒随风扫不了随风倒的地，

随风倒点不了倒随风的灯。

老师傅一见有了气，要打徒弟整八名。

眼睁睁八位徒弟要挨打，

呼啦啦，从外边过来一位云游僧。

云游僧把情讲，罚他们到后边去数塔层。

玲珑塔来塔玲珑，玲珑宝塔十三层。

去时数单层，回来数双层。

哪一个要是数过去，磕头拜他个大师兄。

哪一位要是数不过去，夜间罚跪到天明。

玲珑塔来塔玲珑，玲珑宝塔第一层。

一张高桌是四条腿，一个和尚一本经。

一把扫帚一口磬，一个木鱼一盏灯。

一个金钟整四两，北风一刮响嗡嗡。

玲珑塔来塔玲珑，玲珑宝塔第三层。

三张高桌十二条腿，三个和尚三本经。

三把扫帚三口磬，三个木鱼三盏灯。

三个金钟十二两，北风一刮响嗡嗡。

玲珑塔来塔玲珑，玲珑宝塔第五层。

五张高桌二十条腿，五个和尚五本经。

五把扫帚五口磬，五个木鱼五盏灯。

五个金钟二十两，北风一刮响嗡嗡。

玲珑塔来塔玲珑，玲珑宝塔第七层。

七张高桌二十八条腿，七个和尚七本经。

七把扫帚七口磬，七个木鱼七盏灯。

七个金钟二十八两，北风一刮响嗡嗡。

玲珑塔来塔玲珑，玲珑宝塔第九层。

九张高桌三十六条腿，九个和尚九本经。

九把扫帚九口磬，九个木鱼九盏灯。

九个金钟三十六两，北风一刮响嗡嗡。

玲珑塔来塔玲珑，玲珑宝塔十一层。

十一张高桌四十四条腿，十一个和尚十一本经。

十一把扫帚十一口磬，十一个木鱼十一盏灯。

十一个金钟四十四两，北风一刮响嗡嗡。

玲珑塔来塔玲珑，玲珑宝塔十三层。

十三张高桌五十二条腿，十三个和尚十三本经。

十三个扫帚十三口磬，十三个木鱼十三盏灯。

十三个金钟五十二两，北风一刮响嗡嗡。

玲珑宝塔一共十三层。

一去数单层，要是回来数双层。

玲珑塔来塔玲珑，玲珑宝塔十二层。

十二张高桌四十八条腿，十二个和尚十二本经。

十二把扫帚十二口磬，十二个木鱼十二盏灯。

十二个金钟四十八两，北风一刮响嗡嗡。

玲珑塔来塔玲珑，玲珑宝塔第十层。

十张高桌四十条腿，十个和尚十本经。

十把扫帚十口磬，十个木鱼十盏灯。

十个金钟四十两，北风一刮响嗡嗡。

玲珑塔来塔玲珑，玲珑宝塔第八层。

八张高桌三十二条腿，八个和尚八本经。

八把扫把八口磬，八个木鱼八盏灯。

八个金钟三十二两，北风一刮响嗡嗡。

玲珑塔来塔玲珑，玲珑宝塔第六层。

六张高桌二十四条腿，六个和尚六本经。

六把扫帚六口磬，六个木鱼六盏灯。

六个金钟二十四两，北风一刮响嗡嗡。

玲珑塔来塔玲珑，玲珑宝塔第四层。

四张高桌十六条腿，四个和尚四本经。

四把扫把四口磬，四个木鱼四盏灯。

四个金钟十六两，北风一刮响嗡嗡。

玲珑塔来塔玲珑，玲珑宝塔第两层。

两个高桌八条腿，两个和尚两本经。

两把扫帚两口磬，两个木鱼两盏灯。

两个金钟整八两，北风一刮响嗡嗡。

僧人们正数着玲珑塔来塔玲珑，抬起头来看分明。

天上看，满山星，地下看，一个坑。

坑上看，冻着冰，冰上看，有棵松。

松上看，落着鹰，山前看，有位僧。

僧前看，有本经，屋里看，点着灯。

墙上看，钉着钉，钉上看，挂着弓。

看着看着眼花了，忽然间西北天空起了大风。

要问大风有多大？十个人站着九人惊。

刮散了，满天星，刮平了，地上坑。

刮化了，坑上冰，刮倒了，冰上松。

刮飞了，松上鹰，刮走了，一位僧。

刮碎了，僧前经，刮灭了，屋里灯。

刮掉了，墙上的钉，摔坏了，钉上的弓。

只刮得星散、坑平、冰化、松倒、鹰飞、僧走、经碎、

灯灭、钉掉、弓坏，一场空。

这就叫小段不大字难咬，

一个字咬不清，憋得我说书的脸通红。

讲唱者：邢兵伟，男，69 岁，不识字。2013 年采录于
正定县大孙村。

贴报单

太阳出来明光光，小伙子正对武松起劲地讲。

就听见正南上男的女的乱嚷嚷，

有一位赶庙会的老头开了腔。

叫了一声兄弟快快走，快快走，

咱要到东岳庙上去逛逛。

你到庙上去买什么样的物，

要买什么样的东西到家乡？

那个说："哥哥呀，你的兄弟媳妇做了月子，

我到庙上给她称上二斤好红糖。"

（武大郎扯着兄弟的衣裳道："兄弟呀！你别去了，
哥哥不叫你去上庙，怕你到庙上闹饥荒，李家人
多势力广，打起架来谁能把你帮。"武松没办法
使了个金蝉脱壳，刺啦啦扒了个光脊梁。正南来
到庙会上，他正往庙会上看，从旁边走来一个小

伙子，小伙子把武松一拍说："老哥，看你不是
此地之人，我知道你心里闷得慌，大庙会上这么
多人，话不说不知，木不钻不透，砂锅子不打一
辈子也不漏，老哥你想听吗？想听我给你讲讲。"
武松说："老弟呀！你讲来吧。"这半吊子说："老
哥呀，今天听我把这庙会来讲讲。"）

今年是李家五虎起的庙，真比往年办得强。

人气庙，先贴报，报单子写了三千六百张。

差了一个飞毛腿的李小二，

哗啦啦背着报单贴四方。

头一张贴到了济州府，报单贴到了影壁墙。

正定府，正定县，无极衡水贴枣强。

深泽树鹿也贴到，过了安平到高阳。

东南贴到临青州，清河柳林李官庄。

这一张贴得可不近，扬州一拐贴到浙江。

为什么贴得这样快？只因为孩子跑得太慌张。

瓜州又贴十二张，贴到龙潭贴丹阳。

抬腿又到苏北地，高邮昭关贴五张。

宝应县买了一篓咸鸭蛋，刚吃了一个到清乡。

清乡贴到南门口，走到北门又贴一张。

苏宁岚城也有报，天池闽江也贴上。

顺着海边朝前迈，嗖嗖嗖，

丛林岛贴了一个遍，回过头来是贴南疆。

嘉兴贴到南门外，晃了晃脑袋到苏杭。

雷峰塔，灵隐寺，还有一张贴到断桥上。

福州昆仑马尾县，厦门镇海也贴上。

顺着海边跑得快，磕了磕鞋，

广州肇庆到绥江。
迈步跨进湖南地，贴完了长沙贴衡阳。
洞庭湖贴到了岳阳楼——
华容道曹操倒霉的那个地方，也贴上七八十来张。
翻山越岭到了四川地，头一张贴到沙门上。
东亭贴到小唐口，贴完了成都贴华阳。
峨眉山边也有报，贴到了雅安过西康。
打箭楼贴了还不算，贴遍了金沙江的两岸上。
云南贵州贴得少，一转身，
贴到了山西太原北城上。
贴罢开封贴许昌，贴完了郑州贴洛阳。
喜峰口，张家口，热河共贴十三张。
西门拉沟也帖到，北京贴到前门箭楼上。
天津贴到了铃铛阁，哗啦啦，炮台鼓楼贴一张。
杨家沟子贴龙口，徒儿他贴过了庄府贴云阳。
颖亳寿州也有报，合肥贴到了衙门影壁墙。
庐州府来泗水县，好家伙，从汉口一蹦贴武昌。
黄鹤楼也有报，武穴一拐贴九江。
江西省贴南昌，走到了庐山歇歇凉。
嗖嗖嗖，来到安庆府，安徽芜湖贴九张。
南京先贴夫子庙，滁州一拐到明光。
上双沟，下双沟，夹沟一拐台儿庄。
平遥祁县也走到，随州、零陵、武夷、邹城、夏邑、
商丘也贴到，回过头来贴太行。
周口贴到漯河南，顺着河边贴洛阳。
南徐州，北徐州，柳泉一拐贴韩庄。
东山南陵也有报，抬手淮安贴沭阳。

嗯啦啊哩填了海，贴到了吉林、黑龙江。
济南府先贴报，贴到了全神庙门上。
过了黄河下东北，七十五里贴济阳。
南起沧州罗定县，阳关黎城也贴上。
再贴莱芜大门口，泗水一拐贴宁阳。
济州府贴的梁山地，前头往西贴汾阳。
迈步跨进湖南地，噜楞楞，
周山衡山也贴到，东南一拐贴枣庄。
湖州贴到了半观潮，贴罢苍山贴寿光。
洞庭洲遂平县，东海贴到大桥上。
临清吴桥也有报，德州贴到南门上。
桑园街，也有报，到头一拐贴廊坊。
河间走到保定府，东昌贴到鼓楼上。
为什么贴得这样快？只因为跑得太慌张。
清早起来去贴报，到回来还没有落太阳。
眼看着砰砰砰三声枪，武松照着东南看，
过来了八百多个光脊梁。
为头的叫李贵，瞪着个眼的叫李刚。
老三外号"皮笊篱"，老四外号"不漏汤"。
属着小五人才好一点，半块鼻子一个眼，
人送外号"瞎炮仗"。
哥五个进了柴棚落了坐，我吩咐声：
"徒弟们，快快去查行。
看看他哪家的买卖漏了税，拉到棚里是先过堂。
看看哪个小子不尊咱们的令，棍子就向他腿上量。"
徒弟们答应一声，呼儿嘿呦往外跑，
好像一群白眼狼。

二武松一见心头恼，无名烈火烧胸膛。
东岳庙上眼看就是一场乱，歇歇儿缓缓儿咱接着讲。

讲唱者：邢兵伟，男，69岁，不识字。2013年采录于正定县大孙村。

大杂烩

四四方方一块铜，能工巧匠把它做成。
中间方方加一木，三面黑来一面红。
大喊了三声要开宝，当时来了押宝二先生。
头前走着诸葛亮，后边紧跟着姜太公。
二人就把宝棚进，连把看宝的叫了好几声：
“我们今天来押宝，你想赚个小钱万不能。”
看宝的闻听把眼瞪，叫了一声押宝二先生：
“你打问打问访一访，看宝的不是个省油的灯。
我的名字叫邓禹，打下的伙计是徐茂公。
把案子的是苗广义，管闲事的是孙百灵。
未曾出宝刘伯温算，夹宝盒里是孙悟空。
孙悟空一个跟头能打十万八千里，
想赚个红本万不能。”
他们说话急就要打架，各自回朝去搬兵。
诸葛亮搬来了汉刘备，三弟张飞二弟关公。
黄忠马超两员将，又来了常山古郡赵子龙。
姜太公搬来了雷震子，哪吒二郎为先行。
押运粮草的黄飞虎，后跟着大将名燃灯。
邓禹搬来里汉刘秀，后跟着马武跟陈鹏。
邀起身后两员将，李文李春在后边紧跟行。
徐茂公搬来了二哥秦叔宝，来了八弟叫小罗成。
张公瑾、张公让，搬来了山西银桃借银灯。
苗广义搬来了大哥叫柴贵，
又来了九打花拳的赵飞龙。
打拳卖艺张光宣，常卖香油的郑子明。
刘伯温搬来了张德胜来冯德胜，
华银虎来是华银龙。
常遇春胡代海，郭子英紧跟着李文忠。
孙悟空搬来了猪八戒，还有沙僧跟唐僧。
眼看着宝棚就是一场战，
又来了好管闲事的孙百灵。
孙百灵觉着事大管不了，请来南极老寿星。
老寿星在宝棚说了句话：“你们各自回朝都收兵。”

讲唱者：邢兵伟，男，69岁，不识字。2013年采录于正定县大孙村。

金金巧打扮未完

金金巧打扮，前来把戏观，小模样长得赛天仙。
打扮得真体面，哎嗨哎嗨呦，打扮得真体面。

头梳得明而亮，使着桂花油，蝇子一落打个跐溜。
梳的是龛头❶，哎嗨哎嗨呦，梳的是龛头。

黑油大辫子，长得一庹多❷，

咯吱吱的小扇手里拿着。
画的是郴州，哎嗨哎嗨呦，画的是郴州。

缎子红绣鞋，荷花插两帮。
脚尖正中是个蚂螂，花花儿在两旁。
哎嗨哎嗨呦，花花儿在两旁。

———————

❶ 龛头：过去女子的一种盘发样式。

❷ 一庹：长度单位，两臂平伸为一托。

讲唱者：张婷兰，女，79岁，不识字。2012年采录于
正定县三里屯村。

小毛驴

说毛驴，道毛驴，毛驴上坐着个小佳人。
这毛驴有意思，粉鼻子、粉眼、粉肚皮，
嘴里叼着铜嚼子。
红鞍钗❶，绿凳子，紫檀木刻的纹皱皱。
这佳人，头发又黑又明净，腰又细来又灵动。
脚又小来又周正，小脸蛋又白又干净。
这佳人，那个头，那个脸，身子顺溜赛笔杆。
糯米粽子小金莲，眉攒里长着个朱砂点。
这佳人，头像盔，脚像锥，杏核眼、柳叶眉。
鼻子好像个砸蒜槌，不高不错个俏佳人。

———————

❶ 鞍钗：放在驴背上供人骑坐的器具。

讲唱者：邢兵伟，男，68岁，不识字。2012年采录于
正定县大孙村。

小段

闲来无事上村西，碰见个古庙是新修的。
歇山到顶琉璃瓦，四出抱厦十字脊。
在庙里住的是女三个，一个师傅俩徒弟。
大徒弟名叫人人爱，二徒弟名字就叫人人喜，
数着师傅长得好，人送外号"一百一"。
大徒弟年长一十八，二徒弟年长八九一十七。
数着师傅她年岁大，打过新春才二十一。

讲唱者：邢兵伟，男，68岁，不识字。2012年采录于
正定县大孙村。

女人贵

女人贵，女人贵，女人肚里出宝贝，
又出官，又出臣，又出买卖大商人。

2004年采录于正定县城街头。

老虎学艺

东海岸上白马桥，白马桥头紫荆树，

040

树大根深长得牢。

来了猛虎来学艺，来了个狸猫把它教。

翻山越岭全学会，猛虎一心要吃狸猫。

狸猫一看事不好，四蹄蹬云撒腿跑。

狸猫眼看要丧虎口，紫荆树上把命逃。

猛虎急忙跪在地，恳请师傅下来吧，

上树的武艺俺要学。

忍自忍，饶自饶，这点武艺不教调。

这点武艺交给你，连骨头带肉不够你嚼。

讲唱者：李文兰，女，81 岁，不识字。2008 年采录于
正定县西关村。

小烧饼

小烧饼空膛儿，里头住着个老婆婆。

老婆婆干吗呢？纺棉花呢。

怎么不点灯呀？没油，没油！

讲唱者：韩荣，女，63 岁，小学毕业。2013 年采录于
正定县封家庄村。

姑娘要陪送

正月里，姑娘要陪送，行走来到上房中。

见了爹娘拜三拜，尊声父母你要听。

女儿要陪送你可不要心痛。

咿儿呀儿呦！

要贡绸八字红，青带子红头绳。

扬州马褂要圆挺，八片罗裙巧绣工。

再听女儿要分明。

咿儿呀儿呦！

二月里，姑娘要三环 ❶，金镯银镯要得全。

金银簪花要两对，一丈青，一丈蓝。

玛瑙坠子共配选。

咿儿呀儿呦！

三月里，姑娘要嫁妆。

一对立柜两对箱，条儿 ❷ 桌子要几件。

梳头匣子画月亮，拢子篦子里边装。

咿儿呀儿呦！

四月里，姑娘要汗巾，绣花手巾要全新。

鎏金铜盆要一对，胭脂官粉香胰子，

雪花膏瓯子要几瓶子。

咿儿呀儿呦！

五月里，姑娘要了个多，一件一件听我说。

茶壶茶碗带茶托，酒盅海碗带火锅，

未曾出阁我先拿着。

咿儿呀儿呦！

六月里，姑娘要了个全，尊声父母听儿言。
大嘴荷包铜烟锅，银牌子挂火镰。
玉石嘴烟袋三尺三。
咿儿呀儿呦！

七月里，姑娘要了个佳，春夏秋冬四季花。
樱桃花、水仙花，石榴红、月季花，
梅花、菊花、绣球花。
咿儿呀儿呦！

八月里，姑娘要了个净，父母听儿细细唱。
纱绸褥子鹅绒被，光要双的不要零。
鸳鸯枕，玉石床，大红罗帐俏娇娘。
咿儿呀儿呦！

❶三环：耳环、戒指、手镯。❷条几：一种家具。

讲唱者：王桂兰，女，82岁，不识字。2007年采录于正定县邢家庄。

二郎不是货

俺村有个二郎哥，人人说他不是货。
不是打孩子，就是骂老婆。
二郎哥不成材，歪戴帽子趿拉鞋。
腰里系着花腰带，脖子后头插着大烟袋。
又吸烟，又喝酒，烟花巷里经常走。

压大宝，推牌九，见了女子色眼瞅。
爹也骂，娘也愁，宾朋见了躲着走。
二郎对此不觉得羞，黄河岸上不回头。
先卖锅，后卖窝，卖了孩子卖老婆。
外人恨，家人烦，亲戚朋友不待见。
晚年落个穷光蛋，手拿破碗去讨饭。
十冬腊月睡草里边，临死落个大蛆钻。

讲唱者：苏顺保，男，84岁。2013年采录于正定县斜角头村。

穷人坑

说了个穷，道了个穷，穷人掉进穷人坑。
穷人坑里穷庙宇，穷庙宇供着穷神灵。
穷得小鬼呲着牙，穷得阎王瞪眼睛，
穷得磬都是大窟窿。
一张桌子三条腿，桌上供着泥烧饼。
穷人祷告穷神灵，怎么逃出穷光景。
穷神圣指给一条路，穷人顺路往前行。
慢走几步穷赶上，快走几步赶上穷。
不紧不慢往前走，一步迈进穷人坑。
穷人生就穷人命，到死就是一个穷。

讲唱者：苏顺保，男，84岁，私塾。2013年采录于正定县斜角头村。

预言

穿鞋没有脸❶，吸烟没有杆。
吃水不用挑，磨面不用扫，
道旁不长茅草。

———————
❶ 过去男人们的鞋在脚面上有两道装饰叫作脸，现在没有了。

卖裂子药❶

不买，不粘，越裂越宽。
不买，不行，越裂越疼。
有钱舍不得买，越裂越拐。
花钱不多，买块裂子药一粘就好。

———————
❶ 裂子药：治疗冬天手脚干裂的药。

讲唱者：王四雷，男，80岁，不识字。2014年采录于正定县朱河村。

懒人谣（一）

嘴打哈欠眼流泪，纺线不如早点睡。
左思想，右思想，买布不如买衣裳。

2004年采录于正定县恒府广场。

懒人谣（二）

黑了别明，阴了别晴。
大小有个病，千万别要了命。

讲唱者：佚名，男，2003年采录于正定县西关村。

君子下马把头低

君子下马把头低，猛虎下山被犬欺。
狮子落毛带猴相，凤凰落地不如鸡。

讲唱者：贾领娣，女，初中毕业，78岁。2012年采录于正定县塔元庄村。

河里鱼多水不清

天上月明星不明，地上人多心不平。
山上石头拉不败，河里鱼多水不清。

讲唱者：贾领娣，女，初中毕业，78岁。2012年采录于正定县塔元庄村。

夫妻斗嘴

叫你嫁，你不嫁，我的光景糟完啦。

我说的话你不信，老婆你实在坏良心。

老头子你死土鳖，俺娘家来了你怕待客，

又没米，又没面，我拿什么给你做成饭？

老婆子你不要着急，赶明天我赶个留村集。

先量麦子后量米，回来全都交给你。

交给我，还不算，推米捣面俺不干。

老婆子，别发愁，明天赶集买个牛。

又不拥，又不踢，碾磨道上替了你。

替了俺，俺不怕，不替俺，俺就嫁。

你要嫁，嫁给我，我腰里有毛票，我领你去赶庙。

买皮匣，买袜套，临了拉个大袄料。

大北屋，煤火炕，你看妥当不妥当。

讲唱者：李淑琴，女，78 岁，不识字。2012 年采录于
正定县南杨庄村。

邋遢老婆

我说你邋遢你可真邋遢，
你看看你那头发秀成了大疙瘩。
你看看你那头发秀成了大疙瘩——
你说俺邋遢俺可不邋遢。
你不给俺买拢子，俺怎样拢拢它。
你不给俺买拢子，俺怎样拢拢它。

我说你邋遢你可真邋遢，

你看看你那脸上疤瘌套着疤。
你看看你那脸上疤瘌套着疤——
你说俺邋遢俺可不邋遢。
你不给俺买沤子❶，俺怎么抹抹它。
你不给俺买沤子，俺怎么抹抹它。
我说你邋遢你可真邋遢，
你看看你那包里净是大饹馇❷。
你看看你那包里净是大饹馇——
你说俺邋遢俺可不邋遢。
你不给俺挑担水，俺怎么洗洗它。
你不给俺挑担水，俺怎么洗洗它。

我说你邋遢你可真邋遢，
你看看你那裤裆里崩了一大拃❸。
你看看你那裤裆里崩了一大拃——
你说俺邋遢俺可不邋遢。
你不给俺买针线，俺怎样缝缝它。
你不给俺买针线，俺怎样缝缝它。

我说你邋遢你可真邋遢，
你看看你那脚巴丫都比俺的大。
你看看你那脚巴丫都比俺的大——
你说俺邋遢俺可不邋遢。
俺踩萝卜畦，比你踩得多。
俺踩萝卜畦，比你踩得多。

我说你邋遢你可真邋遢，

你看看屋地下的土准有一大拃。

你看看屋地下的土准有一大拃——

你说俺邋遢俺可不邋遢。

小孩们来玩耍，栽不了他的牙。

小孩们来玩耍，栽不了他的牙。

我说你邋遢你可真邋遢，

你看看席子下面的土也有一大拃。

你看看席子下面的土也有一大拃——

你说俺邋遢俺可不邋遢。

晚上小两口来睡觉，硌不了你的胯。

晚上小两口来睡觉，硌不了你的胯。

懒老婆你穷对诺，

我休你无处落就叫你回娘家。

我休你无处落就叫你回娘家——

叫丈夫要宽大，以后俺梳洗打扮，更要瓜❹。

白天给你耕种地夜晚纺棉花。

白天给你耕种地夜晚纺棉花。

———————

❶沤子：护肤品。❷饹饳：衣服脏了的地方。

❸崩了：裤缝开线了。❹要瓜：方言，利索之意。

讲唱者：李淑琴，女，78岁，不识字。2010年采录于
正定县南杨庄村。

懒汉陈老墩

陈老墩，生得巧，一双父母死得早。

死得早，得花钱，陈家出了个败家的孩儿。

你叫我，我就到，青枝绿叶对你学❶。

我从前就是大财主，不缺吃来不缺烧，

然后我把房子交。

我紧去地慢卖田，一年糟耗❷都完了。

我身穿破怀抱瓢，胳肢窝里夹草条。

白天早晚去要饭，黑天夜晚去住庙。

枕香炉，铺稻草，身上盖着破麻包，

手拽麻包一使劲，又把麻包抻坏了。

———————

❶形容从根到梢，仔仔细细对你说。❷糟耗：挥霍。

讲唱者：刘十姐，女，86岁，不识字。2012年采录于
正定县大孙村。

陪送闺女

一个老头出村西，哭哭啼啼泪百啼❶。

我问你个老头哭嘛呢？

俺家里有个没出阁的大闺女。

不给陪送她不走，一给陪送小子媳妇了不得❷。

叫丫头你不要着急，各样的物件陪送你。

盒盒匣匣皮箱子，看门的狗，打鸣的鸡。

碾子磨子全带去，还带上哇哩哇哩大叫驴。

丫头你不要着急，纺车落车❸全带去。

还陪送个捶板石是玉石的，一个棒槌是枣木的。

叫丫头你不要着急，十亩的菜园子给了你，

临了还跟上一个做活儿的。

————

❶ 泪百啼：形容很伤心的样子。 ❷ 了不得：不高兴。

❸ 落车：过去一种与纺车配套的器具，用来把纺好的线打落成匹。

讲唱者：刘十姐，女，85 岁，不识字。2011 年采录于正定县大孙村。

姑嫂二人摘棉花

年年有个八月八，姑嫂二人摘棉花，先把包袱拿。

迈动金莲往前走，扑腾坐在平地下。

姑嫂二人闲磕牙❶：

"叫小姑儿你听着，你的婆家我知道。

你婆家住在南街凹，好地就有十来顷。

骡马使着十二三，楼房瓦房青峙厦❷，

光景年年发。

你的女婿叫淘气，他的大名叫俊发。

念书数着他，头发黑来一大把。

脸蛋又白又没疤，小模样数着他。

今年就有十七岁，打过春后就十八。

把你抬到他的家，过了三年并二载。

双手托着胖娃娃，声声叫着妈。"

说得小姑儿心中恼，回你一声老残杀：

"回家对着哥哥讲，哥哥打你俺不拉。"

姑嫂二人正玩闹，拿上包袱摘棉花。

————

❶ 磕牙：斗嘴。

❷ 青峙厦：青砖黛瓦的高楼大厦。

讲唱者：刘十姐，女，85 岁，不识字。2011 年采录于正定县大孙村。

太阳出来照东花

太阳出来照东花，照在东边帝王家。

王家缺子无有后，生了个小姐一枝花。

金簪银簪她不戴，折个桑枝头上插。

王爷看见心好恼，绑出午门就要杀。

帝王爷，慢动手，听我把桑枝夸一夸。

桑皮做纸文官用，桑木满弓武将拉。

人吃葚子甜如蜜，蚕吃桑叶吐黄纱。

黄纱落在能人手，绫罗绸缎它织下。

先织黄娘龙凤衣，再织万岁爷的玉带黄袍褂。

帝王爷听了哈哈笑，我给桑树把牌挂。

讲唱者：李文兰，女，82 岁。2009 年采录于正定县西关村。

懒老婆（一）

懒老婆，怕做活儿，东家子串，西家子磨。
东家子擀的焖白面，西家子蒸的大馍馍。
人家吃着不让我，馋得我直咽吐沫。
回到家里粉麦子，一粉粉了二斗多。
自家推，自家箩，胳膊肘子把面和。
饺子捏了三百六，馍馍蒸了两簸箩。
吃完撑得有了病，心疼得老头儿直哆嗦。
接先生，请太医，望闻问切把脉摸。
先生说："这个病不算病，是你今天吃得多。"

讲唱者：王房姐，女，70岁，二年级。2012年采录于
正定县吴兴村。

懒老婆（二）

说了一个懒老婆，好吃好的怕做活儿。
东家子串，西家子磨。
东家子擀的焖白面，西家子蒸的大馍馍。
人家吃着不让我，哏啦哏哩咽吐沫。
赶紧回家淘麦子，麦子淘了二斗多。
白面磨了一簸箩，回到家里蒸馍馍。
馍馍吃了一百整，白面吃了十碗多。
吃得肚子好像锅，躺在炕上哼哼着。
李家庄有个李仙婆，仙婆脚大腿长跑得快，
看见师傅跟着来。摸摸脉没有病：

"是你吃得有点多。你别笑，你别说，
别叫汉门家❶ 听见了。"

——————
❶ 汉门家：方言，男人。

讲唱者：刘十姐，女，86岁，不识字。2012年采录于
正定县大孙村。

尖绞莫良❶ 时运低

一个老头八十多，清晨起来胡叨叨。
叫起大小子去锄地，叫起二小子褪棉棵❷。
骂声小三你不要急，打了你哥哥还有你。
母夜叉的小三家，俺丁丁对对的小两口，
俺不做那不该干的活儿。
大哥做活儿整五口，二哥做活儿孩子多。
叫大哥你把家分，你要不分俺就砸碗。
叫二哥你把家分，你要不分俺就砸锅。
大哥分了一匹马，二哥分了一匹骡，
只有小三运气低，分了个叫驴没耳朵。
大哥分了看家的狗，二哥分了看家的鹅。
只有小三运气低，分了个草鸡不下蛋，光乍窝❸。

——————
❶ 尖绞莫良：形容人总觉得自己吃亏。❷ 褪棉棵：棉花的田
间管理的一道工序。❸ 乍窝：方言，母鸡抱窝。

讲唱者：刘十姐，女，86岁，不识字。2012年采录于
大孙村。

高高山上一只牛

高高山上一只牛，两个犄角一个头。
四个蹄子撇八半，尾巴长到身后头。

讲唱者：程富姐，女，86 岁，不识字。2010 年采录于
正定县东柏棠村。

胡话（一）

胡话，胡话一大掐，锅台上种着二亩瓜。
绝户的儿子去扒瓜，盲人看见直哇哇。
哑人就喊，瘫人就赶，揪住辫子就打光脑袋瓜。

大年初一月亮明，树梢不动刮怪风。
下了三天箩面雨，地上的尘土扑腾腾。
姑子庵里做满月，月子的孩子嚷牙疼。

河中间，把秧插，烟袋锅里炒芝麻。
三伏天里穿皮袄，十冬腊月穿汗纱。
尼姑出家哈哈笑，和尚娶媳妇笑哈哈。

小光头，黑头发，梳了个纂圆又大❶。
胳膊上边能跑马，枯井里淹死癞蛤蟆。
大寒节里草发芽，男人生了个胖娃娃。

六月里磕河水冻冰，树叶不动刮大风。

刮得碌碡满街跑，刮得鸡蛋不鼓弄❷。
鸡蛋就把碌碡碰，碰了碌碡个大窟窿。

瓢泼大雨天气晴，家财万贯日子穷。
花子住在金銮殿，百官上朝进牛棚。
文官领兵去打仗，武官断案不出城。

梨树开花一片红，北瓜蔓用来拧麻绳。
塔尖上种着一亩地，洗脸盆里学游泳。
公鸡下了个大白蛋，老鼠生了个大狗熊。

半夜三更日正南，半天空中能行船。
老虎拉磨能磨面，兔子拉车能驾辕。
长疮光嫌烂得慢，做买卖就怕多赚钱。

土坯房全卧砖，要想钓鱼上高山。
夜壶里边装烧酒，帽子戴在脚上边。
鸭子长着个尖尖嘴，腰带净往脖上拴。

天气越冷越出汗，砂锅里边能砸蒜。
瞪眼盲人中状元，夜里睡觉盖门扇。
鸡找黄鼬交朋友，丑八怪人人夸好看。

爹见闺女叫大姑，头发倒比房梁粗。
蠢人脑瓜通灵透，死人睡觉打呼噜。
驴撅尾巴屙牛粪，想长学问甭念书。

狗打鸣，羊上树，想吃甜的多放醋。

煮熟的鸭子飞上天，茅房里边开饭铺。
白布做了件黑棉袄，花秸❸能当顶梁柱。

油炸糕，用水煮，蒜皮用来缦大鼓。
磨盘上边炒鸡蛋，蜜比黄连还要苦。
女人长着连鬓胡，小鲫鱼吃了个老母猪。

――――――
❶纂：把头发盘起来叫纂。❷鼓弄：方言，动的意思。
❸花秸：小麦秸秆。

讲唱者：刘十姐，女，85岁，不识字。2011年采录于
正定县大孙村。

胡话（二）

一树红杏绿莹莹，月子里孩子喊牙疼。
鸡蛋破了找铜钉，石头坏了用线缝。

讲唱者：李凤玲，女，53岁，本科。2018年采录于正
定县南楼乡北石家庄村人士。

胡话（三）

东西街，南北走，出门碰见人咬狗。
拿起狗来溜砖头，砖头咬到手指头。

八十多的老婆儿吃炒豆，月子壳的孩子嚷牙疼。
公鸡下了个大白蛋，草鸡黑间打夜明。

割了白菜去沤粪，谷子打得不满囤。
镰刀去割大秫秸，碰得镰刀一道璺。

讲唱者：李文兰，女，86岁，不识字。2013年采录于
正定县西关村。

胡话（四）

胡说话，话说胡，高粱地里耪两锄。
一锄锄到枣树上，落的葚子黑打胡。

铺下包，捏葚子，北瓜茄子两嘟噜。
背着家里熬瓜菜，熬了一锅臭豆腐。

张三吃了李四饱，撑得马五生啼哭。
吃了一百单八碗，撑得肠子线来粗。

说着说着官来到，坐着马，骑着轿。
吹着鼓，打着灯，驾着兔子撵着鹰。

讲唱者：王进荣，女，82岁，不识字。2010年采录于
正定县北关村。

报母经

隔窗望见儿抱孙，我儿只知他儿亲。
但等他儿成人后，他儿饿断我儿筋。
父母的养育恩如地如天，为子女费心力报答不完。

人生在尘世间各有父母，老扶幼来幼敬老理所当然。
个别人只知道妻儿温暖，竟忘了二爹娘养你一番。
说父长道母短抱怨一片，就不怕叫外人说你不贤。
请君看娘生儿报母经上，阐明了娘养儿千苦万难。
娘怀儿一个月提心吊胆，只恐怕出差错如临深渊。
娘怀儿二个月草上露水，茶不思饭不想百病来缠。
娘怀儿三个月形容改变，终日里头难抬昼夜难眠。
娘怀儿四个月四肢生长，一时阴一时阳心神不安。
娘怀儿五个月五脏发现，腰膝酸腿脚软痛苦难言。
娘怀儿六个月心慌意乱，三分人七分鬼如坐刀尖。
娘怀儿八个月八宝长全，坐不安睡不宁心似油煎。
娘怀儿九个月就要分娩，周身的骨与肉好似刀剜。
生几生死几死才见儿面，赤条条血浴身抱在怀间。
说不尽娘怀儿十月之苦，养育恩比山重非比一般。
生下儿娘心喜难关一过，受尽了人世苦度日如年。
一生子两岁时娘怀中抱，只累得胳膊疼也无怨言。
二生子三岁时学说学走，走一步叫声妈娘心喜欢。
三生子四岁时刚会玩耍，怕火烧怕饭烫又怕水淹。
到七岁送到男学把书念，怕我儿不聪明又怕师严。
怕同学在一块委屈于咱，怕我儿不用功惹事生端。
好田地为娇儿荒废一半，好吃穿尽儿用自己不沾。
二爹娘到此时用尽血汗，出学堂为父的又把亲搬。
好彩礼她要的不计其数，室内的好家具样样俱全。
东家借西家借倾家荡产，众亲戚和邻居都来支援。
盼我儿成家后传宗接代，到百年两鬓白有个靠山。
原以为儿媳到家了心愿，谁知一辈子也擦洗不完。
听起来公婆二字挺鲜艳，哪知媳妇到家婆婆遭了难。

老公爹就好像帮人的汉，婆母娘好像是忙碌的丫鬟。
每日里收干晒湿忙家务，伙房里烧火做饭抱孙玩。
弟兄们各人持各人意见，媳妇们张王李赵不一般。
养育恩骨肉情都不念，听妻言鼠目寸光顾眼前。
弟兄们分开过轮流养赡，谁也不肯留爹娘多吃一餐。
到此时二爹娘肝肠寸断，茶不思饭不想病倒床前。
眼看着年迈人时光有限，你应该尽孝心安慰老年。
知父热懂母冷让双亲暖，你不该恶言恶语把脸翻。
五更时手扪胸膛想一想，问自己怀中抱子为哪般。
你只知自己把亲生抱养，可知爹娘养你如此一般。
孝顺儿还会生孝顺子，忤逆子当会生忤逆男。
尊老爱幼是人间共望，都不要辜负了爹娘的心愿。
新社会旧社会不必那么严，可尊老爱幼是理所当然。
这就是报母经箴言一段，望世人孝父母万古流传。

讲唱者：韩四保，男，70岁，小学文化。2012年采录于正定县东汉村。

十大劝

一劝世人孝为本，黄金难买父母恩。
孝顺生的孝顺子，忤逆养的忤逆男。
我说这话你不信，请看你村街上人。
为人不把父母孝，在世算个什么人。

二劝媳妇孝公婆，孝敬公婆好处多。
给你看门又干活，又是你的看娃婆。

孝敬公婆免灾祸，以后又把孝名落。
我说这话你不信，以后你也当婆婆。

三劝公婆莫心偏，姑娘媳妇都一般。
姑娘不过常来往，媳妇常在你面前。
又做饭来又生产，铺床叠被把饭端。
虽说女儿待你好，能在跟前待几天。

四劝弟兄要互敬，你们本是同胞生。
兄要忍来弟要敬，为点家产不要争。
有事相互多照管，要学桃园三弟兄。
千万别听谗言语，听了谗言坏事情。

五劝世人莫好强，争强好胜惹祸殃。
要学先人张百让，后增金来福寿长。
大家都要想一想，百忍百让万年扬。
大家想想世上人，强梁之人不久长。

六劝夫妻要互敬，相亲相爱过一生。
有事夫妻多商议，不可胡乱任意行。
妻尊夫来夫爱妻，夫善妻贤度光阴。
和睦家庭人人敬，莫叫二老挂心中。

七劝妯娌要相和，和睦妯娌有担当。
她做饭来你烧火，比你单独强得多。
要是吵嘴把家分，各人干着各人活。
又做饭来又烧火，忙得好像脚踏锣。
八劝嫂嫂和姐妹，嫂子姐妹一门亲。

常在一块多和气，亲戚走得多热和。
谁走娘家都一样，嫂嫂姐妹差不多。
和睦家庭人人喜，莫叫二老愁心里。

九劝青年男女生，读书学习下苦功。
在家要听父母劝，在学尊师先生称。
下定决心把书念，考场争取第一名。
要是有德也有才，国家提拔你当官。
当了官来要行正，不在社会落骂名。
当官学习包文正，万古千载传美名。

十劝二十多岁正当年，人家打架莫上前。
三拳两掌人打坏，拉拉扯扯去见官。
打得轻了与人治，包工养伤你掏钱。
打死人命要治罪，绳捆索绑下男监。
别说你是人命案，奸淫烧杀不容宽。
要是居家见一面，杀人场上把命还。
爹又哭来娘又盼，妻儿老小泪涟涟。
东邻西舍为你叹，亲戚朋友挂心间。
你要听了我的劝，勤俭持家香又甜。
多打粮食多种田，多卖余粮多存款，
利国利民有贡献。

你要不听我的劝，祸到临头后悔晚。
这就是十大劝一个段，唱到这里算唱完。

讲唱者：韩四宝，男，70岁，小学文化。2012年采录于正定县东汉村。

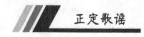

高高山上一棵槐

高高山上一棵槐，青枝绿叶长上来。
三朵鲜花刚开放，两朵红来一朵白。
这朵送到高山上，那朵送到一庙台。
剩下一朵无处送，送到敦实你的怀。
敦实一听挺高兴，伸出两手接过来，
保着善人平平安安下山来。

讲唱者：程富姐，女，86岁，不识字。2010年采录于正定县西柏棠村。

一个老婆儿去点瓜

一个老婆儿去点瓜，点到河南和白沙。
蔓蔓串到莲花山，锦州城里结上瓜。
拿起小刀去切瓜，一切切了整四半。
一块送到南海母，一块送到张玉皇。
一块送到西王母，剩下这块送给俺老人家。

讲唱者：程富姐，女，86岁，不识字。2010采录于正定县西柏棠村。

檀香女哭瓜

言的是前贤字两行，张良留下劝人方。

二十四孝多孝子，还有一孝小檀香。
山东有个檀城县，离城十里有个檀家庄。
檀家庄有个檀员外，万贯家财有余粮。
员外生来心向善，坟前缺少百孝郎。
为子修下双佛寺，为女修下观音堂。
老员外修行三年整，膝下生个女娥皇。
小姐生得多俊俏，起个乳名叫檀香。
一岁两岁娘怀抱，三岁四岁离了娘，
七岁八岁学贤良。
檀香十岁无了父，母女二人度时光。
檀香长到十五岁，她娘得病躺在床。
三天不吃一粒米，五天喝不了半碗汤。
小檀香上前开言道，叫声老娘听其详：
"老娘得下什么病，想吃什么口中尝？"
老娘正在梦中睡，忽听女儿叫亲娘。
"我今天不想把饭用，只想甜瓜口中尝。"
若有甜瓜娘病好，若无甜瓜上望乡。
檀香问清吃瓜的话，两眼止不住泪汪汪。
若说无瓜娘病重，若说有瓜寻何方。
再难也说有有有，迈动金莲回绣房。
打开柜，开开箱，换了一身粗布衣裳。
临走拿了银十两，来到檀城大街上。
东街寻，西街找，南市找到北市上。
四面八方都找到，不见甜瓜在哪厢。
檀香实在无其奈，眼望众人说其祥。
谁家有瓜卖给我，买回家去孝敬娘。
众人听说哈哈笑，哪来这个疯姑娘。

十冬腊月交三九，哪有甜瓜在世上。

等到来年六月尽，甜瓜送你两抬筐。

檀香问清这句话，叫声众位听其详。

等到来年六月尽，俺十个亲娘死五双。

檀香处在无其奈，款抬金莲回绣房。

急忙开柜又开箱，换了一身旧衣裳。

临走抓把甜瓜籽，来到花园正中央。

祷告祷告多祷告，祷告神灵长瓜秧。

檀香之事且不表，表表上方张玉皇。

玉皇爷坐在凌霄殿，心惊肉跳不安康。

也不知哪里困住忠良将，宿魅星君困在哪一方？

左边差了千里眼，右边差了顺风郎。

千里眼拨云往下看，顺风侧耳听八方。

众位尊神来交旨，一并交到张玉皇。

并没有困住忠良将，宿魅星君也无妨。

下方有个檀城县，离城十里檀家庄。

檀家庄有个檀员外，家有一女叫檀香。

她娘得了古怪病，三九想把甜瓜尝。

若有甜瓜娘病好，若无甜瓜上望乡。

玉皇听说心欢喜，急差东海老龙王。

先差龙王来下雨，后差火神到下方。

一驾云头十万里，二驾云头满天光。

收住云头往下看，不远望见檀家庄。

不多一时来得快，来到花园正中央。

急急忙忙掐指念，连云带雨念细详。

咒言咒语念几遍，十二个火神下地藏。

天上下雨地生火，只见花园开了江。

真心感动天和地，三九胜过六月长。

普天众神施法术，再说哭瓜小檀香。

檀香一更哭得痛，悲声惨凄好心伤。

檀香哭到二更鼓，瓜秧长出叶一双。

檀香哭到三更鼓，瓜蔓开花尺半长。

檀香哭到四更鼓，鲜明的甜瓜长一双。

檀香上前开言道，连把甜瓜看端详。

轻手轻脚把瓜摘，双手捧着进厨房。

柳木案板忙放下，一把钢刀光又光。

切了一块又一块，切了一双又一双。

头一块敬了天和地，二一块敬了张玉皇。

三一块来把祖先敬，四一块拿着孝敬娘。

走到床前开言道，连把老娘叫得响。

老娘正在梦中睡，忽听女儿叫亲娘。

女儿双手捧甜瓜，单等老娘把瓜尝。

用手擦开昏花眼，瞧见甜瓜扑鼻香。

头一口吃得甜如蜜，二一口吃得赛砂糖。

老娘连连吃几口，身康体健精神爽。

忽然两手乍炕沿❶，拿起拐棍离了床。

手拿拐棍往外走，来到花园正中央。

哪年不种千顷地，哪年不打万担粮。

盘古至今从头论，哪有三九长瓜秧。

不说老娘病儿好，再把甜瓜表一场。

世上有件新奇事，急忙奏本递皇上。

天子一见龙心喜，我朝有福出贤良。

快把圣旨传下去，来与皇孙做榜样。

檀香哭瓜真孝女，王祥卧冰孝顺娘。

生儿养女留后世，万古千秋美名扬。

唱罢一回哭瓜段，费尽才子气半腔。

诸位要听孝女传，丁香割肉更贤良。

———————

❶乍炕沿：双手在炕沿上支撑着起来。

讲唱者：白素平，女，50 岁，高中毕业。2013 年采录于正定县西平乐村。

丁香割肉

说张良，道张良，张良留下劝人方。

男学仁义礼智信，女学贞节并贤良。

贤良女，女贤良，贤良女出哪一庄？

山西有个洪洞县，洪洞县有个王家庄。

王家庄有个王员外，王员外生了三个郎。

大儿子名字叫王顺，二儿子名字叫王航。

剩下三子没排号，起了个奶名叫王祥。

大儿子娶了个媳妇叫蝈蝈李，

二儿子娶了个媳妇叫画眉张。

属着王祥年纪幼，娶了个媳妇叫小丁香。

可怜丁香她命苦，七岁妨爹八岁妨了娘，

一十七岁就把媳妇当。

小丁香样样强，就是和婆母娘不对当。

妯娌俩凑拢婆娘打，一天不是三场就是两场。

白天打水挑三担，黑天打在她冷磨坊。

五斗麦子要白面，小金莲打吊箩叽里咣当。

上皇爷一看受用不过，给婆娘散灾躺在病床。

三天要有活人肉，叫她病好离了床。

三天要没有活人肉，叫她一命见阎王。

门外进来了蝈蝈李和画眉张。

这两个人上房进，上房以里喊声娘。

不知你得了什么病。要吃面来还是要喝汤？

老太太说：

"为娘我得的是奇怪的病，得病想吃一碗人肉汤。

要有人肉尝一碗，我立刻病好能离床。

要没有人肉尝一碗，我十有八九见阎王。"

老大家拉着老二家往外走：

"我说弟妹呀！咱快到邻居家去躲藏。"

两个人出门去，从外边进来了小丁香。

小丁香从头问了个遍，回到屋里犯惆怅。

老太太自己在房中坐，从外边进来了小王祥。

小王祥下学回家转，来到上房去看娘。

不知道老娘得的什么病，您老人家对儿说端详。

老娘说：

"为娘得了个缠绕子病，鼻子闻着人肉香。

要有人肉尝一碗，我立时病好能离床。

要是没有人肉尝一碗，十有八九我得见阎王。"

小王祥一听落下了泪，开口叫一声儿的娘，

"前年你得了个奇怪的病，腊月里你想吃咸鱼汤。

我左思右想买不到，将身体卧在了冷冰上。

龙王爷念我是个孝子，他送我条鲤鱼孝敬娘。

大街上卖的是牛羊肉，哪有人肉在市上？"

老娘说：

"你到厨房去用饭，饭罢回来伺候娘。"

小王祥说罢出门去，泪眼汪汪进厨房，

小丁香就把丈夫叫，叫声丈夫你听端详：

"以往你下学来欢天喜地，怎么今天你泪汪汪。

莫非是先生打骂你，先生打骂理应当。"

王祥说：

"并非是先生来打骂，是我到上房里看咱娘。

咱娘得了个奇怪的病，她得病想吃一碗人肉汤。

三天要吃上活人肉，咱娘病好离了床。

三天吃不着活人肉，十有八九见阎王。

贤妻呀，这市上卖的是牛羊肉，哪有人肉在市上。"

小丁香暗思想，

"叫声丈夫你自管上学堂，家中有我伺候娘。"

小王祥听罢上学去，回头咱再说小丁香。

小丁香低头想了个巧妙计，给腿上割肉救婆娘。

丁香她打开描金柜，从里边取出好衣裳。

为什么丁香女打扮这么好，

只因为死后做鬼好进天堂。

她穿戴齐整来到厨房，抄起把钢刀就在磨石上杠。

来回杠了十几遍，钢刀闪闪冒寒光。

我有心从胳膊上割下一块肉，可刷锅洗碗磨得慌。

有心从腿上割一块肉，又怕婆母娘她嫌脏。

眼不见为净倒是正理，从腿上割肉孝敬婆娘。

钢刀攥在她的手，抹起裤腿割下去。

拉了块子肉三寸宽来四寸长，立时腿上就冒红光。

小丁香哎呦一声躺在地，钢刀扔在了平地上。

屋里吓坏了神一位，吓坏了一家之主张灶王。

灶王爷在上坐不住，一心要救小丁香。

坐下骑了一匹马，凌霄殿上见玉皇。

小神禀报玉皇爷，下方出了贤人两个。

一个是王祥，一个是丁香。

这王祥曾经把鱼来卧，这丁香割肉救婆娘。

玉皇爷给我灵丹妙药，我要下界去救小丁香。

玉皇爷差使了千里眼，眼望着下方看其详。

凌霄殿前来回蹉，凡间看见小丁香。

小丁香厨房里给娘正做饭，

炖了碗肉，熬了碗汤，手端俩碗去给娘。

门外碰见大嫂二嫂正商量，一见丁香去送饭，

问她做的什么饭来熬的什么汤？

丁香说：

"我的肉，我的汤，我到上房去给婆娘。"

大嫂接过这碗肉，二嫂接过这碗汤。

来到上房给婆娘，婆娘吃肉病好离了床。

婆母娘道：

"自从老娘有了病，不见三儿家小丁香。"

大嫂二嫂谗言道：

"自从您老有了病，她假装有病躺在床。"

婆娘听罢气得心发慌，

龙头拐杖拿在手，行走来到三儿家房。

撩开门帘咕哧咕哧两拐杖，打得丁香直喊娘。

丁香说：

"你打在别处还好受，你不该打在俺刀口上。"

婆娘说：
"我吃的你大嫂的肉，喝的你二嫂的汤，
你给哪儿来的刀口伤？"
丁香说：
"你要不信，俺抹起裤腿来还冒血汤。"
婆母娘一看明白了，从今往后我是媳妇你是娘。
婆母娘行走来到当院上，叫来俩人听其详：
"我吃的丁香的肉，喝的丁香的汤，
我看看你们的刀口伤。"
两个人一看要露馅，前门跑出去蝈蝈李，
后门跑走了画眉张。
这就是丁香割肉一小段，
望天下的儿女要多多地孝敬爹和娘。

讲唱者：朱培神，男，82岁。2012年采录于正定县南岗村。

善为本

善如青松恶如花，忍它耐它暂且由它，
霜降一打把头扎。
善了好比青松树，恶了好比一枝花。
等到霜降后，你再去看它。

讲唱者：李文兰，女，87岁。2014年采录于正定县西关村。

四句实言

歌儿不唱忘掉多，大路不走草成窝。
快刀不磨锈一起，坐立不正背成驼。

讲唱者：赵修禄，男，89岁，高小毕业。2012年采录于正定县西南街。

王老汉去赶集

王老汉去赶集，仨钱买了个小毛驴。
牵回家里去耕地，老婆儿说：
"驴又小，地又硬，秃噜铧子耕不动。"

讲唱者：裴祥瑞，男，82岁。2010年采录于正定县东房头村。

十二朵花

正月里水仙喷喷香，二月里家雀陪海棠。
三月里桃花圆了瓣，四月里梨花靠粉墙。
五月里艾花压丝鬓，六月里荷花水茵阵。
七月里珍金❶尖尖黄，八月里桂花遍地香。
九月里菊花不怕霜，十月里蜡梅送姑娘。
十一月里好冷的天，西北风刮了颤枝莲。
十二个月整一年，八十老头进花园。

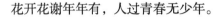

花开花谢年年有，人过青春无少年。

――――――

● 珍金：黄花菜。

讲唱者：李文兰，女，82 岁，不识字。2009 年采录于正定县西关村。

大杨叶

大杨叶，水上漂，俺娘叫俺寻狗蚤。
狗蚤蹦，俺也蹦，俺娘说俺不中用。

泥瓦匠住草房

泥瓦匠，住草房，
纺织娘没衣裳，卖盐的喝淡汤。
编凉席的睡光床，挖煤哥家里像冰窖。
当奶妈的卖儿郎，淘金郎一辈子穷得慌。

讲唱者：施秀荣，女，60 岁。2011 年采录于正定县西门里街。

黑丫头

八月十五正当秋，小两口在场里打黑豆。
一场黑豆没打起，回家生了个黑丫头。
黑丫头长到十七八，爹也愁来娘也愁。

爹愁闺女没有婆家，娘愁闺女出不了头。
爹也别愁，娘也别愁，我扎上黑篮拿上黑铲头，
走进二亩黑沙地，剜了一篮黑菜秀。
顺着黑沟往前走，碰见个黑小放黑牛。
上边穿着黑马褂，下边穿着黑裤头。
扛着一个黑鞭竿，黑穗黑缨黑笼头。
黑小就把黑妮看，黑妮就把黑小瞅。
你也甭看，我也甭瞅，咱俩就是黑对头。
来了一个黑媒婆，一心要把亲说就。
婆家找了个黑道日，黑小要娶黑丫头。
雇了八个黑轿夫，聘了两个黑吹手。
顺着黑街往前走，不远有个黑门楼。
进了大门院里看，黑桌黑椅黑锅头。
进了屋门炕上看，黑被黑褥黑枕头。
公爹好像黑木炭，婆母娘好像火棍头。
过了三年并二载，养活了个小小黑不溜秋。

讲唱者：无名氏，女，78 岁，不识字。2005 年采录于正定县城内北门里街。

八大黑

你说黑我说黑，咱们要说黑来净说黑。
包公、宋江和敬德，徐艳章、七郎、呼延庆。
黑旋风是李逵，叽哩呱啦是毛张飞。

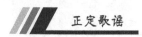

东来一个黑，西来一个黑，

凑到一起是八大黑。

讲唱者：韩四宝，男，68岁，小学文化。2010年采录于正定县东汉村。

十大怕

天怕乌云地怕荒，人怕痨病草怕霜。

鸡怕黄鼬鼠避猫，哀苦孩子怕后娘。

当兵的就怕官不正，儿子就怕父不良。

讲唱者：赵振生，男，82岁，高小。2013年采录于正定县木场村。

瞌睡神

"瞌睡神，瞌睡神，你这瞌睡不如人。

几时熬得公婆老，几时熬成当家的人。"

婆婆听见骂道："小老婆子你说嘛呢？"

媳妇一听婆婆听见了，忙改口道：

"我说瞌睡神，瞌睡神，我这瞌睡不如人。

为人不依公婆管，你还算个什么人。"

讲唱者：王兰菊，女，83岁，不识字。2010年采录于正定县固营村。

蹬油瓶

蹬，蹬，蹬油瓶，富家闺女好陪送。

金桌子，银板凳，十二个骡子也拉不动。

讲唱者：王兰菊，女，83岁，不识字。2010年采录于正定县固营村。

王老熏

王老熏真是沾❶，盖的房子七八间，间间露着天。

娶的媳妇七八个，哪个也不跟着过。

——————

❶沾：方言，行，好的意思。

讲唱者：赵修禄，男，93岁，二年级。2013年采录于正定县西南街。

名言

人生在世，千里良心。

黄金虽贵，分量应人。

交人交心，浇花浇根。

人不保心，木不保寸。

与朋友交，言而有信。

讲唱者：赵修禄，男，93岁，正定县西南街人。

耗子告猫

西厢月罢，花鼓轻敲震地，金钟漫响惊天。

金殿以上抖威严，鬼卒一起上殿。

有事急速启奏，无事各自回班。

自从霹雳一开天，上帝令我判断。

湛湛青天不可欺，未曾立世神先知。

善恶到头终有报，只是争个早与迟。

盘古开天争天下，三皇五帝到如今。

十八国下商州更甚西秦，两唐周乱五代人心不定，

齐宋魏除妖魔糟害良民。

出一物降一物狸猫避鼠，眼似铃爪似钩须似钢针。

腔似块玉雪狸松炭一样，令保卫震乾坤耳似车轮。

似钢钩挂玉瓶人人可爱，似狐狸钻地穴四蹄能云。

小狸猫在供桌安然盹睡，忽听着供桌下唧唧声音。

大耗子小老鼠十数多个，来的来往的往齐出洞门。

大老鼠小老鼠乱成一片，猫听见不由得怒气生真。

抖抖威拿拿势将身一纵，小耗子见狸猫入地无门。

顾不得钻窟窿扭身便走，猫赶上不放松生擒活吞。

抓住那大老鼠细嚼烂咽，抓着那小耗子囫囵整吞。

小耗子死得苦生魂不散，口衔着冤枉状去见阎君。

刮阴风走阳路来得好快，不多时来到了酆都城门。

来至在森罗殿将身跪稳，它只把冤枉状吐在埃尘。

二鬼卒将状纸慌忙拾起，拾状纸递给了五殿阎君。

阎君爷接过来状纸观看，一字字一行行细观假真。

上写着告状人年方三岁，家住在墙根下连环洞门。

按北方壬癸水天开黄道，十二属属耗子让俺为尊。

身又小力又弱别无能干，不能以种庄田锄耕耙耘。

不能以做生意推车担担，家口多济粮少饥饿难忍，

无奈何搬庄村热闹瘆人。

富豪家有余粮先借几斗，俺举家吃个饱以度光阴。

提起来破狸猫真正可恨，高处走低处望苦苦搜寻。

终日里俺怕它更甚如虎，无事里吼一声吓掉三魂。

白日里听人言不敢行走，到夜晚出窟窿提胆掉心。

有一日无动静出来行走，不提防被狸猫拿在怀中。

张开口龇出牙当下咬住，栽两栽晃两晃头到牙根。

先吃头后吃肉细嚼烂咽，不摘毛不吐骨连血皮吞。

吃哥哥撇嫂嫂房中守寡，吃嫂嫂撇小侄真是寒心。

有几家吃得俺少儿无女，有几家吃得俺断子绝孙。

俺有心不告这冤枉大状，儿和女在阳间难度光阴。

常言说杀一命当还一命，俺今死它现活谁肯甘心。

望阎君可怜俺为俺做主，差鬼卒拿狸猫抵命偿身。

阎君爷听此言心中好恼，大骂声小狸猫作罪太深。

小耗子素与你无仇无恨，你不该在阳间灭它满门。

吩咐法牌鬼把猫魂带到，二鬼卒领牌票赶紧动身。

出离了酆都城急速快走，前来至百姓家站立大门。

门神爷拦挡住不敢里进，二鬼卒献牌票你验假真。

门神爷见牌票不敢拦挡，众家神和灶君迎进宅门。

小狸猫锅台上正在洗脸，哗啦啦套上了铁索一根。

不容说不容辩拉上就走，从阳间到阴间昏昏沉沉。

这狸猫前世里也是人转，阴司里在库内存下金银。

班里头班外头都要钱使，大门上二门上也要金银。

催判官和长佛他要争分，钱花到了都是一家之人。

催判官叫代书写好诉状，叫狸猫把状纸揣在怀存。
领它看两旁的行善作恶，行善人作恶人两样区分。
行善人他在金桥上行走，有金童和玉女陪伴终身。
见那些无数的罪人受苦，影背墙画屠夫都是罪人。
奈河里都是些恶人受罪，打东邻骂西舍双剜二目。
瞒心的昧己的锯解分身，杀人的放火的油烹火炼。
背地里骂丈夫刀割舌根，打公公骂婆婆爬狼牙树上，
勾奸夫害亲夫酷刑挖心。
为什么聋人听不见？只因他上辈子夜听新人。
为什么哑人不会说话？只因他上辈子屈说好人。
为什么盲人看不见？只因他上辈子偷看钗裙。
为什么小光头不长头发？只因他上辈子糟害了苗根。
为什么瘸人架着双拐？只因他上辈子夜游墙根。
为什么豁人嘴裂两半？只因为上辈子嘴尖骂人。
为什么罗锅腰头拱着地？只因他在阳间爱富踩贫。
有几个热死鬼头顶火鏊，有几个冻死鬼怀抱冰盆。
有几个撑死鬼怀抱大碗，有几个饿死鬼肚露青筋。
谁要是在阳间省吃俭用，来世里托生个有福之人。
谁要是在阳间抛米撒面，来世里托生个花子受贫。
在阳间欠下账蓄意不还，来世里变骡马报答于人。
小狸猫正观看云牌响亮，大喝声玉门闪坐下阎君。
吩咐法牌鬼把猫魂带到，催牌鬼押猫魂跪在哀尘。
阎君爷在上边开口便问，"你为何吃耗子残害灵魂？"
小狸猫听此言跪爬半步，尊一声阎君爷听我辨假真：
"我祖家住在西奇六国，包丞相借俺来把耗子擒。
小耗子按罪该千刀万剐，剜了眼抽了筋不称人心。
上房里它偷吃鲜桃鲜果，饮琼浆喝玉液打下红尘。

进绣房咬坏了小姐针线，进宫院咬坏了异宝奇珍。
进书房咬文章少头无尾，进佛堂咬经卷齿乱纷纷。
进柜箱咬包袱扯烂衣锦，粉白墙它盗得卧龙大洞。
庄稼人种地亩锄耕耙耘，一滴血一滴汗费尽辛勤。
起五更睡半夜手忙脚乱，打下粮人不吃它先尝新。
严婆婆找东西审问媳妇，儿媳妇受了气胡打儿子。
庄稼人被它害恨如骨剔，找个猫恩养着费力劳心。
俺本是吃主饭报主恩，怎能够昧良心不去尽心。
望阎君在上面从真公断，谁是谁非若降罪谁敢不尊。"
小耗子听此言跪爬半步，尊一声阎君爷听我辨假真：
"说起来我耗子根基深远，从盘古到如今赫赫有名。
我祖先本性鼠名叫耗子，唐二主去争东玉口亲封。
平东辽在中途曾经被困，盖苏文围困三江越虎城。
军士们无粮吃不能出征，只困得无粮草又无救兵。
如来佛自空中降下我祖，我的祖带家小大显神通，
一夜间万担粮盗进皇城。
唐二主见此情龙心喜悦，赠老鼠无论大小奉粮三升。
受皇恩遵祖训奉公守法，可算是守家规谨言慎行。
它凶狠蛮横将我吃掉，可叹我年迈爹娘还不知情。
抛父母在堂前不能行孝，抛妻子还年轻独守孤灯。
抛妹妹十八岁未曾出嫁，抛孩儿两三岁不知西东。
街坊们来打听不知去向，可怜我遭冤死孤苦伶仃。
望阎君开天恩准我大状，谁是谁非若降罪谁敢不尊。"
小狸猫听此言心中好恼，大骂声小耗子你信口胡云：
"自作罪自不说自己作乱，自不说进古庙破坏尊神。
神桌上你跑的光明大道，玻璃盏偷油吃日熬半斤。
神联上咬胡须七长八短，供桌下捣喧土三尺多深。

香盘上你咬得根根落地，供桌上撒屎尿骚臭难闻。
自作罪自不说自己就犯，反倒在阎君前血口喷人。
望阎君在上面从真公断，谁是谁非若降罪谁敢不尊。"
小耗子听此言跪爬半步，尊一声阎君爷听我辨假真：
"杨文广破洪州救过圣驾，我的祖救皇娘救过圣君。
东京事何与你有碍请云，谁都知宋天子洪福不久，
普天下动刀兵大祸来临。
张别虎惩妖怪乌盆告状，养狸猫男共女乱配成婚。
谁都知你偷嘴吃人人可恨，剜了眼抽了筋不称人心。
望阎君回龙心仔细探想，俺转世来也是有功之臣。"
小狸猫听此言心中好恼，大骂声小耗子你信口胡云：
"自作罪自不说自己就犯，自不说进东京捣乱圣君。
大老鼠变皇娘捣乱宫院，二老鼠变万岁乱称圣君。
三老鼠变文武朝纲捣乱，四老鼠变天师要把妖擒。
五老鼠变圣人诗书不懂，众天兵下了界难辨假真。
如来佛自空中降下我祖，它的祖见我祖显露真身。
磕个头打个滚俯伏在地，观世音讲人情救了你祖。
望阎君在上面从真公断，谁是谁非若降罪谁敢不尊。"
阎君爷听此言心中好恼，大骂声小耗子你作罪太深。
吩咐声法牌鬼拉了下去，打到它阴山后永不翻身。
叫狸猫近前来听：
"我封你到深闺夜伴佳人，我封你吃生肉带骨连筋。
我封你到夜间常伴经文，我封你是何处允你行走，
但务必尽心力把耗子擒。
耗子告下拦路状，万古留存到如今。"

讲唱者：韩四宝，男，70岁，小学文化。2012年采录于正定县东汉村。

猫还阳

注：此狸猫是李太太所养，李太太对它甚是喜爱，由于法牌鬼将狸猫的魂魄锁走，狸猫便死过去。李太太见小狸猫死过去伤心欲绝，她想方设法搭救狸猫。

李太太忙抬头看看猫身，仰着脸口不张四蹄直伸。
走上前摸了摸心口还热，鼻孔上摁了摁冷气森森。
方才间看见你如同欢虎，霎时间不见你一命归阴。
不知你什么病一旦身死，眼又灵爪又巧好不疼人。
走一步跟一步恐怕狗咬，如回家不见你找遍四邻。
千寻思万嘟念无法可治，李太太长叹气走出南门。
先来到东邻家借了纸马，南院里折来了桃枝一根。
水瓢内盛浆水加上小米，簸箕内捧上了一串金银。
几案上插上了神香三炷，灶台上吹着了就把香焚。
五道爷夜游神休要见怪，是山神是土地速送猫魂。
今日里保佑着猫儿好了，我必定上官供答谢神恩。
李太太叫子孙将门关上，转身来用水瓢扣住猫身。
用手指将水瓢连敲三下，转身来揭开瓢看看猫身。
有鬼卒将猫魂前面一送，小狸猫爬起来打气舒身。
李太太一看见心头欢喜，朝着西北上打了个问信。
先谢天后谢地神佛保佑，念一声南无佛救苦观音。
李太太叫猫儿心中欢喜，走上前忙抱起亲了又亲。
小狸猫还了阳仔细探想，阴间事一件件记得更真。
曾记得小耗子它将我告，我二人阎王殿同堂对审。
在阴间我曾将地狱游遍，行善人做恶人全显假真。
莫道说眼前事没有报应，远在儿孙们近在己身。

一言说不尽的告猫小段，望诸君使好心干善事，
方能积百福寿终正寝。

讲唱者：韩四宝，男，70岁，小学文化。2012年采录
于正定县东汉村。

贤良妈妈劝姑娘

六月里数伏天气热，闲言碎语咱不说，
咱说说贤良妈妈劝姑娘。
老太太开口叫姑娘，叫声女儿你听其详：
"女儿你今年十八岁，无从出阁还跟着娘。"
老太太一领笼席提在手，迈步拽在大门上。
将一领笼席铺在柳荫下，母女二人做衣裳。
母女两个就把衣裳做，
贤良妈妈就开口劝姑娘：
"不久婆家把你娶，你千万别像在家跟着娘。
你要是娶到婆家去，迟点睡，早点起，
早点起来进厨房。
做饭不知汤多少，你到上房问问婆母娘。
未曾做饭先添净面水，然后再添吃饭汤。
做饭不知放粗细米，开口再叫声婆母娘。
婆母娘开口把儿媳叫，叫声儿媳听我讲。
做饭不知米软硬，小手拈米别用嘴尝。
炒菜不知咸和淡，小手抓盐有存量。
不多一时你把饭做中了，红油漆桌子放炕上。
拿上几个豆青碗，乌木筷子拿几双。

盛饭盛个八分满，别顺着小手沥啦汤。
沥啦一点儿不要紧，怕的是脏了婆母娘的好衣裳。
头一碗递给公爹用，第二碗递给婆母娘。
大姑小姑来盛饭，你接过碗来给她们盛上，
然后再盛一碗递给你的郎。
一家大小都用饭，你迈动金莲进绣房。
进绣房就把活儿来干，拿起鞋底纳两行。
一家大小吃完饭，你迈动金莲出绣房。
厨房以里去刷碗，低下头来看剩汤。
剩下稠的吃稠饭，剩下稀的喝米汤。
稀的稠的都没剩下，千万别说饿得慌。
见了公爹把爹叫，见了婆母叫亲娘。
你要听了为娘的话，为娘我养儿养女沾上光。
你要不听为娘的话，为娘我养儿养女多气场❶。
串门的来了让个座，不叫婶子叫大娘。
你好好听了为娘的话，为娘我养儿养女沾下光。
你要不听为娘的话，叫人家打我女儿骂为娘。"

————————

❶ 多气场：生气的地方多。

讲唱者：范红兰，女，65岁，不识字。2012年采录于
正定县孔村。

两头忙（一）

噼里啪啦三声炮，娶亲的来到大街上。
一对红灯前引路，后跟娶客会伴郎。

新女婿坐着花花轿，大笛小笛吹得响。

大笛吹的将军令，小笛吹的玉兰香。

吹吹打打往前走，惊动了上房里的这位姑娘。

姑娘说："妈妈呀，今天是谁家倒了运，

大清早起来就出丧。"老妈妈一听把眼瞪，

骂一声小壳子你说话不在行。

"今天是你二大娘家你妹妹新婚日，

今天早上配新郎。"

大姑娘一听上了火，叫声妈妈俺的娘：

"妹妹比我小两岁，今天早上配新郎。

你家闺女我今年二十五，也不知道女婿在哪厢。"

老妈妈闻声开言道，叫声闺女听着娘：

"要不是你今天提起婚姻事，我还想不起这一桩。

闺女呀，前三天有个媒婆来给你说媒，

可是一口说了两个郎。"

"妈妈呀，那寻女婿也不能寻俩？"

"这两个有一个穷来一个富，

看你爱到东庄，还是爱西庄？"

"那穷的怎么样，富的又怎么样？"

"东庄上是个大财主，论模样长得不算强。

身高不过二尺半，横不浪着三尺还硬棒。

脑袋瓜好像排粮的斗，后脑勺上的小辫毡一样。

秤砣鼻子火盆嘴，四个獠牙朝外翻着长，

俩眼一瞪呱唧呱唧冒血汤。

别看女婿长得丑，人家的饭碴实在是强。

清晨起来擀白面，到晌午杀鸡烙饼喝瓠汤。

到了夜晚不做饭，吃点儿点心喝茶糖。

虽然女婿长得丑，你看人家饭食多么强。

西庄上那个小伙是漂亮，不高不矬匀实个儿，

刮净的脸蛋耐端详，要论人才是第一。

可是呀，早晨起来喝凉水还喝得饿得慌。

晌午像喂猪一样吃蒙糠，黑天喝点凉水再灌灌肠。

闺女呀，你思一思来想一想，你爱寻穷来爱寻富？"

闺女闻听开言道，开言叫了一声俺的娘：

"这么着吧，白天东庄去吃饭，夜晚西庄去同房。"

"闺女呀，那东庄西庄二十里，

你一天两趟不嫌累得慌？"

"闺女我年轻力又壮，别说两趟，

就是十趟八趟俺也不嫌累得慌。"

说到这里算一段，明公要问什么段，

起名就叫两头忙。

讲唱者：邢兵伟，男，68岁，不识字。2012年采录于正定县大孙村。

两头忙（二）

说南乡，道南乡，南乡有个王家庄。

王家庄有个王员外，王员外有个好姑娘。

正月里打帖二月里娶，三月里添了个小儿郎。

四月里爬爬五月里走，六月里就会叫爹娘。

七月里就把男学进，八月里开篇做文章。

九月里进京去赶考，十月里得了个状元郎。
十一月带病回家转，腊月三十见了阎王。
小孩生来命儿苦，一辈子没喝上饺子汤。
你要问这叫个什么段？取名就叫两头忙。

讲唱者：张庆珍，男，71 岁，不识字。2008 年采录于正定县岸下村。

两头忙（三）

一条扁担两头光，挑上担子走四方。
今天不上旁处去，一心要到王家庄。
王家庄有个王员外，他家有个好姑娘。
正月里说媒二月里娶，三月里添了个小儿郎。
四月里学坐五月里跑，六月里学会叫爹娘。
七月里男学把书念，八月里开篇做文章。
九月里进京去赶考，十月里得了个状元郎。
十月一月领旨去上任，十二月告老还家乡。
腊月三十得了个霍乱的病，不到天明见了阎王。
生得快来死得慌，取名就叫两头忙，

2007 年采录于正定县南牛村。

人在外

人在外，心在家，家里留着一枝花。

有心回家把花采，可惜上头不准假。

讲唱者：裴祥瑞，男，82 岁，不识字。2010 年采录于正定县东房头村。

大脚好

大脚好，大脚好，推起碾来就要跑。
又省草，又省料，又省纥拉子，
又省套，又省扫帚扫碾道。

讲唱者：王记兰，女，83 岁，不识字。2007 年采录于正定县王家庄。

妹妹做梦姐姐来（一）

窗户上的花剪子裁，妹妹做梦姐姐来。
姐姐想吃焖白面，拿上升子去挖面❶。
一挖挖了两格半，倒到盆里就和面。
一和和了个石头蛋，放下案板擀成片。
一切切了两条线，煮到锅里莲花转。
公一碗，婆一碗，案板底下藏一碗。
鸡过来，猫过来，蹬了案板打了碗。

———————
❶升子：过去量粮食的器具，十升为一斗。
讲唱者：李文菊，女，76 岁，二年级。2008 年采录于正定县东权城村。

妹妹做梦姐姐来（二）

窗户上的花，剪子裁，妹妹做梦姐姐来。
姐姐要吃干条面，瓦罐里挖碾当串❶。
一串串了两三遍，粗箩箩来细箩淡❷。
拿起盆来就和面，一和和了个石头蛋。
拿起擀杖就擀面，一擀擀了个布袋片。
拿起刀来就切面，一切切了两条线。
下着锅里就煮面，一煮煮了个莲花转。
叫姐姐来吃饭，尝尝生熟咸和淡。
姐姐吃，姐夫看，急得姐夫抓锅沿。

----
❶串：方言，压。❷淡：方言，筛。

讲唱者：王兰菊，女，80岁，不识字。2007年采录于正定县固营村。

妹妹做梦姐姐来（三）

窗户上的花，剪子裁，妹妹做梦姐姐来。
姐姐想吃干条面，套上毛驴磨五落❶。
粗箩箩，细箩淡，挖到盆里就和面。
一和和了个石头蛋，擀的面，薄又圆。
切的面，一条线，煮到锅里滴流转。
舀到碗里莲花瓣，
叫姐姐来吃面，尝尝生熟薄和淡。
睁开眼，是个梦，忙了一夜一场空。

----
❶五落：方言，五遍。

讲唱者：王兰菊，女，80岁，不识字。2007年采录于正定县固营村。

小二姐

小二姐，上南楼，刺梅子花戴满头。
葫芦坠，两边游，开开大门看石榴。
官见了哈哈喜，相公见了就要娶。
十二个猪，十二个羊，十二个包袱压柜箱。
前头抬着花花轿，后头抬着象牙床。
砰，砰，砰三声炮，你说热闹不热闹。

2001年采录于正定县城内街头。

箴言

鞘里宝剑要勤磨，修房盖屋不靠河。
家里打井做上盖，灶火腔里柴火别抱多。
姑娘大了找个主，别在家里长留着。
娶媳妇不分丑和俊，只要扒家❶多干活儿。
我说这话你不信，有两个古人我对你说。
昭君娘娘长得好，引得两国起争夺。
无盐娘娘长得丑，她和齐王定山河。

----
❶扒家：勤俭持家。

讲唱者：邢兵伟，男，65岁，不识字。2009年采录于正定县大孙村。

街上吆喝

贼杀嘞，谁偷了俺的北瓜了？
十二个成了十三了，左查右查也不对了！

2000 年采录于正定县城内街头。

卖饺子

左手拿着铜勺子呀，右手拿着小笊篱，
赶集卖饺子。
咿嘚呀嘚喂对喂呀，赶集卖饺子。
男客问："大嫂，什么馅儿？"
"葱丝、姜丝、牛肉丝，小磨香油拌馅子儿，
你尝尝好滋味。
咿嘚呀嘚喂对喂呀，尝尝好滋味。"

男客问："大嫂，有素馅吗？"
"葱丝、姜丝、豆腐丝，弓着腰的大虾米，
这就是素馅子。
咿嘚呀嘚喂对喂呀，这就是素馅子。"

男客问："大嫂，多少钱一个？"
"昨天卖的仁钱俩，今天卖的俩钱仁呀。
早完我早回家。
咿嘚呀嘚喂对喂呀，早完早回家。"

男客问："大嫂，你都上哪儿卖？"

"不上东来不上西，我上赵庄营盘里，
卖给当兵的。
咿嘚呀嘚喂对喂呀，卖给当兵的。"

男客问："大嫂，你家里都有嘛人？"
"上有公来下有婆，还有兄弟和小妹，
带俺五口人。
咿嘚呀嘚喂对喂呀，带俺五口人。"

男客问："大嫂，你家住哪儿？"
"不住东来不住西，家住旧城二十里，
门牌二十七。
咿嘚呀嘚喂对喂呀，门牌二十七。"

男客问："大嫂，咋儿不提你丈夫？"
"不提丈夫还好受，提起丈夫泪渐渐，
丈夫当兵去了。
咿嘚呀嘚喂对喂呀，丈夫当兵去了。"

男客问："当兵的你得做太太呀？"
"奴家年轻胆又小，不敢跟着到处跑，
太太做不得。
咿嘚呀嘚喂对喂呀，太太做不得。"

男客问："大嫂，你咋儿不去找他？"
"山又高来路又远，不知哪营哪一连，
小奴家遭了难。
咿嘚呀嘚喂对喂呀，小奴家遭了难。"

男客问："大嫂，你看认得我吗？"

"奴家卖饺子从来把头低，来往客人我不认得，
我可不认得。
咿嘚呀嘚喂对喂呀，奴家我不认得。"

男客问："大嫂，咱俩拜天地吧？"

"你家也有姐和妹，你跟她们拜天地，
我看最相宜。
咿嘚呀嘚喂对喂呀，我看最相宜。"

男客问："大嫂，你怎么骂人？"

"骂你骂你就骂你，骂你不是好东西，
谁叫你占便宜。
咿嘚呀嘚喂对喂呀，谁叫你占便宜。"

讲唱者：王进荣，女，84岁，不识字。2012年采录于
正定县北关村。

卖艺

小钹一敲喤喤喤，南来的，北往的，
叔叔大伯，姑娘太太，有工做工，有事做事。
无工无事在这帮帮场子，我给大家在这练上一套。
练好了大家给我鼓掌，练不好大家多提宝贵意见。
勤学没学好，离师离得早。
正在寻找师傅，到处流浪，四海为家。
右边为下，左边为上，不知道师傅住在哪家哪巷。
知道师傅住在哪家哪巷，赶快到门口拜望拜望。

会武的是我武师傅，会文的是我文师傅，
逢你们会的我不会的都是我的师傅。

讲唱者：张四雷，男，73岁，不识字。2011年采录于
正定县朱河村。

卖柿子

有位大姐儿本姓王，小模样长得实在是强。
她家里是个老封建，十八岁没叫她到过大门上。
九月九她来到庙会上，两只眼睛放金光。
东瞅瞅，西望望，一不小心碰到柳树上。
碰疼了脑袋紧往后退，一下坐进了柿子筐。
卖柿子掌柜的急忙道：
"这位大姐儿，你要坐坐在溜平地，
你怎么坐在了俺的柿子筐。"
小大姐儿一听生了气：
"你这卖柿子的不讲理，卖柿子你不在家里卖，
偏偏担在庙会上。"
卖柿子的一听："哎呀，你还怨俺？
俺在家里卖给谁吃呀？好了，你起来吧！
人家柿子论个卖，俺这柿子论碗量，
卖柿子汤喽！"

讲唱者：孔老三，男，47岁，初中毕业。2013年采录
于正定县四合街。

卖调料

瞅瞅东，望望西，一样的货来分高低。

没有高山就不显平地，煮肉料你还是买好的。

一分价钱一分货，十分价钱买不错。

包了一包又一包，包包都是好材料。

有砂仁，有豆蔻，买回家去好炖肉。

大茴香，小茴香，还有筚茇和凉姜。

草豆蔻，热豆蔻，买回家去好炖肉。

小磨子儿转得欢，花椒茴香往里钻。

你包包子，捏饺子，捎捎带带灌个丸子。

调冷菜，调热菜，捎捎带带拌个饺子馅儿。

买的买，捎的捎，多年照顾的老主到。

今天碰到你不买，改天想买遇不到。

十大香，八大味，这样的材料配得对。

煮肉料价格并不大，吃到肚里帮消化。

煮肉料，真不错，武松打虎就在景阳坡。

十三太保李存孝，赵子龙大战长坂坡。

煮肉料，人人夸，能征善战的樊梨花。

穆桂英大破天门阵，花木兰替父去征杀。

讲唱者：孔老三，男，47岁，初中毕业。2013年采录于正定县四合街。

卖鞭炮

南来的，北往的，买炮买响的。

东瞧瞧，西望望，谁的炮响买谁的。

过年穿新衣，戴新帽。挂红灯，放鞭炮，

你看热闹不热闹。

闺女爱戴花儿，小子爱放炮，老头爱个破毡帽。

讲唱者：张四雷，男，76岁，不识字。2014年采录于正定县朱河。

卖小碗

（有小孩的买小碗来吧，特制的小碗喽！）

不怕摔，不怕蹭，扔得高，摔得重，

扔到地下往上蹦。

摔一下，没事儿。碰一下，没璺儿❶。

这碗盛上饭了又不烧又不烫，

孩子端起来吃得操❷，吃得小孩白又胖。

小孩吃饱不磨人，大人干活儿都放心。

出勤多，挣钱多，一年四季都好过。

吃饺子，吃馍馍，吃大鸭梨和菠萝。

香蕉橘子和苹果，想吃什么买什么。

这碗和碗大不同，有金碗，有银碗。

金碗银碗平民百姓使不起，文武大臣才用它。

———————

❶没璺儿：碰不坏。❷吃得操：方言，意思是吃起饭来狼吞虎咽，形容吃饭快。

讲唱者：张四雷，男，76岁，不识字。2014年采录于正定县朱河。

卖耗子药

这耗子药是好药，耗子吃了就发烧。
大耗子吃了蹦三蹦，小耗子吃了不鼓弄❶。
治老的，治小的，刚出窝的，会跑的，
还有不睁眼的。
花钱不多一治一窝，钱少办大事儿，
捉住老鼠解解恨儿。
老鼠多，真气人。蹬了锅，砸了盆，
你看可恨不可恨。
蒸上馍馍蒸上糕，人还没吃它先叼。
又拉粑粑又尿泡，你看糟糕不糟糕。
这老鼠药闻着香，吃着脆，老鼠吃起来排着队。
一个吃了死一个，两个吃了死一对儿。
不管老鼠精、老鼠王，老鼠爹、老鼠娘，
它姑姑、它姨姨、它姥姥、它妗妗，
它哥哥、它嫂子、它姐姐、它妹妹，
哪个吃哪个死，谁贪吃谁断气儿。
耗子多，净打洞，打得屋里净窟窿。
盗了东墙盗西墙，一气盗到房梁上。
咬了被，咬了箱，咬了你的好衣裳。
咬了箱，咬了柜，咬了你的大花被。
耗子多，狗蚤多，狗蚤多来钻被窝。
它一咬，你要捉，你一捉，它一蹦，
捉不住狗蚤干发性❷，光着身子挨着冻，
冻得你闹着病。
闹着病，住医院，亲戚朋友把你看，

你看麻烦不麻烦。

---

❶ 不鼓弄：意思是不动。 ❷ 干发性：发脾气。

讲唱者：张四雷，男，76岁，不识字。2014年采录于正定县朱河村。

卖糖

买糖吧，买糖吧！我这卖糖的又来啦！
乡亲们吃的糖，没有我这儿的甜，
没有我这儿的凉，开开胃口来买糖。
块儿又大，味儿又好，愿意买多少买多少。
买得多我给得多，买得少我给得少，
地多打的粮食多。
种下谷子得米吃，种下麦子吃馍馍。
口又甜，味又好，花钱不多买一包。
拿上算盘搂搂账，花上几毛不上当。
拿起算盘拨一拨，花上几毛不算多。
一分价钱一分货，十分价钱买不错。
图贱买老牛，拉不动车，拉不动楼，
干起活来发了愁。
省了盐，酸了酱，省了柴火睡凉炕。
冰里小孩拉臭臭，你看上当不上当。
包起来，裹起来，鸟为食来人为财。
鸟为食双翅飞得天下转，人为财一年四季做买卖。
买了一包又一包，要说包，咱就包，

三层老纸打斜包。

大太保，二太保，前太保，后太保，

穆桂英爱上杨宗保。

你要买，我就唱，七郎八虎杨家将。

太阳一出照西墙，西墙西边有阴凉。

阴凉里坐着个老太太，老太太抱着个小儿郎。

小子长大是学生，姑娘长大是皇娘。

我说这话你不信，老头的胡子长在下巴上。

老头有胡彩，孩子有能带❶。

老头的胡彩刮刮显年轻，

小孩儿的能带擦擦讲卫生。

讲卫生不得病，身体健康有保证。

老头吃了我这糖，又不咳嗽身体壮。

老头不吃我的糖，驼背弯腰拄拐杖。

老太太吃了我的糖，

耳不聋，眼不花，腰不酸，腿不麻。

老太太不吃我的糖，

腰酸腿麻心发慌，裹小脚裹到手腕上。

裁缝吃了我的糖，好给顾客做衣裳。

裁缝不吃我的糖，上领子上到裤腰上。

小学生吃了我的糖，心明眼亮做文章，

下考场威名扬。

学生不吃我的糖，心发糊来眼不亮。

下考场你也考不上，黑天睡觉净尿炕。

---

❶ 能带：鼻涕。

讲唱者：张四雷，男，76 岁，不识字。2010 年采录于正定县朱河村。

卖钢针

白：油醋罐，烂瓦查，老头的月头盖❶，小孩的屁股蛋，一擦就着。真正钢条，一擦不着，纯属铁条。

打开一包明又亮，不像星星像月亮，

小光头枕着镜子睡，又光又明又亮堂。

头号钢针明又亮，好比罗成那杆枪。

白天领兵去打仗，夜晚插在营门上，

为什么插在营门外？防备敌人偷营来劫寨。

二号钢针短二分儿，明晃晃的赛镜子。

锥帮子，纳底子，大孔小孔缭扣眼儿。

三号钢针尖又尖，买回家去做衣衫。

能做棉，能做单，光裁不缝没法穿。

四号钢针真不离儿，能插花，能描鱼。

能绣皇上的龙马褂，能秀娘娘的百褶裙。

小轿车，大青骡，哪号钢针做哪的活儿。

哪位要买赶紧买，可不要人家牵牛你拔橛儿。

一包一包又一包，包包钢针往家捎。

老人夸你会办事，媳妇夸你眼力高。

真钢针，假钢针，乍看模样差不离儿。

买了真的不要紧，买了假的准着急。

是真是假别听我，全凭你的好眼力。

老不哄，少不瞒，买卖公平来找咱。
货真价实不闹鬼，从没赚过昧心钱。
好模子，脱好坯，臭鸡蛋不能孵小鸡。
要想针线活做得好，全凭买包好钢针。
一分价钱一分货，十分价钱买不错。
要图钱少买老牛，不干活来净放卧。

———
❶ 月头盖：指脑门。

讲唱者：孔老三，男，47 岁，初中毕业。2013 年采录于正定县四合街。

卖篦子

买篦子，别买稀，买得稀了不拿泥。
买篦子，别买稠，买得稠了不下头。
帘又圆，尖又尖，包你使上三年整。
你要使了二年半，拿回来，俺管换。

讲唱者：孔老三，男，47 岁，初中毕业。2013 年采录于正定县四合街。

卖萝卜

大萝卜水灵灵，小刀一削噌噌噌。
用嘴一咬嘎嘣嘣。
萝卜不糠是好味儿，又好吃又不贵。

管你捡，管你挑，挑好捡好咱再称。
称了萝卜削了砍，萝卜给你钱给俺。

讲唱者：张四雷，男，75 岁，不识字。2013 年采录于正定县朱河村。

卖西瓜

个又大，瓤又沙，花钱不多买好瓜。
吃西瓜扔了皮，吐了籽儿，光咽西瓜那股水。
吃了皮，砌碴❶得慌。
吃了籽儿，它在肚里会生芽。
生了芽，蔓蔓爬，爬出嗓子眼开红花，
结的棒槌一扑拉。

———
❶ 砌碴：方言，胃不舒服。

讲唱者：张四雷，男，80 岁，不识字。2013 年采录于正定县朱河村。

收破烂

买旧雨鞋，旧凉鞋，塑料底，泡沫鞋。
牛皮纸，麻皮袋，猪鬃马尾人小辫儿。
买铁买铜还买锡，买你家不穿的破大衣。
破大衣，破棉猴儿，多年不穿的脏靴头儿。
脏靴头儿、脏袜子，脏裤子、脏褂子，
手套子、口罩子，多年不戴的破帽子。

讲唱者：张四雷，男，76 岁，不识字。2014 年采录于
正定县朱河村。

收鸡

买大鸡，买小鸡，买公鸡，买草鸡，
买你家不下蛋里倒冠鸡。
我吆喝着你不要笑，死猪死狗我都要，
钱买鸭子鹅！

讲唱者：张四雷，男，76 岁，不识字。2014 年采录于
正定县朱河村。

格得歌

格得，格得一，林冲盗宝五子欺。
格得，格得二，大闹天宫里孙猴儿。
格得，格得三，中国女王武则天。
格得，格得四，秦王要杀亲生子。
格得，格得五，武松上山去打虎。
格得，格得六，王莽赶刘秀。
格得，格得七，吴汉上楼去杀妻。
格得，格得八，七姐八妹去采花。
格得，格得九，七郎八虎穿幽州。
格得，格得十，拾金不昧是君子。

讲唱者：宋秋菊，女，93 岁，不识字。正字县西权城村。

上梁歌

一进大门观四方，四梁八柱安当央。
四块金砖托玉柱，两根玉柱托金梁。
金梁好比一条龙，摇头摆尾朝上行。
一行行到半空中，单等主人挂彩虹。
彩虹挂到一龙头，子孙后代出王侯。
彩虹挂到一龙腰，子孙后代出阁老。
彩虹挂到一龙尾，清似镜来明似水。
一把瓦刀九寸长，盖了南屋盖北房。
北房一盖阁老府，南屋一盖万年仓。
阁老府里儿女多，万年仓里有余粮。
五子登科跳龙门，一代更比一代强。
金银财宝库满盈，噼里啪啦喜歌行。
放炮！

讲唱者：张四雷，男，75 岁，不识字。2013 年采录于
正定县朱河村。

媒婆

赛三鲜我一枝花，说媒保亲是行家。
我丈夫是个窝囊废，挣的银子不够我花。
洋烟卷，香片茶，梳头油来头戴的花。
仗着两片薄嘴唇，走东家，串西家。
看见谁家小伙子大姑娘，我就要给他往一块拉。
亲事成了感谢我，给的我票子一大把。

讲唱者：苏秋菊，女，68 岁，不识字。2013 年采录于正定县南早现村。

树大根深长得牢

树大根深长得牢，时兴的耗子怕狸猫。
井淘三遍吃甜水，人艺教到武艺高。

讲唱者：王进荣，女，82 岁，不识字。2012 年采录于正定县北关村。

吊孝

今天是个端阳节，不知道哪儿来了一个报丧帖。
他爹说：
"俺们赶上拨楞的车前去把纸吊。"
闺女说：
"你们前去把纸吊，我也坐坐你们拨楞的车。"
他爹说：
"俺们去给人把纸吊，你去了算个什么客？"
闺女说：
"俺去了不为别的事，是为看看俺外甥和俺姐姐。"
他爹说：
"那你就上这拨楞的车。"

赶上大车往前走，从前街转着后街。

一赶赶到大门上，一到大门下了车。
下车是个哭的事儿，她猫下腰来瞎咧咧。
哭一声姐姐的老公公，哭一声外甥他的爷爷。
又哭一声姐姐的婆婆她的丈夫，
还哭了一声姐夫他的亲爹。
姐夫说：
"我要不是在这披麻戴孝，我不叫你在这瞎咧咧。"

讲唱者：王进荣，女，84 岁，不识字。2012 年采录于正定县北关村。

富家子弟把钱玩

正月里是新年，富家子弟把钱玩儿。
压岁铜钱腰中带，直着砍的用❶，
敞着砍的穿❷，铜钱赢了三四千。

二月里龙抬头，撂下牌来色子悠。
自从正月耍开了手，到了二月没回头。
亲戚也劝，父母也愁，屋里贤妻泪交流。

三月里是清明，家家户户上坟茔。
有钱的小子去行孝，没钱的光棍孝也难行。

四月里四月八，耍钱的人没了法儿。
亲戚门上去借贷，走了十家九家把门插。
出门碰见了他亲家，看见亲家我遛劲儿地跑，

酒铺里也让，饭铺里也拉，
叫声亲家你别拉了吧，我这晚窟窿比天还大。

五月里五月单五，耍钱的人去地土。
去一块，卖一块，我码又大腰又粗，
胆大的小子谁敢跟我赌？

六月里热难当，身穿汗衫露着肩膀。
立不起来爬着走，大街以上讨饭粮。

——————————
❶方言，敞开了花钱，指花钱大手大脚。
❷方言，敞开了穿衣，指花钱大手大脚。

讲唱者：王进荣，女，84岁，不识字。2012年采录于
正定县北关村。

不知足

终日奔波只为饥，填饱肚子就思衣。
衣食两般皆搞定，又想娶个美貌妻。
娶下娇妻生下子，又嫌没房没根基。
置下房子置下地，又觉出门没马骑。
槽头拴上骡和马，又嫌无势被人欺。
人心本是无底洞，纵有万贯也不知足。

讲唱者：梁云兰，女，59岁。2009年采录于正定县教
场庄村。

知足歌（一）

粗茶淡饭饱三餐，早也香甜晚也香甜。
粗布衣裳胜丝绵，长也可穿短也可穿。
一只耕牛半顷田，收也晴天荒也晴天。
同妻儿坐灯前，今也谈谈古也谈谈。
到了老，不肯闲，冲风冒雪为家园，
知足心自安。

讲唱者：梁云兰，女，59岁。2009年采录于正定县教
场庄村。

知足歌（二）

一个少年去赶集，人家骑马俺骑驴。
回头看见推车汉，比前不足比后有余。

讲唱者：刘黑胖，男，91岁，不识字。2013年采录于
正定县朱河村。

看你发愁不发愁

不怕你小子骑得快，走到前头崩了胎。
崩了胎，拧了轴，看你小子发愁不发愁。

讲唱者：王房姐，女，67岁。2009采录于正定县吴
兴村。

嫁给我

嫁给我比他哏❶，我领你上石门。
买剪子，买锥子，拉了洋布做被子。
吃肥的有扣肉，吃瘦的有卤煮鸡。
弯弯腰的是虾米，颤巍巍的是凉皮。

————————
❶哏：方言，好。

2005 年采录于正定县城内街头。

十棵树

柳树开花叶儿长，长在阳关路两旁。
南来的喜鹊登枝叶，行路的君子来乘凉。
杨树开花一条条，大风吹落河里漂。
富人说它没有用，穷人看见下水捞。
槐树开花一片黄，杨排风人小武艺强。
打得焦赞服了气，打得韩昌直叫娘。
春树开花真威风，站到南京看北京。
北京南京通大道，刘秀挂牌头一名。
榆树开花锯齿多，孙二娘打在十字坡。
打遍天下无敌手，来了个好汉武二哥。
桃树开花满树红，白马银枪小罗成。
人人都说罗成小，夜打灯笼定亲红。
梨树开花一片白，陈雪梅吊孝自己来。
雪梅吊孝回宫去，世界上哪有女金牌。

枣树开花叶叶稀，天上牛郎会织女。
牛郎挑担在河东，织女就在河西里。
松树开花叶儿尖，梁红玉击鼓战金山。
贼兵听见心胆战，脑袋瓜子把家搬。

2003 年采录于正定县古城街头。

小两口串亲戚

小两口，串亲戚。
丈夫牵着驴，小媳妇儿就把毛驴骑。
媳妇说：
"要是有人来盘问，你就说表哥送表妹。"
丈夫说：
"他要有人来盘问，你就说他爹送闺女。"
边走边说来到一个大水坑，
一个小伙子正在坑里洗澡呢。
看见来人穿衣裳来不及，
一头扎在水坑里。
媳妇说：
"你看水坑里是什么东西？
要说是葫芦吧当间有个眼，
要说是西瓜两瓣的，
你用鞭杆捅捅看看是什么。"

他早上起来没饮驴，毛驴到坑里去喝水，

一扎头❶把新媳妇掉到水坑里。

————————

❶一扎头：方言，一低头。

讲唱者：刘黑胖，男，91岁，不识字。2013年采录于正定县朱河村。

傻菜❶老婆

说了个大姐本姓白，给了个裤子做不上来。
人家做的裤子两条腿，她做的裤子直布袋。
直布袋有好处，白天拿它当裤子，
黑天拿它当铺盖。
钻到里头绑上口，蚊子咬不着脑袋。

————————

❶傻菜：方言，笨拙的。

2005年采录于正定县城内街头。

一个大姐本姓苏

一个大姐本姓苏，姨姨手里做媳妇。
那一年，发大水。
淹死了她公公和婆婆，淹死了大姑儿和小姑。
淹死了她丈夫，淹死了她看家的狗。
淹到猪圈里老母猪，还淹死了牲口圈里老叫驴。
全家都淹死光剩她自己，你看她着急不着急。

她又想哭东西又想哭人，想一想连东西带人一起哭。
哭了一声公爹看家的狗，哭了声婆婆老母猪，
哭了声小姑子老母鸡不下蛋，哭了声丈夫老叫驴。

讲唱者：刘黑胖，男，91岁，不识字。2013年采录于正定县朱河村。

大姐算命

一个大姐真稀奇，眼瞅不见二十一。
我今年长到二十一，还不知道婆家在哪里。
正在屋里胡思乱想，忽听着街里打板的。
大姐迈开大步往外走，一走走道当街里。
东边西边没有人，光有瞎子打板呢。
大姐把瞎子拉在当院里，当院里放着半截坯。
瞎子说：
"你要想算卦，把生时八字对俺提。"
大姐说：
"俺本是五月单五端阳日，五月单五大早起。"
瞎子说：
"好命，好命，你有个好命。"
大姐说：
"不提好命俺不生气，提起好命俺泪渐渐。
俺的妹妹比俺小两岁，养活个小小儿❶会叫姨。
俺今年二十一岁，不知道婆家在哪里。"
瞎子一听是想女婿，叫你气上再加急。

"你三十多上妨婆家，四十多上妨娘家。

五十多上妨丈夫，六十多上妨自己。

要问你寻婆婆家多早晚，你得长到一百一。"

说得大姐没好气，

伸手抄起半截坯，上来就凿瞎子脑瓜皮。

凿得瞎子转了向，叽里咕噜掉到猪圈里。

大姐迈开大步就朝街上跑，一跑跑到当街里。

东邻家，西舍家，婶子和大娘，

谁也别叫瞎子来算卦，瞎子算卦糊弄局。

有那俩钱攒着吧，攒着给了说书的。

——

❶ 小小儿：男孩儿。

讲唱者：刘黑胖，男，91 岁，不识字。2013 年采录于正定县朱河村。

乡里老太赴城宴

头一盘子硬❶，第二盘子软。

砸了一锤子，溅了一脸，

一边吃一边舔❷，你说难看不难看。

——

❶ 硬是核桃，软是柿子。❷ 一边吃一边舔：边吃边舔。

讲唱者：李文兰，女，86 岁，不识字。2013 年采录于正定县西关村。

一个大嫂好睡觉

一个大嫂好睡觉，一睡睡到老爷儿落❶。

起来看看天晚了，插上门子还睡觉。

大嫂正在睡梦中，忽听亲家把门叫。

大嫂趿拉上鞋子往外跑，门限子高，

把大嫂子绊倒了。

亲家抄起来一条腿，小鞋子扔得房沿子高。

问亲家你吃什么饭，要吃那样的热黏糕。

粉上米，泡上枣，上碾当正三遭来倒三遭。

米面推好了，坐在地下把火烧。

小孩儿的屁股没把门，枯嚓嚓拉了粑粑了，

一个手抓粑粑，一个手去切糕，

叫她亲家也看见了，一块糕也没吃完，

哏哩嘎哩都哕了。

——

❶ 老爷儿落：太阳落山。

讲唱者：刘黑胖，男，91 岁，不识字。2013 年采录于正定县朱河村。

受屈媳妇

格挡棒❶摇三摇，新娶的媳妇真难熬。

走得快了嫌慌张，走得慢了嫌思想❷，

不紧不慢下厨房。

做中饭了公婆訾，大姑小姑都盛上。

思思想想去上吊，绳子挽着梁头上。
小女婿下学堂，稳稳当当解在炕上。

————————

❶ 格挡棒：高粱秆最上端那一节。

❷ 思想：方言，心里盘算事儿。

讲唱者：黄申姐，女，不识字。81岁。2011年采录于正定县东吉村。

大实话（一）

春季里刮春风，黑了天就掌上灯。

老鼠生来会打洞，兔子跑起来一阵风。

太阳一出照西墙，西墙西边有阴凉。

关爷庙里有周仓，胡子长在下巴壳上。

五月里端阳节，打破了头流鲜血。

水里走船路上走车，四十五天个半月。

娶了的是媳妇，不娶的是闺女。

姑表姊妹是亲戚，请了个木匠会拉锯。

冬季里下大雪，一个人穿着两只鞋。

有轱辘就是车，姐夫的妻子是姐姐。

从东头到西头，不戴帽子光着头。

鞋破露着脚趾头，顺生的孩子先出头。

烧热的锅子不当炕，光打家伙不当唱。

夏天下雨冬天下雪，老丈人不是咱亲爹。

爹的爹是爷爷，娘的爹是姥爷。

哥哥的丈人嫂子的爹，手术一定会流血。

白山药当不了白莲藕，甜柿子当不了大鸭梨。

核桃仁当不了十样菜，儿媳妇当不了亲闺女。

娘的哥是儿舅，砂锅打破一定漏。

俺娘的汉子是俺爹，俺爹的老婆是俺娘。

2003年采录于正定县古城街头。

大实话（二）

大实话没有差，爷爷准比孙子大。

肚里有心，嘴里有牙，螃蟹走道横着爬。

老鸹垒窝树上架，鼻子大头冲着下。

烧红的铁锅准烫手，倒上凉水准得炸。

青杏酸，辣椒辣，天下的烧饼没有把儿。

狗啃骨头羊吃草，秫秸打狼两头怕。

人是铁，饭是钢，一顿不吃饿得慌。

羊毛出在羊身上，秋后的蚂蚱就怕霜。

梆子一敲梆梆响，铃铛一晃呵啷啷。

兔尾巴短，马尾巴长，北风一刮灌南墙。
光棍盼着娶媳妇，媳妇进门就叫娘。
鸭子上树立不住，喂不出来的是白眼狼。

青菜青，黄韭黄，种谷子不能长高粱。
脑袋长在脖子上，老鼠见猫活不长。
雪花见热化成水，冰块准比火炭凉。

人有脸，树有皮，萝卜快了不洗泥。
鸡吃柴垛鱼吃刺，粪筐不能当笊篱。
狗撵鸭子呱呱叫，豆腐不能用马尾提。

绿豆蝇，爱下蛆，三七就是二十一。
上了年纪岁数大，树老根深叶子稀。
北瓜老了掐不动，面瓜老了一把泥。

马拉车，牛拉犁，西瓜吃瓤不吃皮。
冬天下雪不下雨，和尚念经不娶妻。
雪里埋孩早晚得露，老太太当年是闺女。

眼怕瞎，耳怕聋，鼻子就怕气不通。
蜜蜂搭巢根朝上，老鼠专门捣窟窿。
羊羔跪着来吃奶，母猪一动就哼哼。

秤砣沉，柳毛轻，罗锅上山把腰弓。
鸡蛋不如石头硬，豁人吹灯嘴跑风。
地里野草除不净，天上的星星数不清。

松柏树，四季青，兵随将领草随风。
丫丫葫芦中间细，竹篮打水一场空。
纸糊灯笼心里明，买布论尺不论秤。

2004年采录于正定县城内街头。

反话

说反话，净胡诌，大年初一忙秋收。
大车扬鞭赶舅舅，轧场碌碡拉牤牛。
饭给哥哥送嫂子，罐子盛在汤里头。
东西道，南北走，拿起狗来溜砖头，
砖头咬着我的手。

受屈的媳妇（一）

二姐儿出门来拜四方，拜一拜隔壁二大娘。
有心去赶庙，没人看着家。
买一把金锁将门锁上，我把神佛拜，
哎嗨哎嗨哟！
天不过晌俺就回家来，有钱的坐着东洋车，
没钱的人儿地下挪。
腰儿疼来脚儿蹶，不多一时站在庙门上。

手拈香火往里看，人群里看见我的娘，

哎嗨哎嗨呦！

咱娘俩今天诉诉衷肠。

二姐儿讲话泪纷纷，开言就说婆母亲：

"哪一日不打俺两三顿，

打俺俺不恼，骂俺俺不嗔。

碎嘴的婆婆叨叨死个人。

哎嗨哎嗨呦！不牵挂您老俺去把死寻。"

老身听说猫捣心，热身子跌进凉水盆：

"从小娇惯你，恨不得口里嘬。

听你受委屈，摘了娘的心。

哎嗨哎嗨呦！摘了娘的心。"

大姐儿说：

"二妹你不必泪纷纷，明天俺到你家去，

拽住你婆婆，先把道理讲，

咱先出出这口气。

哎嗨哎嗨呦！咱出出这口气。"

二姐儿我听罢泪珠锁，

"姐姐你说话理上错，离着娘家远，又没兄弟哥，

常言道远水解不了近渴，我的姐姐呀，

哎嗨哎嗨呦！天大的委屈我也在他家过。"

讲唱者：正安，女82岁，不识字。正定县吴兴村。

受屈的媳妇（二）

世界多昏暗，人们受苦难。

妇女受压迫真是可怜，提起来泪涟涟。

娶到婆家去，一天不能闲。

打狗喂鸡还得把磨沿，使得浑身酸。

大姑子要裤袄，小姑子要鞋穿。

婆婆娘一见，自嫌做得慢，不住地把眼翻。

不住地把眼翻说俺还不算，

挑拨着丈夫还得打骂俺。

打骂俺还不算，还要送着娘跟前。

爹娘一见怒气开言，赔情说好话，死活也不管。

借髟髟●（妯娌对歌）

嫂子道：

"哎嘿嘿，四妹子！娘家兴一个四月八庙，

捎书传信叫我去，把你的髟髟借给我。"

弟妹道：

"哎嘿嘿，大嫂子！俺不借给，俺不借给。

纺棉花吊线俺赚的，人家睡觉俺不睡呀！

人家不起俺就起，纺棉花吊线俺赚哩，

俺怕你碰坏俺的花髟髟。"

080

嫂子道：

"嫂子高，庙门低，哈哈腰来进庙里。

碰不了你的花髻髻。"

弟妹唱道：

"俺嫌你家孩子多，没规矩，

俺怕你耍坏了俺的花髻髻。"

———————

❶ 髻髻：古代妇女戴的头饰。

讲唱者：陈金凤，女，62 岁，三年级，正定县吴兴村。

花子拾金

龙生龙凤生凤，老鼠的儿子会打洞。

这几年时气正，挣的洋钱拿不动。

大车拉小车送，一送送到我家中。

爹也喜娘也敬，老婆子看见笑盈盈。

这两年时运差，我到大街押宝去，

输了银子二百八。

种了二亩薄沙地，一夜输了个光查查。

爹也打娘也骂，老婆子看见怒冲冲。

死便死，罢便罢，我到大街说好话。

东家子给了把烂干草，长的铺，短的烤，

烤得我花子睡着了。

睡到一更一点半，冻得我花子团成蛋。

睡到二更二点半，蜷得下巴颏挨到磕膝盖。

睡到三更三点半，我和阎王见一面。

睡到四更四点半，团长当得我不耐烦。

睡到五更天明了，我到大街去要饭。

东家子要了一碗粥，西家子要了个破瓢片。

光顾吃不顾看，一片瓦碴把我绊。

摔了我的破瓢片，洒了我那半碗饭。

大狗吃小狗看，急得我花子一头汗。

东家子借了一个针，西家子借了一条线，

缭缭我的破瓢片，背上破瓢还讨饭，

你看可怜不可怜。

讲唱者：张庆珍，男，不识字。75 岁。2012 年采录于
正定县岸下村。

一窝黑

霸王生来一面黑，摆下酒宴请李逵。

正座坐着个包文正，牛皋焦赞两边陪。

商商量量偷王剑，盗他个黑甲与黑盔。

尥高子本是呼延庆，做贼的本是毛张飞。

周仓就说失了盗，敬德急忙往西追。

一追追到门头沟，正赶上张灶王、猪八戒、杨七

郎、永跳刚，在那正挖煤。
你要问我说的哪一段，七拼八凑一窝黑。

讲唱者：王银山，男，75岁，小学文化。2012年采录于正定县蟠桃村。

胡话

一个老汉七十七，娶了个媳妇八十一。
添了个小子九十九，养活了个孙子一百一。
他上北京做买卖，回来养活了个老奶奶。

讲唱者：赵振生，男，82岁，小学文化。2013年采录于正定县木场村。

月亮地

月亮地，亮堂堂，开开后门洗衣裳。
洗得白，浆得白，寻了个女婿不成材。
又吃酒，又耍牌，很好的光景过不上来。

讲唱者：王进荣，女，85岁，不识字。2013年采录于正定县北关村。

月亮地照满院

月亮地，照满院，从小吃着娘家的饭。

大了不是娘家的人，人家的老婆儿咱叫娘，
人家的神圣咱上香。
人家的地，咱扫光，人家的嘞嘞❶咱喂糠，
还得给小孩子做衣裳。

———————
❶ 嘞嘞：猪。

讲唱者：王荣琴，女，59岁，初中毕业。2014年采录于正定县西关村。

鸡蛋变糖葫芦

俺村有个王小三，门口摆了个杂货摊。
卖的是油盐酱醋、花椒和大料瓣，
鸡蛋、瓜子和酸杏干，糖葫芦五分一串。
王小三不识字。记账、算账、闹稀罕❶。
有一天，
街坊赊了他六个鸡蛋，他在账本上画了六个圈。
过了几天，
人家还了账，他在账本上画了个直道勾了圈。
又过了几天，
他硬说人家赊了他的糖葫芦没给钱。

———————
❶ 闹稀罕：闹着玩儿。

讲唱者：王银山，男，75岁，四年级。2014年采录于蟠桃村。

082

两只手

一棵树五根杈，摇一摇开金花，要吃要穿都靠它。
这个树哪里有？原来就是两只手。

讲唱者：李文兰，女，87岁，不识字。2014采录于正定县西关村。

拾棉花

姐姐妹妹拾棉花，忽然想起走娘家，
两手没的拿。
哎嗨哎嗨呦！两手没的拿。

东海的螃蟹西海的虾，广州的官粉江苏的花，
还有一个大西瓜。
哎嗨哎嗨呦！还有一个大西瓜。

出门来走了三里路，天上下雨地下滑，
摔了个仰马叉。
哎嗨哎嗨呦！摔了个仰马叉。

丢掉了螃蟹跑掉了虾，冲掉了官粉，
打湿了花，摔了我的大西瓜。
哎嗨哎嗨呦！摔了我的大西瓜。

娘家走不成把钱花，回家换件新衣裳，

还去拾棉花。
哎嗨哎嗨呦！还去拾棉花。

2004年采录于正定县城内街头。

大姐得病二姐慌

花椒树，晃琅琅，大姐得病二姐慌。
三姐去抓药，四姐熬药汤。
五姐去拉板，六姐做木匠。
七姐抬，八姐埋，九姐从南哭过来。
姐姐呀，姐姐呀！十个剩下九个了。

讲唱者：于荣琴，女，76岁，不识字。2015年采录于正定县秦家庄村。

小二姐

小二姐十三了，两根头发甩一边。
一甩甩到脚后跟，拿起铲子剜杜梨。
一剜剜了个四方方，骑上大马去烧香。
大马拴在梧桐树，小马拴在花枝上。
鞭子挂在庙门上，开开庙门看娘娘。
娘娘搽着一脸粉，坐着椅子嗑瓜子，
喷喷地打嚏喷。

讲唱者：郝考姐，女，90岁，不识字。2012年采录于东权城村。

小兄弟接姐姐

小兄弟接姐姐，给你个板凳你歇歇。
问爹好，问娘安，问问小侄儿欢不欢？
爹也好，娘也安，小侄儿也蹦欢。
问问婆娘做啥饭？烙糕饼，煎鸡蛋，
老烧酒，四个盘，打发兄弟去吃饭。
叫丫头，抱红毡，抱着绣楼去打扮。
梳油头，盘大纂，翠花髻髻带了个满。
纱的裤子配紫衫，藕荷袍子金线盘。
问问婆娘住几天？天又冷，地又寒，
牲口受罪人遭难，愿意住几天住几天。

讲唱者：吴青淑，女，86 岁，不识字。2013 年采录于
正定县东权城村。

锯盆锯碗锯大缸

锯盆锯碗锯大缸，挑上担子走四方。
行走之间来得快，转眼来到王家庄。
把担子摆在十字路口，两手掐腰开了腔。
吆喝了一声：
"锯盆锯碗锯大缸……"
王大娘听见搭了腔：
"一个璺来四指长，一个铜子多少钱？"
"不要你多来不要你少，要你铜钱八抬筐。"
"不给你多来不给你少，给你个小钱弄块糖。"

"这个买卖俺不做。"
挑上担子就要走，王大娘右手把住后备箱，
左手拽住烟袋枪：
"放下担子咱再商量，不给你多来不给你少，
给你铜钱四十双。"
"这个买卖咱就做，王大娘前头带路走，
我的担子摆倒炕头上。"
"臭小子你拉嘛呢？"
"我的担子摆在后门上。"

王大娘长得模样好、模样强，俺有衣裳俺穿上。
穿上新衣叫你开开眼，头上的青丝乌墨染。
鬓角溜光插海棠，身穿石榴大红袄，
领盘子开在大襟上。
红绸子裤子大甩裆，王大娘走了十八里，
裤裆还在炕头上。
红缎子小鞋杉木底，脚尖上面挂铃铛。
走一步咣嘟响，走两步响咣嘟。
她不顾钉盆光顾着看，走了锤来砸了缸。
砸了你旧缸赔新缸，新缸没有俺旧缸光。

讲述着：无名氏，女，79 岁，不识字。2011 年采录于
吴兴村。

傻丫头

吃了饭没处走，没处游，咱们顺着柳沟走。

顺着柳沟走，碰见个傻丫头。

傻丫头，左手扠着茅篮竿，

右手拿着镰刀头，到了地里把那野菜揪。

咱们顺着柳沟走，她也顺着柳沟走。

咱们走到柳沟头，她也走到柳沟头。

柳沟头里杏儿稠，傻丫头想把杏来投。

找砖头，没砖头，找石头，没石头，

脱下她的绣鞋把杏投。

她投得巧，投得妙，一投投到斑鸠头。

斑鸠说：

"谁给我戴上个帽子也更好，半路蹬空我赶快跑。"

她就喊斑鸠：

"丢下我的绣鞋你再走。"

斑鸠不听往前走，她撒腿赶斑鸠。

光顾着赶斑鸠，不顾着看黄狗。

一下子蹬到黄狗头，黄狗咬了她的脚趾头。

她抬头骂斑鸠，不该把俺的绣鞋顶走。

丫头骂黄狗，不该咬了俺脚趾头。

咬了俺的脚趾头，股股红血往外流。

讲唱者：高玉，男，87岁，不识字。2012年采录于正定县吴家庄村。

年节歌

二十四节紧相连，过了腊八就过年。

二十三，糖瓜粘，二十四，扫房日。

二十五，磨豆腐，二十六，煮大肉。

二十七，宰只鸡，二十八，把面发。

二十九，去打酒，腊月三十守一宿，

大年初一走一走。

喜歌（一）

进了大门喜盈盈，高高的门楼挂红灯。

铺红毡，倒红毡，新人下轿贵人搀，

一搀搀到上房间。

怀抱瓶，脚踢鞍，得了子弟做状元。

一拜天，二拜地，三拜公婆，四拜妯娌。

叫丫鬟拿钥匙，打开柜，打开箱，

看看娘家好嫁妆。

梳头盒画月亮，拢子和箅子里边装，

织锦缎的被子画着鸳鸯。

讲唱者：高玉，男，87岁，不识字。2012年采录于正定县吴家庄村。

喜歌（二）

张灯结彩吉星照，吹吹打打放鞭炮。

锣鼓喧天好热闹，喜神福神全来到。

吉日好晌办喜事，影背墙上贴双喜。

媳妇漂亮女婿俊，两人天生是一对儿。

高高门楼挂红灯，新人过门喜盈盈。

玉女下凡配金童，屋里院里喜气增。

一下轿踩金鞍，斗大的喜字墙上粘。

才子娶了个美天仙，人人见了都喜欢。

花花轿子四人抬，新媳妇今天过门来。

脚又小，脸又白，往后的日子准发财。

院当中，铺红毡，一对新人站中间。

拜了天地拜祖先，爹娘见了好喜欢。

四方斗，个不小，里头装满栗子枣。

今年成亲办喜事，明年抱个胖孙子。

红蜡烛整一对，郎才女貌多般配。

喜酒喝个长流水，早晚人人都得醉。

一对新人入洞房，绣花帐子象牙床。

生个小姐当娘娘，生个公子是状元郎。

新郎新郎了不起，娶的媳妇没的比，

亲戚朋友来庆贺，我也给你道个喜。

道喜没有别的事儿，吃的喝的扰一顿儿。

往后你娶儿媳妇儿，俺还照样来凑份儿。

讲唱者：高玉，男，87岁，不识字。2012年采录于正定县吴家庄村。

喜歌（三）

抄抄抄，扫扫扫，闺女小子地里跑。

扫扫床，扫扫炕，养活的孩子白又胖。

扫扫炕角，扫扫炕沿，养活的孩子做大官。

喜歌（四）

听听喜鹊歌声高，喜鹊声中迎来闺中巧。

听听鼓乐声喧闹，新郎新妇花堂之上拜二老。

看那这对新人，看那郎才女貌，

永结金山之好。我们同祝这对新人永远快乐。

喜歌（五）

一掀门帘把头抬，连生贵子跟进来。

一掀门帘晚香玉，喷喷香的小女婿。

先拉褥子后拉被，一对新人在里住。

里也铺，外也铺，养活的孩子会叫姑。

里也盖，外也盖，养活的孩子叫奶奶。

里一床，外一床，养活的孩子会叫娘。

先脱帽，后脱鞋，养活的孩子会叫爹。

一把栗子，一把枣，养活的孩子满地跑。

一把金，一把银，养活的孩子是贤人。

骨碌骨碌炕头儿，养一窝孙猴儿。

骨碌骨碌炕梢儿，养一窝小兔羔儿。

旧灯换新蜡，两口子晚上不害怕。

关上门儿，两口子说话不背人。

2006 年采录于正定县城内街头。

说书的难

说书的苦来说书的难，说书的赶了个藁城大庙。

把小锣一敲，招了老妇们一大圈儿。

说书的一说要钱的话，老妇们听了可不耐烦。

说书的一见心好恼，绰起小布子❶收了摊儿。

老妇们一见不高兴，回到家里去纺棉。

坐下就把棉花纺，房上折了三根椽。

折了三根椽可不要紧，掉下来三块大八砖。

头一块砸了纺棉花锭，第二块砸了纺棉花弦。

第三块砸到老太太脑门上，砸得她一命归了阴。

老太太阎君面前去告状，

"按说不该俺老太太死，为什么你叫俺归了阴？"

阎君说：

"按说不该你太太死，只因你上辈子听书没有掏钱。"

---

❶ 小布子：土布包袱。

讲唱者：陈全贵，男，77 岁，二年级。2013 年采录于
正定县西洋村。

槐树槐

槐树槐，槐树槐，掐了尖漾不上来。

七天上了望乡台，扒着望乡台朝下看，

看看儿女怎么埋。

大小子穿着一身孝，二小子穿着一身白。

大媳妇哭得满眼泪，二媳妇哭得泪满眼。

一边哭一边唱：

"没了婆婆傻自在。"

讲唱者：宋秋菊，女，二年级，93 岁。2012 年采录于
正定县西权城村。

上丈人家

茶几茶，茶几茶，绰起鞭去放马，

一跑跑到丈人家。

大舅子拉，小舅子拽，一拽拽到炕当间儿。

红油漆桌揾布抹，七碟子八碗满上下。

吃点儿吧，喝点儿吧，不吃不喝傻呆瓜。

讲唱者：宋秋菊，女，二年级，93 岁。2012 年采录于
正定县西权城村。

上娘家

扭哒扭哒上娘家，爹看见接包袱，
娘看见抱娃娃，嫂子看见一扭达。
嫂子嫂子你别扭，不吃你的饭，不喝你的酒，
前晌来了后晌走。

讲唱者：小敏，女，58岁。2015年采录于西门里街。

小枣树

小枣树枝儿弯，小二姐挑水不换肩。
一挑挑到莲花山，莲花山上有人看。
看头吧，是好头，珍珠玛瑙往下流。
看脸吧，是好脸，从小搽粉搽半碗。
看身吧，是好身，红绸子小袄绿底襟。
看腿吧，是好腿，红绸子裤子绿裹腿。
看脚吧，是好脚，月白裹脚缠三遭。
木头底，嘎噔噔，两头着地当间空。

讲唱者：杨兰玉，女，82岁，不识字。2014年采录于
正定县固应村。

谁跟姐姐一般大

荞麦皮碾当轧，谁跟姐姐一般大？
我跟姐姐一般大。
姐姐穿着花衣裳，我就穿着个北瓜秧。
姐姐抱着好孩子，俺就抱着土台子。
姐姐骑着大白马，我就骑着个树杈。
姐姐戴着好坠子，俺就戴着麦穗子。

讲唱者：杨兰玉，女，82岁，不识字。2015年采录于
正定县固应村。

小女婿（一）

说了个大姐二十一，寻了个女婿刚十一。
小两口到井台去抬水，一头高来一头低。
大姐说：
"人家抬水一般高，几时你长得跟俺一般齐。"
说话间大姐把胳膊一抬，水桶就往那边一出溜儿。
洒了小孩一身水，摔了小孩一身泥。
小孩儿开口骂他的妻：
"你的心真坏，回去就给你立规矩。
我三岁小孩儿也是你的夫，你七十八十也是我的妻。"
说得大姐没好气，一脖子拐打了小孩儿个嘴啃地。
上头就使巴掌打，底下就用金莲踢。
正打之间往南看，南边过来一个赶集的。
赶集的说：
"别打，别打，你别打，谁家孩子不淘气。"
抱怨一声赶集的，
"他是我的丈夫我是他的妻。"

"不像，不像，真不像，不是他娘也是他二姨。"

讲唱者：刘黑胖，男，91岁，不识字。2013年采录于正定县朱河村。

小女婿（二）

说了个大姐刚十七，四年不见二十一。

寻了个女婿刚十岁，算算整比他大十一。

有一次小两口井台上去抬水，一头高来一头低。

小佳人在后头一使劲儿，弄了丈夫个嘴啃泥。

小丈夫弄了一身水，躺在地上连滚带爬踏地皮。

小佳人一看害了怕，婆娘见了了不得，

上前忙把小女婿劝：

"小宝贝，你起来吧！别哭了，别哭了！

我给你买件衣裳挂花的。"

正说着来了婆家人员一大批。

到跟前不说长来不问短，对着媳妇又是拳打又脚踢。

旧社会男女不平等，男的高来女的低。

轰隆一声春雷响，来了救星共产党。

共产党，毛主席，

颁布了新的婚姻法，男女平等再不受公婆的气。

小女婿（三）

二八佳人泪汪汪，上房埋怨二爹娘。

爹呀爹，娘呀娘，二老做事欠思量。

闺女俺年长十八岁，给俺寻个八岁郎。

夜里枕着胳膊睡，哈啦喋水半胸膛。

拉屎把尿擦鼻涕，梳头洗脸穿衣裳。

说是小儿叫丈夫，儿不儿来娘不娘。

叫闺女听端详：

"秤砣虽小千斤坠，水泡虽大无分量。

别看女婿才八岁，金刚钻虽小降大缸。"

2006年采录于正定县塔元庄村。

画扇面

天津卫的杨柳青，有个美女叫白俊英。

专学丹青会画画，小佳人十九冬，

丈夫男学苦用功。

眼睁睁来到四月中，四月立夏缺少寒风，

白俊英房中赛如笼蒸。

手拿扇子仔细看，高丽纸板生生。

汕漆盒子血点红，扇面以上显工程。

八仙桌，放当中，五样的颜色挤现成。

先画北京城一座，九门九关甚威风。

画六院，画三宫，金銮宝殿画朝廷，

八大朝臣列西东。

二出戏画的小白彦，小白彦偷桃到花园。
小鼎香去化斋，领上人马去访贤，
吴汉杀妻战潼关。

三出戏画的女娇流，玉娇娘子面带忧愁。
王三姐，剜菜秀，张颜休妻白玉楼。
鸿雁捎书到梁州，秦雪梅吊孝忠烈千秋。

四出戏画得多，孙二娘开店十字坡。
武松要下她的店，半夜三更把门拨。

五出戏画的是监柴，李淳化送了朋友就走开。
一朵鲜花他不采，一为君子二为秀才。

六出戏画得清，和尚的名字叫唐僧。
猪八戒和沙僧，开路先锋孙悟空。
一路降妖取真经。

七出戏画的朱存凳，舍饭七千无字修行。
但见国母来参拜，召见他进路程。

八出戏画的贤孝男，单雄信访友在河南。
仗义疏财秦叔宝，为了朋友两肋穿。
石秀杀嫂上梁山，钟子期打柴不爱做官。

九出戏画的洪州城，杨宗保回朝去搬救兵。
来了元帅穆桂英，杀了番贼救公公。

十出戏画的是忠良，杨家父子保宋王。
铁面无私包文正，寇准背靴访贤将。
不怕死的呼延赞，三上金殿见君王。

十一出戏画的魏蜀吴，刘备访贤三顾茅庐。
请来先生诸葛亮，借荆州灭东吴。
周瑜赴宴请皇叔，摔柬为记令箭出。

这把扇子全画完，单等丈夫文满篇。
上得京城求功名，金榜题名中状元。
光门耀祖做高官，举家欢乐得团圆。

讲唱者：范红兰，女，66岁，不识字。2013年采录于
正定县孔村。

绣花灯

正月里，正月正，白二姐房中叫声春红。
打开奴家的描金柜，取出了五色绒，
闲来无事绣花灯。
列位君子洗耳恭听，花灯上绣的是诸位先生。
刘伯温修下了北京城，能掐会算的苗广义，
徐茂公有神通。
斩将封神的姜太公，诸葛亮草船借过东风。

二月里，春风和，白二姐房中打开丝络。
插下钢针盘绒线，叫声春红你听我说。

洗脸水，先别泼，听我把花灯说一说。
花灯上绣的是好汉哥，二武松打虎在景阳坡。
威虎山前李存孝，赵云大战长坂坡。
薛礼救驾淤泥河，小马方困城得配娇娥。

三月里，艳阳天，白二姐房中好不耐烦。
手拿菱花照一照，粉面桃花好容颜。
多早得配丈夫男，手拿花灯绣上一番。
花灯上绣的是美貌男，吕奉先月下戏貂蝉。
十二妻妾罗士信，小狄青下西川。
樊梨花遇上薛丁山，杨宗保收亲穆家山。

四月里，采桑忙，白二姐起身去采桑。
手拉桑枝春心动，那边来了个轻薄郎。
急得奴家心发慌，手拿花篮转回家乡。
花灯以上绣昏王，隋炀帝霸妹又欺娘。
吴王信宠西施女，褒姒烽台戏幽王。
姐己迷乱殷纣王，夏桀王昏乱失了家邦。

五月里，麦子熟，白二姐房中泪簌簌。
奴家年长十九岁，怨爹娘老糊涂。
不给小奴寻丈夫，手拿花灯双落泪。
花灯上绣的是苦命姑，王二姐登楼想丈夫。
赵美蓉探监双灯记，刘迎春守寒孤。
王三姐思夫终日哭，罗氏女守节等秋胡。

六月里，热难熬，白二姐房中似火烧。

坐在凉床罗纱帐，白翎扇懒得摇。
气得奴家把头挠，骂一声春红怎么不见了。
花灯上绣的是五英豪，黑敬德月下访白袍。
单鞭打擂的呼延庆，张飞喝断当阳桥。
李逵下山去访母，郑子明醉酒命归阴曹。

七月里，立了秋，白二姐房中泪交流。
女大无夫身无主，越思越想越结愁。
女儿大了不中留，留来留去结冤仇。
花灯绣上女娇流，孙玉娇门前卖弄风流。
西厢记崔氏女，林黛玉葬花哭悲秋。
白蛇借伞在苏州，王三姐抛彩大不自由。

八月里，秋风高，白二姐房中好心焦。
谁是奴家知心客，月光辉睡不着，
翻来覆去真难熬。
点上银灯又把花描，花灯上绣的是众奸豪。
潘仁美篡权势压当朝，董卓欺君要抗上，
最奸不过老曹操。
秦桧做事更奸巧，张士贵一心要害白袍。

九月里，菊花鲜，白二姐房中好心酸。
眼望夜长白天短，黄昏后夜深深。
红绫衾被冷清清，谁是奴家的知心人。
花灯上绣的是众国君，汉刘秀南阳一十八春。
公子忠守逃过难，齐国王走古村。
符坚逃走难离身，庐陵王遭贬一十三春。

十月里，立了冬，白二姐房中又叫声春红。

梅花炉里多添炭，烤烤手，绣花灯，

忽然想起了人一名。

显显俺的手段列位细听：

花灯上绣的是愣头青，程咬金瓦岗甚是威风。

潞州天堂单雄信，青面虎真愣怔。

西凉大战苏宝同，盖苏文的飞刀令人心惊。

十一月，雪花飞，白二姐房中暗伤悲。

小奴家何人配，爹娘真是个糊涂赘。

埋怨一声同胞，谁也不管谁。

手拿花灯泪双垂，花灯上绣的夫郎叫陈奎。

西厢绣上张君瑞，吕蒙正运不随。

曹庄孝母把妻亏，张亭秀赶考名叫回杯。

十二月，整一年，白二姐房中心喜欢。

爹娘办妥了婚姻事，这花灯未绣完。

春红又把银灯端，今天一定要绣完。

花灯上绣的是将魁员：康茂才当将蹲在台前。

文武大刀王君可，有关胜上梁山。

孟良盗发镇三关，赵匡胤创业治下江山。

讲唱者：范红兰，女，66岁，不识字。2014年采录于正定县孔村。

十个大字

一字写了一杆枪，韩信领兵追霸王。

追得霸王无其奈，拔剑自刎死乌江。

二字写了两条龙，二郎家住观景城。

人人夸他本领大，花果山上捉猴精。

三字写了三道街，父子求财财宝竭。

赵氏五年受磨难，怀抱琵琶找上街。

四个大字四扇门，提起包爷吓死人。

陈州放粮整仨月，破除清规求皇亲。

五字写了五道沟，七郎八虎闯幽州。

幽州困住杨继业，杨家父子抱冤仇。

六字出头响当当，二郎担山撵太阳。

手执金弓银弹子，梧桐树上打凤凰。

七字写了七道经，西天路上数唐僧。

牵马坠镫猪八戒，降妖捉怪孙悟空。

八字写了八面牌，八位仙人过海来。

采和失了阴阳板，龙子龙孙若祸害。

九字写来弯生生，薛仁贵领兵去出征。

三箭射到东海岸，带马烧了凤凰城。

十字横竖一般长，镇守三关杨六郎。
穆桂英大破天门阵，杀人放火数孟良。

讲唱者：吴青淑，女，87 岁，不识字。2014 年采录于正定县东权城。

小抹牌

正月里来是新年，一伙子妇人们把钱玩儿。
腰里掖着牌一冲呀，裤腰带把钱串。
七块六块一十三，未曾上炕先买上两盒烟。
嗯哎呦！

一坐四下人不多，这姐姐妹妹听我说。
掷骰子高高俺同会❶呀，斗小钱，常摸索。
三张两张一十二个，有八饼和八万又碰上八索。
嗯哎呦！

二月里来龙抬头，一伙伙妇人们把胡游❷。
上炕先打一顶二呀，十个钱无论头。
再要下点另讲究，头一牌起十张你那有没有。
嗯哎呦！

丈夫他给人家把地耕，一天能挣四百铜。
佳人我一天输了钱两吊呀，输了钱无话丁。
叫你那口袋系腰中，偷棗点粮食我挡挡输赢。
嗯哎呦！

三月里来遍地青，耍钱的人们赌着输赢。
无论男女一同坐呀，俏皮话说得轻。
对着大辈哥哥充，只压得小奴家我腿腕疼。
嗯哎呦！

只压得奴家腿腕麻，这金莲也不大二寸八。
这一对绣鞋真周正呐，鞋尖上蜜蜂爬，
鞋后跟上满帮子花，这一对绣鞋人人夸。
嗯哎呦！

四月里来刚动土，丈夫给人家去做功。
俺抱上孩子老街串呀，大姐姐二姑姑。
叫一声孩儿他叔叔，咱闲着没有事再去把局呼。
嗯哎呦！

一家门厅去落座，慌忙取出来一冲牌。
碗里撂下骰两个呀，扫扫炕，铺口袋。
哐当掷一个二六来，咱四下上了炕俺起头牌。
嗯哎呦！

五月里来端阳节，耍钱的妇人们耍得真是邪❸。
赢了票子心欢喜呀，输了钱把嘴�’。
七言八语胡闹邪，她说谁要再抹牌谁是个老秃鳖。
嗯哎呦！

妇人们骂誓总是一个白❹，她一见人家把钱耍。
往前蹭，笑颜开，慌忙替人家去抓牌，

093

一来二去又把赌开。
嗯哎呦！

六月里来数三伏，天长夜短日头毒。
手把着纺车来纺线呀。
眼发困，心发糊，往后一仰睡了个熟。
梦见到对门又去赢和。
嗯哎呦！

梦赢的零钱无处放，脱下褂褂子包上一大包。
往日里输钱她不算呀，今日里我得赢一遭，
心中欢喜乐陶陶。
惊醒了是一个梦，摸也摸不着。
嗯哎呦！

七月里来七月七，耍钱里妇人们不讲道理。
赢了钱买着吃，输了钱粜粮食，
没能耐的男人也假装不知。
嗯哎呦！

丈夫常常他不在家，能打会算他把财发。
一辈子没有打下好伙计呀，他挣俩我花仨，
管保一辈子发不了家，挣多少票子也是白搭。
嗯哎呦！

八月里来八月八，耍钱的妇人们理又差，
无论张三共李四，说斗牌咱都坐下。

你挨着我，我挨着她，刘大姐挨着小五他的妈。
嗯哎呦！

今日斗牌不用发，怀里抱着一个胖娃娃。
孩子呼趁❺顾不着管，往前爬笑哈哈。
小娃娃你累着妈，只闹得为娘我把牌发差。
嗯哎呦！

九月里来秋风高，耍钱里妇人们真算数着。
清晨困觉顾不上做饭，叫孩子你把火烧。
开了锅你把饭捞，丢下米汤你再把菜熬。
嗯哎呦！

我顾不上梳头把脚包，
脸上的泪道子也顾不上打扫。
不放桌子就用饭呀，饭盆子炕上搁。
三口两口吃饱了，也不管男人他怎么着。
嗯哎呦！

十月里来十月一，耍钱里妇人们数着第一。
清晨做下了一天的饭呀，饭凉了将就着吃。
又跑肚又蹿稀，去茅子也顾不得。
一不小心弄到裤子里，又臭气腻嗝汲❻，
抹牌的妇人们真是没出息。
嗯哎呦！

天到中午把钱数，数完了票子进了房屋。

半盆子剩饭顾不上用，总不如去喂了猪。
剩下茶饭胡应付，买了个小猪在当替补。
嗯哎呦！

十一月里飘雪花，耍钱的妇人们输得腌臜。
浑身的衣服遮不住体呀，破裤子露棉花。
没有腿带找绳扎，有一副绑腿带也得输给他。
嗯哎呦！

小孩叫妈多兴旺，给俺点零钱去买个馍馍。
浑身的零钱也没有一个呀，破被子炕上搁，
冻得孩子打哆嗦，赶你爹回来了你可别跟他说。
嗯哎呦！

十二个月来一年忙，耍钱的妇人们改了行。
借下了票子得还输赢账呀，打竹门乱嚷嚷。
不是拔锅就抬筐，只吓得孩他娘跳了锅壳郎❼。
嗯哎呦！

这事出不到咱们这里，诸明公你们听我提。
她家住在云南贵州府，南北街路西里，
东西厢房南屋里，俺说得此人她本姓西。
嗯哎呦，呦！

———————
❶ 同会：都会。❷ 胡游：玩牌。❸ 耍得真是邪：玩得欢。
❹ 白：白说。❺ 呼趁：往跟前凑。❻ 腻噶汲：湿、黏。
❼ 锅壳郎：锅腔。过去烧柴火的大锅头台，将锅拿开就露出锅腔。

讲唱者：范红兰，女，65岁，不识字。正定县孔村。

四季歌

春季开花红带黄，哥哥弟弟捉迷藏。
要想哥哥捉不着，你我躲在什么地方。

夏季荷花阵阵香，姐姐妹妹乘风凉。
手里拿着蒲团扇，赶得蚊蝇无处藏。

秋季凤仙颜色浓，女孩看得笑盈盈。
采一朵花来染指甲，十指尖尖点点红。

冬季梅花雪里开，三朋四友上楼来。
远看梅花和白雪，画一幅图来该不该。

讲唱者：赵修禄，男，92岁。2014年采录于正定县西南街。

盲人学艺

盲人给你个曲，等于给你点吃。
盲人给你段话，等于给你碗饭。
盲人给你一出戏，等于给了你好几亩地。

讲唱者：范红兰，女，65岁，不识字。2013年采录于正定县孔村。

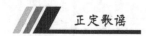

十个姑娘夸女婿

有个老太太七十七,四年没见八十一。

她跟前生有八个女,另外又认了两个干闺女。

这不多不少十个女,说起来十个女儿都有了女婿。

大姑娘的女婿是个烧盆的汉,

二姑娘的女婿是个盖房的。

三姑娘的女婿会把木匠做,

四姑娘的女婿是个打铁的。

五姑娘的女婿会织布,

六姑娘的女婿是个放羊的。

七姑娘的女婿开了个榨油铺,

八姑娘的女婿是个种地的。

九姑娘的女婿会造枪炮,

十姑娘的女婿扛着枪杆是个当兵的。

这一天老太太过生日,满心想她的女儿和女婿。

十个女婿光顾着忙,十个女儿忙里偷闲来贺喜。

大姑娘送来了大盆小盆一大套,

二姑娘送来了两只肥母鸡。

三姑娘扛来了两条长板凳,

四姑娘把刀子、凿子、铲子送了一个齐。

五姑娘送来了两匹老蓝布,

六姑娘十斤鲜羊肉手中提。

七姑娘琉璃瓶装了好油三斤整,

八姑娘送来了北瓜、南瓜、豆角、白菜一大批。

九姑娘、十姑娘也来庆贺,

送来了挂面、窝头和棉衣。

老太太一见心欢喜,摆上了家常便饭一桌酒席。

上了个豆腐白菜炖羊肉,上了个清汤儿炖的肥母鸡。

还上了个老太太没牙爱吃的倭瓜菜,

又上了个醋蒜调茄泥。

霎时间酒席摆完毕,母女们说说笑笑皆欢喜。

老太太就在上边坐,十个姑娘作陪席。

老太太说:

"你们每人把自己的丈夫提一提,

谁的女婿生产最努力?谁的女婿工作不积极?

生产努力吃上一箸菜,

工作不积极,罚酒三杯臊臊她的脸皮。"

大姑娘闻听插言道,叫声妈妈娘细听我提:

"我的女婿是个烧盆的汉,他大清早去挑水,

黄土倒水和成泥。

黄泥落在他的手,一块一块拓成坯。

烧出小盆盛饭菜,烧出罐来井台上打水手中提。

烧出缸来你们盛水,烧出大盆盛米和面不能离。

叫一声九位妹妹听仔细,我的女婿要烧不出盆和碗,

我问你们拿什么盛东西?"

大姑娘话儿说完毕,拿起筷子夹菜去。

二姑娘一听生了气,大姐夫生产最努力,

比起我的丈夫真正差着两丈七:

"我丈夫是个盖房的汉,到夏天盖出房来你们避雨,

到冬天你们在房里好休息。
要是没有盖房的，早就冻死你们烧盆的。"
二姑娘话儿说完毕，拿起筷子夹菜去。

三姑娘一见生了气，叫二姐你不要把咱大姐欺：
"你自幼爱说刺耳的话，你欺大姐我不依。
要没有木匠把活做，你家的过木❶和门窗是谁做？
莫非你家桌椅板凳是从地下钻出来的？
要我说你不配说这过头儿话，
你看着吧，我来吃上一口去。"
说话间她拿起筷子就要夹。

四姑娘一见生了气，叫三姐你不要把咱二姐欺：
"你自幼爱说刺耳的话，你欺二姐我不依。
叫我说，没有什么也不要紧，
哪一行也不能把铁匠离。
我丈夫是个打铁的汉，他把大锤拿在手，
打出刀来你们切菜，打出铲子你们炝锅多便易。
你们烧盆的没有镬头刨不了土，
盖房的没有铁锨和不了泥，
你们木匠锛凿和斧锯哪一件不是铁打的？"
四姑娘话儿说完毕，拿起筷子夹菜去。

三姑娘说："说什么也是木工好。"
四姑娘说："说什么也是铁匠数第一。"
俩姑娘越说越恼要吵架，老太太啰里啰唆把话提：
"我叫你们讲生产，谁叫你们夸女婿？

三丫头、四丫头，你们见了面就吵架，
改不了从小养成的坏脾气。
快放手来快放手，再要吵架娘不依。"

俩姑娘闻听此言不言语，五姑娘站起身来把话提：
"我只说一句话，姐妹不要发脾气。
我丈夫是个织布的汉，成天地守着个织布机。
他织出布来密又密，要是没有织布的，
不穿衣裳谁敢出去？
要说工作积极还是织布的，我不吃菜来不喝酒，
我听六妹妹把话提。"

六姑娘开言道：
"我的丈夫是个放羊的，也不知你们看起看不起。
依我看，他的工作最积极。
把肥羊杀了吃羊肉，冬天冷了熟羊皮。
羊毛落到他的手，纺成绒线织毛衣。
穿在身上轻柔保暖，不怕下雪北风起。
我也跟着学过艺，袜子毛衣都会织。"
六姑娘话儿说完毕，拿起筷子搛菜去。

七姑娘看见生了气，挺挺胸脯把话提：
"六位姐姐都夸女婿好，这件事叫我真生气。"
她离开桌子一旁立，"你们的女婿可好了。"
咔嚓嚓把筷子扔到风箱上。
"要说我的女婿工作数第一。
他本是一个打油的汉，

他就会拿着大锤咣当咣当地动力气。

他打出油来大家用，

莫非说，你们家用水点灯比油亮，

用油点灯黑咕隆咚？

莫非说，你们家一吃油来就闹病？

种庄稼用麻什❷上地使不得？

他不但打油大家用，还在村里为大家谋利益。

他要是工作不积极，社员们哪天也不能把他离。

我不管你们如意不如意，

看着吧，我来吃上一口去。"

说着风箱上拿起竹木筷。

八姑娘一看生了气说：

"七姐呀，你不要站在一旁说气话，

你听我把我的丈夫提一提。

依我看没有什么也不要紧，

就是全世界也不能把我的丈夫离。

他秋天种麦你们吃面，春天种谷你们吃米。

你们烧盆的，盖房的，做木匠的，打铁的，

织布的，放羊的，外带一个打油的，

要没有我的丈夫把地种，

生生饿死你们做活的，还是我们种地的占第一。

我也跟丈夫学种地，这就叫生产战斗两联系。"

九姑娘一听生了气，

"我丈夫专门造枪炮，手枪、地雷都能造。

我丈夫要是枪炮地雷造不好，

你凭什么战斗生产两联系？"

九姑娘手疾眼快吃了一块肥羊肉。

十姑娘站起身来笑眯眯：

"咱姐妹十人数我小，我也不会花言和巧语，

我丈夫在前线把国保，杀敌立功数第一。"

三姑娘说："说什么也是木工好。"

四姑娘说："说什么也是铁匠占第一。"

俩姑娘越说越恼又要吵架，

老太太啰里啰唆把话提：

"你们见了面就吵架，改不了自小养成的坏脾气。

快放手来，快放手！再要吵架娘不依。"

俩姑娘闻听不言语，

"你们都来喝上三杯酒，要是凉了热热去。"

这就是十个姑娘夸女婿一小段，

看看谁的女婿占第一。

———

❶ 过木：门窗上架的那块木头叫过木。

❷ 麻什：榨油后的剩余物，又叫豆饼、豆粕等。

讲唱者：陈全贵，男，77 岁，二年级。2013 年采录于正定县西洋村。

大绣鞋

说了一个大姐本姓邱，一双绣鞋做了九宿。

花花线使了两大捆，绣花针使了两抽抽。

要问绣鞋有多大？从北京到汉口。

四个角里四台戏，当家跑马拥大猴儿。

说得小姐没好气，拿起绣鞋就穿去。

她这一穿不要紧，

耍猴的，唱戏的，赶集的，上庙的，

挤死的人无其数，就跑出来个说书的。

讲唱者：李文兰，女，89岁，不识字。2013年采录于正定县西关村。

大姑娘（山东快书）

闲来无事到南庄，南庄有位大姑娘。

要问姑娘有多大？列位明公听其详。

平静身高七丈二，膀阔三顷不用量。

脑袋倒有一丈六，眼睛一睁赛灯光。

五间屋子住不下，横着膀背顶着梁。

姑娘虽大行孝道，要到庙会去烧香。

衫子裙子全都有，就缺花鞋整一双。

慌慌张张哪两位？她的父母二爹娘。

沈阳城里找师傅，鞋脚城里找木匠。

绒线买了无其数，又把绸缎买成桩。

牛皮买了十八捆，布匹买了八船舱。

大车小车哪敢慢，急忙运到她家乡。

正月十五开工做，腊月十八工才完。

做了个花瓣海碗大，弯弯顶在脚尖上。

七十二人忙抬起，咔嚓压折了一架梁。

姑娘这里把鞋试，骂声城里好木匠：

人工做了有多少？做的花鞋挤得慌。

姑娘不等匠分辨，蹬上花鞋走慌忙。

忽听一阵人声喊，鞋阁楼里闹嚷嚷。

姑娘脱鞋仔细看，有两个藤椅四个木匠。

倒出六人鞋穿上，这才迈步赶会上。

出门踏死两只虎，半路踢死九只狼。

一步就有二里半，两步到了古庙堂。

每年对台大戏唱，对台大戏扬四方。

姑娘来看庙内景，直步走进大殿堂。

她把香纸点着了，抬头顶住一架梁。

和尚一见说不好，大殿塌了谁烧香？

钟锣敲得叮当响，敲得钟楼响叮当。

庙里和尚齐动手，棍子套绳拿姑娘。

姑娘一见事不好，脱下花鞋整一双。

这只花鞋朝上起，映天盖地遮太阳。

那只花鞋朝下落，扣住了八百小和尚。

老和尚一见害怕了，急忙跪下求姑娘。

姑娘啊，你行方便，放了俺八百小和尚。

姑娘闻听把头点，早给我姑娘说好话，

何必用我这法宝方。

姑娘这才收法宝，放了八百小和尚。

姑娘提鞋回家转，进门就说饿得慌。

她娘闻听忙做饭，厨房以里走慌忙。

八十二石捞米饭，百斤白面和在缸。

姑娘吃面出门外，大便小便一起忙。

粪便一共有多少？养了十亩好高粱。

讲唱者：陈全贵，男，77 岁，二年级。2014 年采录于
正定县西洋村。

大姑娘

说了个姑娘黑不溜秋，个子不高赛过九楼。

寻了个丈夫九丈九，还能在她鞋阁楼里折跟头。

给姑娘做了一对绣花鞋，整做了六年零六宿。

使了洋线没其数，光别坏的钢针就有三筐头。

有一天姑娘闲着没有事，来到街上去逛游。

她光顾看景不看路，一不留神，

踩死了八匹骡子九头牛，还有二十八只大马猴儿。

你要问她的脚有多来大？听我给你说根由。

那脚跟顶住哈尔滨，脚尖一抹到了广州。

讲唱者：张庆珍，男，不识字，74 岁。正定县岸下村。

女人盼自由

天上的鸟儿并翅飞，地下的谷子低下头。

谷子低头盼收割，年轻的女人盼自由。

讲唱者：孙四格，女，78 岁，不识字。正定县吴兴村。

攀亲家

麻子叶影一影，那边有个琉璃井。

琉璃井里有蛤蟆，那边有个葡萄架。

葡萄架上好葡萄，那边有个乌纱庙。

乌纱庙里两个好闺女，坐着绞，站着绞。

一边绞的是棉花，一边绞的灵芝草。

两个大姐摘棉花，一摘摘到柳树下，

两个大姐坐下夸婆家。

她夸婆家一顷地，她夸婆家两顷八。

她夸女婿是秀才，她夸女婿会弹花。

她说她有个妮儿，她说她有个小儿，

她俩攀上两亲家。

讲唱者：佚名，女，2003 年采录于正定县城内街头。

嫂嫂贤良

正月里，闹元宵，想起了小姑子好心焦。

割上肉来装上酒，咿儿呀儿呦！

俺接小姑子好几遭，咿儿呀儿呦！

叫嫂嫂你把米棻，棻下黄米咱蒸年糕。

再叫小姑她吃上好几顿，咿儿呀儿呦！

一到婆家她摸不着，咿儿呀儿呦！

二月里，童儿生，家家户户摊煎饼。

忽然想起了小姑子，咿儿呀儿呦！
俺把俺小姑子常挂在心中，咿儿呀儿呦！

三月里，是清明，家家户户上坟茔。
单等小姑子们都来把坟上，咿儿呀儿呦！
俺一年四季把她们应承，咿儿呀儿呦！

四月里，四月八，很怕小姑子她想家。
买上单衣给她送去，咿儿呀儿呦！
再给她们拿上点鲜黄瓜，咿儿呀儿呦！

五月里，小麦割，贤良小姑们不学舌。
浆米粽子多包上，咿儿呀儿呦！
俺给小姑子尝一尝，咿儿呀儿呦！

六月里，热难当，想起小姑子热得慌。
庙上买上花花扇，咿儿呀儿呦！
送给妹妹们遮阴凉，咿儿呀儿呦！

七月里，暑阳高，红缎子绣鞋绿夹袄。
赶快给小姑们送去，咿儿呀儿呦！
打发得妹妹们欢喜了，咿儿呀儿呦！

八月十五，月亮圆，西瓜月饼敬神仙。
甭管神仙他用不用，咿儿呀儿呦！
俺叫小姑们解解馋，咿儿呀儿呦！

九月里，秋风凉，家家户户做棉衣裳。
个人里棉衣顾不上做，咿儿呀儿呦！
先给小姑子都做上，咿儿呀儿呦！

十月里，十月一，恐怕小姑子们受委屈。
棉花刮子❶多弹下，咿儿呀儿呦！
送给她们絮棉衣，咿儿呀儿呦！

十一月里，好冷的天，怕俺小姑子受风寒。
送给她们一车劈柴两车炭，咿儿呀儿呦！
烧黄二酒给她们两大坛，咿儿呀儿呦！

十二个月，整一年，俺怕小姑子受熬煎。
黄米麦子送里去，咿儿呀儿呦！
再给她猪羊二肉过新年，咿儿呀儿呦！

过了年把妹妹接，下车先把嫂嫂拜。
虽说嫂嫂不是生身母，咿儿呀儿呦！
人家一年四季把俺挂心怀，咿儿呀儿呦！

---

❶ 棉花刮子：棉絮。

讲唱者：范红兰，女，65 岁，不识字。2013 年采录于
正定县孔村。

别娶俩老婆

为人别娶俩老婆，娶俩老婆是非多。
大老婆说："今天我要吃煎三角儿。"
二老婆说："今天我要吃韭菜合。"
大老婆说："今天我要吃过水的面。"
二老婆说："今天我要吃热饸饹。"
大老婆说："今天我要坐四楞子轿。"
二老婆说："今天我要坐玻璃车。"
大老婆说："越说，越闹，我越生气。"
二老婆说："越说，越闹，气死我。"
老头子出来把话说：
"为人别娶俩老婆，两个老婆闲气多。"

讲述者：淑琴，女，78岁，不识字。2012年采录于正定县斜角头村。

二女争夫

清朝的小伙们玩耍多，有钱的好娶两个老婆。
娶俩老婆闲气多。
哎哎嗨呦！娶俩老婆闲气多。

大老婆子爱梳苏州头，二老婆子她爱梳长虫倒趴窝。
两个老婆美貌多，大老婆子爱官粉搽满面，
二老婆子爱胭脂嘴唇抹，两个老婆俊俏多。
哎哎嗨呦！两个老婆俊俏多。

大老婆子爱戴一副银镏子，
二老婆说爱戴金戒指，一钱单三分。
哎哎嗨呦！一钱单三份。

大老婆说想吃姜丝炒肉面，
二老婆说俺想吃油炸大饽饽，
烧黄二酒陪伴着喝。
哎哎嗨呦！烧黄二酒陪伴着喝。

大老婆说想吃糖心鸡蛋，
二老婆说想吃海参炖燕窝，还想吃香油煎面拓❶。
哎哎嗨呦！想吃香油煎面拓。

大老婆开口就把二老婆叫，
叫了一声二老婆你听着，听俺把话对你说。
哎哎嗨呦！听俺把话对你说。
你听俺把话对你说，你是男是女给他抱上一个。
二老婆说那点小事不怨我，只怨男人他不做活。
哎哎嗨呦！也不怨你来也不怨我。

大老婆她到厨房里砸了一摞子碗，
二老婆子到厨房里杵了一口锅，
她二人乒乒乓乓砸开了家伙。
哎哎嗨呦！老大老二开始砸家伙。

大老婆子说我到上房里上了吊，
二老婆说俺到河边去跳河，

男人跪下把头磕。

哎哎嗨呦！你们别上吊来别跳河。

她们二人正吵嚷，东邻家西舍家同都来劝说，
气得男人光打哆嗦。

哎哎嗨呦！气得男人光打哆嗦。

你们二人别吵嚷，听俺给你们把理细分说，
男人不该给你们把头磕。

哎哎嗨呦！央济 ❷ 了这个央济那个。

大老婆说他一个屋里宿上一夜，
二老婆说住上十年俺也不嫌多，
二人就把丈夫夺。

哎哎嗨呦！二人就把丈夫夺。

大老婆上前去拽胡子，二老婆上前揪耳朵，
大老婆夺不过二老婆。

哎哎嗨呦！气得大老婆光打哆嗦。

大老婆子就在上房屋里跺，
二老婆子就在厢房里跺，大老婆跺不过二老婆。

哎哎嗨呦！躺着地上就撒泼。

唱曲里唱的是二女争夫，
有钱的你多买个车可别娶俩老婆，
娶俩老婆闲气多，

哎哎嗨呦！白天夜晚受不清的折磨。

———————————

❶ 面拓：一种烙饼。❷ 央济：乞求。

讲唱者：范红兰，女，65 岁，不识字。2013 年采录于
正定县孔村。

唱钉缸

钉盆钉碗钉大缸，挑起担子走四方。
今天不到旁处去，一心要去王家庄。
王家庄有个王员外，他家生了仨姑娘。
大姑娘起名海棠红，二姑娘起名秋海棠。
数着三姑娘名字好，起名就叫仙人掌。
大闺女寻了个光葫芦，二姑娘寻了个葫芦光。
数着三姑娘寻得好，转遭有毛当间光。
八月十五来拜寿，照得四邻亮堂堂，
四邻八舍来救火，原来是三个女婿放的光。
四邻八舍哈哈笑，你看怪样不怪样。

讲唱者：吴小九，女，80 岁，四年级。2012 年采录于
正定县东杨庄村。

女婿劝丈母（一）

小枣树，剥了皮，白娘养活了个白闺女。
十几了？十五了，打个帖子该娶了。

爹买衫，娘买裙，打发闺女出了门。

爹也哭，娘也哭，女婿来了劝丈母。

"丈母娘你别哭，你家闺女在俺家享大福。

铜盆，洗脸，照着镜子绾纂。

咯噔噔的小脚，蹬着俺家炉盆。

铺金毡，盖银被，插花枕头对子柜。

要喝酒，屋里有，要喝茶，桌上拿，

要吃麻花一大掐。"

2004 年采录于正定县城内街头。

女婿劝丈母（二）

绿豆架，架小姐，小姐穿着大花鞋。

谁做的？娘做的。看谁亲？看娘亲。

买个肉包跟娘分。

娘吃多，我吃少，跺着小脚跟娘吵。

跳跳脚，撩撩裙，至死不进娘家门。

爹也哭，娘也哭，女婿来了劝丈母娘，

"丈母娘你别哭，你家闺女在俺家更享福。

铜盆，洗脸，照着镜子绾纂。

咯噔咯噔的小脚，蹬着俺家炉盆。"

小放牛

天上的桫椤什么人栽？地下的黄河什么人开？

什么人把守三关口？什么人出家一去没回来？

呀呼嗨！什么人出家一去没回来？呀呼嗨！

天上的桫椤王母娘娘栽，地下的黄河老龙王开，

杨六郎把守三关口，韩湘子出家一去没回来，

呀呼嗨！韩湘子出家一去没回来。呀呼嗨！

赵州石桥什么人修？玉石栏杆什么人留？

什么人骑驴桥上走？什么人推车轧了一道沟？

呀呼嗨！什么人推车轧了一道沟？呀呼嗨！

赵州石桥鲁班爷爷修，玉石栏杆圣人留。

张果老骑驴桥上走，柴王爷推车轧了一道沟。

呀呼嗨！柴王爷推车轧了一道沟。呀呼嗨！

什么人董家桥打过五虎？什么人挑银篓卖过香油？

什么人扛刀桥上走？什么人勒马读春秋？

呀呼嗨！什么人勒马读过春秋？呀呼嗨！

赵匡胤董家桥打过五虎，郑子明挑银篓卖过香油。

周仓扛刀桥上走，关二爷勒马读过春秋。

呀呼嗨！关二爷勒马读过春秋。呀呼嗨！

什么人游西湖结下恩爱？什么人思凡董秀才？

什么人煮海想龙女？什么人结下了梁山伯？

呀呼嗨！什么人结下梁山伯？呀呼嗨！

白娘娘游西湖结下恩爱，张七姐思凡董秀才。

张生煮海想龙女，祝英台结下了梁山伯，

呀呼嗨！祝英台结下梁山伯。呀呼嗨！

什么鸟穿青又穿白？什么鸟穿的绿豆色？
什么鸟穿的十样锦？什么鸟穿的一身墨？
呀呼嗨！什么鸟穿的一身墨？呀呼嗨！

喜鹊穿青又穿白，鹦哥穿的绿豆色。
啄木鸟穿的十样锦，乌鸦鸟穿的一身墨。
呀呼嗨！乌鸦鸟穿的一身墨。呀呼嗨！

什么鸟相亲又相爱？什么鸟登枝报喜来？
什么鸟催人把田种？什么鸟同飞不离开？
呀呼嗨！什么鸟同飞不离开？呀呼嗨！

鸳鸯鸟相亲又相爱，喜鹊登枝报喜来。
布谷鸟催人把田种，比翼鸟同飞不离开，
呀呼嗨！比翼鸟同飞不离开。呀呼嗨！

什么开花节节高？什么开花它弯弯腰？
什么开花晒红米？什么开花长一撮毛？
呀呼嗨！什么开花长一撮毛？呀呼嗨！

芝麻开花节节高，黍子开花弯弯腰。
高粱开花晒红米，玉蜀黍开花长一撮毛。
呀呼嗨！玉蜀黍开花长一撮毛。呀呀嗨！

讲唱者：刘黑胖，男，91岁，不识字。2014年采录于
正定县朱河村。

凿榫技巧歌

凿一凿，摇三摇，
前凿后跟，越凿越深。

讲唱者：赵瑞忠，男，60岁，初中文化。2015年采录
于正定县西门里街。

女儿孝

正月里来是新年，这花花对联门上粘。
上写着新春吉祥语，福寿长存万万年。
过了初二就是初三，时兴的女孩们都给娘拜年。
呀嗯哎呦！
老太太接在了大门外，欢天喜地接到她家銮。
接到了上房屋里落下座，倒杯茶拿上烟。
放下桌就把碟子端，七碟八碗摆上边。
呀嗯哎呦！

二月里来春风柔，姑娘们行孝就把娘瞧。
给娘蒸上馍馍炒上肉，再提二斤蜜蜂糕。
茶食蜜果都带上，再称上几斤鲜葡萄，
油酥果子送上几包，
呀嗯哎呦！
再把那鲜鱼拿上几条，还拿上了油盐酱醋还有花椒。
给娘再称上几斤油条面，
素烧饼，糖火烧，大八件，江米糕，

另再给娘拿上参汤元宵。

呀嗯哎呦!

三月里清明寒食天，百草发芽遍地鲜。

女孩们烧纸把坟上，看母亲到家銮。

给她挎上尖尖一大篮，拿上鸡蛋鹅蛋咸鸭蛋，

呀嗯哎呦!

再给娘拿上几块钱，母亲娘零花不遭难。

给她拿上了细米共白面，拿大米绿豆掺。

拿上黑糖带粉面，另给娘再买上几包茶餐。

呀嗯哎呦!

四月里立夏乱穿衫，忽然间又想起奴的娘亲来。

天热该把单衣换，小奴探母回家转。

绸子裤，绿布褂，这长衫短衫给娘都带全。

呀嗯哎呦!

扎头绳给娘买下，这裹脚绑腿带也买下。

拾掇拾掇都背上，街坊邻居把我夸。

这婶婶大大也夸小奴家。

呀嗯哎呦!

五月里来是端阳，忽然间想起奴的娘。

江米粽子多包上，雄黄酒装停当。

拿去让母亲她尝尝，喝上点又解暑气又消毒伤。

呀嗯哎呦!

四个菜碟配停当，黄瓜粉皮配上鲜姜。

豆豉酱还挂上十样菜，拿茶叶小清香。

拿上冰糖雪花糖，一袋朱砂再定定娘里心量。

呀嗯哎呦!

六月里三伏天，太阳好似火一般。

忽然想起母亲热呀，奴家上庙走一番。

买上一把大蒲扇，送给母亲娘过夏天。

呀嗯哎呦!

大西瓜下来了多新鲜，这黑籽红瓤好比蜜一般。

拿回了母亲家里叫她用，

沙甜瓜，面淡淡，大接桃，杠口 ❶ 甜。

拾掇拾掇给她送上两大篮。

呀嗯哎呦!

七月里来秋风催，交节就把夹衣追。

天冷给娘再把夹衣换，母亲娘靠给谁?

闲来无事俺预备，我把夹裤夹袄给娘早送回。

呀嗯哎呦!

这吃的穿的给娘送几回，油炸的小鱼焦微微。

羊肉包子蘸醋蒜，酥烧饼把糖兑。

炸上麻糖带上油魁，蜜和面炸的麻花甜又脆。

呀嗯哎呦!

八月里来月令中，这家家户户都敬神灵。

俺去给母亲把节礼送呀，买香果尖尖红。

拿上苹果把葡萄称，这核桃栗子预备现成。

呀嗯哎呦!

核桃栗子预备现成，烧黄二酒提上两大瓶。

柿子、鸭梨、大蜜桃，买石榴、山里红。
老龄脆枣挖几升，拿上年糕带上月饼。
呀嗯哎呦！

九月里来九月九，家家户户里做米酒。
我要把那好酒送，再送上两节白玉藕。
卤煮鸡，咸腊肉，牛肉馅的饺子多加香油。
呀嗯哎呦！
秋后里凉风冷飕飕，天短夜长日头回，
天冷该把娘的棉衣换。做大袄是青绸，
新棉裤厚扭扭，新缎子小袄套在里头。
呀嗯哎呦！

十月里来冷森森，俺把母亲娘挂在心。
母亲娘穿得不齐备，再送上一条围腰裙。
缎子绣鞋不沾尘，乌菱子手帕一产净新。
呀嗯哎呦！
十月立冬冷风袭，头上脚下制备个齐。
送上烟袋乌瓷杆，花荷包，绣祥云，
益州洋烟称上二斤，又想起润肺解渴的大鸭梨。
呀嗯哎呦！

十一月来冷清清，家家户户都把火生。
拿上了干柴送上炭，羔羊皮袄穿上轻。
又遮寒，又挡风，手炉脚炉预备现成。
呀嗯哎呦！
俺把俺母亲娘请在家中，扶到我炕头上好好地侍奉。

蒸上馍馍炒上肉，顿顿饭菜不离腥。
不是煎炒就是蒸，捎带一碗面片给娘把口清。
呀嗯哎呦！

十二个月整一年，俺把俺的母亲娘送回家銮。
拿上半扇子猪肉带肘子，白豆腐锅里煎。
丸子炸上两大盘，拿年糕馍馍还有面团。
呀嗯哎呦！
干粉海带拿个周全，大棵白菜拿上油盐。
拿上了宫细米，猪肉馅细白面。
拿上藕粉粉芡，另再拿上点零花钱。
呀嗯哎呦！

良言相劝世界上，有儿没儿都一样。
只要生下了贤良女儿，给她寻一个读书郎，
好当家拿主张，这人世威威能沾上大光。
呀嗯哎呦！

---

❶ 杠口甜：方言，特别甜。

讲唱者：范红兰，女，65 岁，不识字。2013 年采录于
正定县孔村。

村谣

一进东口往西查，大高个二偷家。
排街腿丁平家，小戏子京玉家。

大洋马吴成家，自来笑六一家。
梳洗打扮满场家，白白净净四妮家，

2010年采录于正定县封家庄。

劝人方

细笔纤纤字两行，张良留下劝人方。
一劝男子多行孝，二劝妇道好贤良。
再学仁义礼智信，还学三纲并五常。
多学文明拱谦礼，为人别学坑蒙拐骗诓。
为人要是坑蒙拐骗，到头没有好下场。

讲唱者：范红兰，女，69岁，不识字。2015年采录于正定县孔村。

抓药

东庄老爷去乔庄，不走汉路光走江。
江南有个大药铺，药铺里有个王老偏。
今天抓你八服药，看你药味全不全?
十服八服尽管抓，我的药味样样全。
头服抓得靠山竹，二服抓得清秀仙。
三服抓得顺气丸，四服抓得家不散。
五服抓得甜如蜜，六服抓得比蜜甜。
七服抓得黄连苦，八服抓得苦黄连。
这个药味你家有，何必在这找麻烦。

家有父母靠山竹，新娶的媳妇清秀仙。
妯娌相和顺气丸，弟兄相和家不散。
从小里夫妻甜如蜜，半路里婆妻比蜜甜。
小儿没娘黄连苦，临老没儿苦黄连。

讲唱者：胡桂荣，女，72岁，不识字。2012年采录于正定县斜角头村。

老爷落

老爷落，落西山，落了西山换黑天。
庄稼主就把门来上，买卖就把板达❶关。
爬山虎，爬山落，出门的学生回家转。
小佳人，持油灯，丈夫男学苦用功。
她在炕头做针线，丈夫一旁做文章。

———————
❶ 板达：过去临街门市的门板。

讲述人：高凤兰，女，80岁，不识字。2012年采录于正定县教场庄。

七月七

北斗七星弟兄多，南斗六郎缺一个。
东斗三星安天下，西斗出来跑山坡。
紫微星出来把北口，二十八宿保佑着。
水平星出来分上下，参儿星出来有三个。
井星出来井池样，金星好像凤凰窝。

织女星要去走娘家，牛郎不舍紧跟着。

跟得织女没好气，回头投一织布梭。

投得牛郎有了气，回打了织女一牛锁。

王母娘娘看不过，摘下金簪划天河。

一个划在河东岸，一个划在河西坡。

牛郎河东望断肠，织女河西泪儿多。

夫妻要想再见面，除非七月七百鸟来天河。

讲唱者：胡桂荣，女，72 岁，不识字。2012 年采录于正定县斜角头村。

劝学

人生在学将书念，许多好处在里边。

用上十年好工夫，进个秀才不费难。

十字披红双长花，缨帽小顶穿蓝衫。

头里放了三声炮，八名吹手在后边。

金瓜叶虎朝天蹬，肃静回避排四面。

黑虎清道两队旗，黑伞红伞在轿前。

丁兵衙役跟着跑，照列拉班头里撷❶。

调进京去坐大位，太子太保二品官。

坐体立围八抬轿，龙衣蟒袍身上穿。

你看念书好不好，科甲出身就有脸。

十年寒窗无人问，一举成名天下传。

不能显达也无妨，腹内有数心里宽。

人不能写咱能写，人不会看咱会看。

人家有事求着我，绰笔就写不费难。

走个人缘也不差，莫学赌博常要钱。

赌博输光万贯财，祖祖辈辈留骂名。

每日在学不用心，一经下学样样难❷。

由于亏心学六畜，这等人物最不堪。

自己有事也顺通，不可挑架要见官。

念书也有不能中，写手好字人爱观。

五经四书也能讲，文章也念几百篇。

师傅管我心里恼，我是花的我家钱。

你说不能写个字，我也能写一二三。

没有文化也出去，混了一天少一天。

不肚疼来也头疼，假装有病里外瞒。

十年光阴过去了，万两黄金买不还。

西邻叫我写笔账，假装有病不得闲。

有心上学还念书，除非南柯梦里边。

眼前有事不会写，买本杂字仔细观。

一寸光阴一寸金，寸金难买寸光阴。

黄金有价阴无价，阴比黄金贵十分。

少年读书不用心，不知书中有黄金！

---

❶ 形容古时官差出外，一班人马列队前呼后拥。

❷ 方言，指不好好学习，没有文化困难多。

讲唱者：苏顺保，男，82 岁，私塾。2011 年采录于正定县斜角头村。

七言杂字

日用五谷地上仓，芝麻荞麦黍稻粱。

瓜果栗子柿枣杏，桂圆荔枝和槟榔。

石榴葡萄山楂糕，碴子❶糨子❷贩九江。

衣棉新禾一树奇，今赶家畜鸡兔羊。

猪狗牛肚心肝肺，肘子杂碎肉成行。

虾米海带香椿笋，龙须芹菜木耳强。

金针银翘山药藕，黄瓜细粉粉团粮。

蚕豆扁豆豆腐皮，烧饼卷子挂面汤。

萝卜莴苣根达好，韭菜芫荽葱蒜姜。

吃上白糖和蜂蜜，瓜果蕉梨加茴香。

芝麻香粿银锡箔，明灯蜡烛是天堂。

锛凿斧锯算材料，钢钻钳子光又光。

铁木钢钉门帘件，桌椅板凳杌子床。

---

❶碴子：玉米糁。❷糨子：一种油炸食品。

讲唱者：苏顺保，男，82岁，私塾。2011年采录于正定县斜角头村。

报菜名（一）

竹板一打咯噔噔，花花世界数着北京。

北京有一个菜市口，各样的菜蔬要成精。

白萝卜成精坐天下，红萝卜成精坐正宫。

西瓜菜瓜甜瓜是后宫，一十八岁数着蔓菁。

东海岸上白莲藕要造反，要夺白萝卜的京疆红。

文官听了心害怕，武官听了是战兢兢。

豆芽子一听不怠慢，去到北国搬救兵。

搬兵搬得是杨家将，起名就叫羊角葱。

冬瓜王子为元帅，白菜王子是先行。

针金头打黄罗伞，小葱扛枪一路行。

北瓜放里墩子炮，韭菜助威有掌声。

条子山药放鞭炮，后跟着芫荽是一窝蜂。

西红柿掌的是元帅印，辣椒掌的是状元红。

蒜薹掌的射人箭，菜豆角子作火绳。

土豆当作炮弹打，射得白莲藕净窟窿。

葫芦听了上了吊，吓得茄子紫灵灵。

瓠子听了把腿蹬，西瓜吓得满肚红。

芹菜一听排队站，盐罐以里扎了营。

说到这里算个段，菜名多得数也数不清。

讲唱者：邢兵伟，男，70岁，不识字。2014年采录于正定县大孙村。

报菜名（二）

闲来无事到村东，遇着一群蔬菜成了精。

辣疙瘩登基要坐殿，胡萝卜也想当正宫。

东国的北瓜当宰相，西国的南瓜做总兵。

南国的葫芦要挂帅，北国的柿子先出征。

西瓜冬瓜堆火炮，丝瓜当了引火绳。

呼隆呼隆三声炮，打得菜园乱哄哄。

气得茄子浑身紫，气得菠菜满肚空。

气得黄瓜满身刺，气得菜瓜白又青。

吓得大葱往地下拱，后边跟着满天星。

吓得甜瓜张着嘴，果子改名叫花红。

老白菜见此生了气，一本奏给了辣子精。

辣子精见书心好恼，忙命白莲藕去搬兵。

前面走的是独头蒜，后面跟着羊角葱。

米豆抬着三环刀，豆角背着宝刀弓。

青菜地里当杀场，一仗打了九天整。

满园菜倒不用说，疼坏了种菜的白发翁。

他举起镰刀把菜割，造反的菜精送了命。

加上油盐下锅炒，从此菜园得太平。

讲唱者：王喜连，女，85岁，不识字。2009年采录于
正定县西门里街。

十二月菜歌

正月里菠菜刚泛青，二月里尖尖羊角葱。

三月里芹菜出了土，四月里韭菜满畦青。

五月里黄瓜上街卖，六月里茄子紫莹莹。

七月里辣椒满枝红，八月里瓠子弯似弓。

九月里冬瓜圆又大，十月里萝卜瓷丁丁。

十一月白菜家家有，十二月蒜苗水灵灵。

讲唱者：苏顺保，男，81岁，私塾。2010年采录于正
定县斜角头村。

昆虫谣

慢慢地走，慢慢地行，蚂蚱呜咽哭不停。

青头蚂蚱死得苦，豆地里边挺死灵 ❶。

铜头蚂蚱截成板，铁头蚂蚱打成钉。

蟑九虫是个小肉虫，蜘蛛吐丝搭凉棚。

黄鼬狼去送信，老鼠余粮把米供。

差个兔子去套磨，到了磨上一阵风。

水骆驼子去箩面，簸箕虫就把厨房拱。

晌午虫天国不消停，团堆虫去和面。

屎壳郎团蛋蛋就把馍馍蒸，刺猬衔柴火。

蝲蛄扫扫地，疥毒的蛤蟆会打更。

蝎子蚰蜒都来到，蝎虎长虫朝前行。

一对蝴蝶来吊孝，蜜蜂陪灵哭得好伤情。

蚂蚱吹管子，蛐子捧胡笙。

一班子马蜂来执事，一班子苍蝇念大经。

蚂蚁抬到黄桥外，瞎斑鼠拱土把坟封。

---

❶ 挺死灵：挺尸。

讲唱者：王喜连，女，85岁，不识字。2009年采录于
正定县西门里街。

对花

我说那个一来呦，谁给我对上一？

什么开花在水里？什么开花在水里？

你说那个一来呦，我给你对上一，
水仙开花在水里，水仙开花在水里。

我说那个二来呦，谁给我对上二？
什么开花在路旁？什么开花在路旁？
你说那个二来呦，我给你对上二，
苍耳开花在路旁，苍耳开花在路旁。

我说那个三来呦，谁给我对上三？
什么开花叶叶尖？什么开花叶叶尖？
你说那个三来呦，我给你对上三？
柳树开花叶叶尖，柳树开花叶叶尖。

我说那个四来呦，谁给我对上四？
什么开花一根刺？什么开花一根刺？
你说那个四来呦，我给你对上四，
刺梅子开花一根刺，刺梅子开花一根刺。

我说那个五来呦，谁给我对上五？
什么开花一嘟噜？什么开花一嘟噜？
你说那个五来呦，我给你对上五，
葡萄开花一嘟噜，葡萄开花一嘟噜。

我说那个六来呦，谁给我对上六？
什么开花一道柔？什么开花一道柔？
你说那个六来呦，我给你对上六，
鸡冠子开花一道柔，鸡冠子开花一道柔。

我说那个七来呦，谁给我对上七？
什么开花叶叶稀？什么开花叶叶稀？
你说那个七来呦，我给你对上七，
高粱开花叶叶稀，高粱开花叶叶稀。

我说那个八来呦，谁给我对上八？
什么开花抱娃娃？什么开花抱娃娃？
你说那个八来呦，我给你对上八，
棒子开花抱娃娃，棒子开花抱娃娃。

我说那个九来呦，谁给我对上九，
什么开花做黄酒？什么开花做黄酒？
你说那个九来呦，我给你对上九，
黍子开花做黄酒，黍子开花做黄酒。

我说那个十来呦，谁给我对上十？
什么开花开得迟？什么开花开的迟？
你说那个十来呦，我给你对上十，
十芍子开花开得迟，十芍子开花开得迟。

讲唱者：王进荣，女，82岁，不识字。2012年采录于正定县北关村。

时兴歌

瓜子脸，点三点，时兴的妇人们抽烟卷。
烟卷上挂金牌，时兴的妇人们穿绣鞋。

绣鞋上三朵花，时兴的妇人们穿洋袜。

洋袜上带卡子，时兴的妇人们裤衩子。

裤衩子三朵穗，时兴的妇人们戴戒指。

戒指上带落子，落子上红头绳，

时兴的妇人们戴手镯。

讲唱者：王喜连，女，85岁，不识字。2009年采录于正定县西门里街。

数来宝（快板书）

古时大街上常有"叫花子"。"叫花子"分支派，其中有打扇子骨❶的，他们多在集市庙会上，对做生意的摊点讨要。讨要时，给与不给其说唱歌词内容大不相同，有奉承也有辱骂。他们先唱吉祥语，假如掌柜的吝啬没有任何施舍的话，接下来就会唱得难听。一般遇到这种乞丐，人们都会施舍。

打竹板，响叮当，天气一热报花香。

报花香真好看，过去光阴压四片。

一寸光阴一寸金，寸金难买寸光阴。

日月催，奋人老，来了个痴人数来宝。

站大街人人瞧，也有男也有女。

北京城里来回去，不为名也为利。

也有兄也有哥，也有疯子来吆喝。

也有买也有卖，走道没有汽车快。

做买卖要征求，脑筋活络水长流。

大掌柜精神好，做买卖你嘴头巧。

做买卖要耐烦儿，耐烦儿才能多赚钱。

赚了钱家业旺，一年我才来一趟。

走了个走，拜了个拜，拜着里头也不坏。

光拜他不拜你，说痴人没道理。

这个好像大经理，慈眉善目声和气。

今年一定要发财，发了财，你吃稠，我喝汤，

积德行善祖荣光。

赶我走，我不去，痴人要钱不容易。

给个小钱不嫌少，就数大爷你心眼好。

大掌柜长得好，痴人我就要得着。

掌柜的心慈善，天天发财年年赚。

子孙后代坐高官，骑大马，穿绸缎。

地百顷，财万贯，荣华富贵永不断。

掌柜的听我劝，为人一世多行善，

别把毛钱当碾盘。

就算洋钱堆成山，临了还是穷光蛋。

头上长疮脚底烂，冻死饿死没人见。

掌柜的发大财，前晌死了后晌埋，

死了烂了没人抬。

打竹板，迈大步，迈步来到大药铺。

你这个药铺真是香，有药面有麝香，

有冰片，有参姜。你这膏药好膏药，

有珍珠，有玛瑙，有牛黄，有狗宝。

你这膏药不下本，油脂泥，毛头纸，

贴着身上烂肉皮。

打竹板，往前行，眼前来到洋布棚。
有黑布，有白绫，大花叭灯芯绒。
黑斜纹密又厚，做棉衣冻不透。
就是落上四指雨，保险滴水也不漏。
织裹呢，织贡缎，买回家去做鞋穿。
能上树，能爬山，登上梯子能上天。
白洋布，挺实惠，质量好，还不贵。
买回家去做被里，不想起来光想睡。
染坊店里上上色，做件褂子准耐穿。
花被面，颜色鲜，鸳鸯戏水鱼戏莲。
孔雀开屏像把扇，凤落牡丹喜气添。

打竹板，往前走，掌柜的卖的大片藕。
去了皮滚水焯冷水击，吃着嘴里咯吱吱，
赛过秋后的大鸭梨。

打竹板，往前挪，眼前有个卖梨车。
你这个梨真是好，吃到嘴里错不了。
又润肺，又解渴，吃到嘴里甜水多。

打竹板，真是巧，掌柜里卖的大蜜桃。
你这蜜桃真是好，蟠桃会上离不了。
花果山，水帘洞，十八罗汉斗悟空，
如来佛把他压在山底下，
五百年后唐僧取经来救他。

打竹板，响叮当，眼前来到洗澡堂。
你这堂子真卫生，水温正好水又清，
环境优雅顾客盈。
有公报有公文，进了门提精神。
带的财物和金银，赶紧放到柜上存。
脱了衣服围毛巾，围大腿，围胸膛，
不能围到脑袋上。
不是痴人我把你夸，堂子数你头一家。

打竹板，响顶板，眼前来到理发馆。
进了门把水喝，然后再把领子窝。
推背头推平头，然后再推飞机头。
飞机头真好看，就是不能带炸弹。

打竹板，迈大步，眼前来到包子铺。
你这包子真是香，葱白大肉加老姜。
姓张的，姓李的，买包子都来买你的。

打竹板，响叮当，眼前来到挂面坊。
做挂面手头巧，离了盐水做不了。
你这挂面真是好，穷的富的离不了。
你这挂面真是强，手拿棍子挑上墙。
你这挂面真是妙，妇女们生了小孩离不了。
煮挂面卧鸡蛋，吃了一碗又一碗。

打竹板，路边站，眼前是个接生站。
接生员手法儿熟，拿起剪子消消毒。

绞了脐带裹起来，递给妈妈怀里揣。
接生员顶呱呱，坐下请你喝杯茶。
丈夫伺候真有劲，给俺娘家报个信。
娘听见真喜欢，三天头上来看俺。

大八件，槽子糕，拿上牛奶和面包。
拿鸡蛋，拿挂面，拿上香油芝麻盐。
拿黑糖拿白糖，拿上虎头鞋挂铃铛。
拿小袄拿小裤，拿上褯子和被褥。
亲家母你坐下，坐下拉拉家常话。
你家闺女真不错，这小孩长得差不多。
天庭饱满地方圆，亲戚朋友都喜欢。

打竹板，大街里串，眼前来到茶叶店。
你这茶叶真是香，提神醒脑保健康。
你这茶叶真是行，车拉马驮到正定。
男的喝了精神爽，女的喝了脸儿红。
老太太喝了眼不花耳不聋，拉着孩子笑盈盈。

打竹板，迈大步，眼前来到棺材铺。
你这棺材做得好，一头大来一头小。
装上死人跑不了，盛上活人受不了。
这棺材真不赖，松木帮柏木盖。
三道红漆抹在外，一百年也沤不坏。

往前走抬头看，眼前就是杂货店。
货又好价又廉，买与不买尽管看。

又有姜又有蒜，花椒大料松花蛋。
又有油又有盐，油盐酱醋样样全。
陈醋酸大盐咸，红糖白糖甜又甜。

猛抬头，急拐弯，眼前来到铁器摊儿。
有铁球，有铁圈儿，各样的钉子光又尖儿。
有镐头有铁锹儿，新打的锄头自来弯儿。
锛子斧子一面刃，木匠使起来正对事儿。
又轻又快又省劲儿，走遍天下没二份儿。
切菜刀明晃晃，能剁石头能砍钢，削铁如泥刃不伤。

打竹板，响叮当，眼前来到煤油庄。
你的煤油给得多，光许点灯不许喝。
我说这话你不信，喝了叫你准出殡。

打竹板，猛抬头，迈步来到宴宾楼。
宴宾楼的客人多，坐了一桌又一桌。
有的笑有的说，又说又笑又吃喝。
宴宾楼老字号，吃饭数着这里好。
有冷盘有热炒，有炒饼有水饺。
花钱不多吃得饱。
这里的师傅厨艺精，方圆百里有名声。

闯过卫，进过京，伺候过太后和李莲英。
又会炒又会烹，焖炸熘氽样样通。
清蒸鸡红烧鱼，蒜薹炒肉拔丝梨。
荤而不腻的八大碗，颤巍巍的是粉皮。

窟窿眼儿的薄片藕，弯弯腰的大虾米。

吃一口精神爽，管保越吃越入迷。

叫老乡别见外，进来吃碗杂烩菜。

杂烩菜真不赖，掌柜的豁着本钱卖。

小孩吃了杂烩菜，又白又胖长得快。

学生吃了杂烩菜，将来能把纱帽戴。

姑娘吃了杂烩菜，描鱼绣凤配秀才。

小伙子吃了杂烩菜，身强力壮干活快。

老人吃了杂烩菜，返老还童不为怪。

媳妇吃了杂烩菜，婆婆待见女婿爱。

做官的吃了杂烩菜，断案公道又明白。

掌柜的吃了杂烩菜，准保一年发大财。

要饭的吃了杂烩菜，冲着掌柜的磕头拜。

你的买卖真不错，你发财，俺挨饿，

死不了都得过，不管多少给几个。

_____

❶打扇子骨：过去"叫花子"手拿牛骨边唱边敲打，沿街乞讨。

讲唱者：张庆珍，男，不识字。74 岁。2011 年采录于
正定县岸下村村。

十劝郎

东北风刮得阵阵寒，叫一声郎君你听言。

你可细听奴的劝，

哎嗨哎嗨呦！好好听着奴的劝。

一劝郎君多行孝，孝敬父母理当先，

二老面前多问安。

哎嗨哎嗨呦！常把父母记心间。

你孝敬父母人人把你爱，你不孝父母最为偏❶，

人家准说我不贤，

哎嗨哎嗨呦！你不要叫小奴我担不贤。

二劝郎君念书好，你把四书五经都念完，

管保以后能做高官。

哎嗨哎嗨呦！管保以后做高官。

文章出众圣上爱，金榜题名你能中状元，

印玺交给咱。

哎嗨哎嗨呦！挣下银钱回家銮。

三劝郎君在家好，你是一个不出门的活神仙。

在家身得安。

哎嗨哎嗨呦！出门万般难。

你要饥了奴做饭，你要渴了俺把茶端，

房中受安然。

哎嗨哎嗨呦！在家享安然。

四劝郎君莫抽烟，烟瘾伤身后悔难，

茶饭懒得餐。

哎嗨哎嗨呦！奴劝郎君莫抽烟。

烟瘾伤身精神短，耽误青春少年，

亲戚朋友下眼观。

哎嗨哎嗨呦！花儿能有几日鲜。

五劝郎君别喝酒，酒大伤身惹人烦，
伤胃又伤肝。
哎嗨哎嗨呦！一命丧黄泉。
你要是在外边吃醉了酒，小奴我在家等郎还。
坐也坐不安。
哎嗨哎嗨呦！时常把你挂心间。

六劝郎君莫耍钱，输钱容易赢钱难，
家里生活受贫寒。
哎嗨哎嗨呦！叫咱家中受贫寒。
你赢了银钱，一家大小都把你爱，
你输了银钱都把脸翻，一家老少不待见。
哎嗨哎嗨呦！把你赶到门外边。

七劝郎君要行正，烟花巷里别去把花餐，
招致外人耻笑咱。
哎嗨哎嗨呦！珍惜银子钱。
你要是有了票子姑娘把你爱，
你要是没了票子她就把脸翻，
这可不是你和俺。
哎嗨哎嗨呦！这可不是你和俺。

八劝郎君休在外，在外可不如在家里闲，
出门受风寒。
哎嗨哎嗨呦！外出受孤单。
父母堂前多尽孝，夫妻情义在里边，
街坊邻里羡慕咱。

哎嗨哎嗨呦！老人满意孩子欢。
九劝郎君要敬街坊，尊老爱幼在人前，
休把是非搬。
哎嗨哎嗨呦！休把是非搬。
话到嘴边留半言，未从开口多盘算，
休得胡乱言。
哎嗨哎嗨呦！人前不要胡乱言。

十劝郎君多恩爱，恩爱夫妻情相连，
夜晚同床眠。
哎嗨哎嗨呦！夜晚夫妻共枕眠。
郎在青春奴少年，怀抱佳人心喜欢，
和睦身必安。
哎嗨哎嗨呦！家庭和睦少祸端。

---

❶ 最为偏：最不好的事。

讲唱者：范红兰，女，68岁，不识字。2015年采录于正定县孔村。

一百单八州

劝世人听缘由，争名夺利几时休。
走遍江湖跑瘦腿，各样的景致游一游。
山水湖海具已过，高山峻岭眼底收。
诸位明公站一站，听我从头说根由。
北京原是顺天府，城里关外住满洲。
煤山紧对神武庙，玉花好似望海楼。

城里景致且不表，就把城外说根由。
卢沟桥离京四十里，东海岸上镇海牛。
良乡山坡好天塔，往南七十到涿州。
涿州有座娘娘庙，北关有座好戏楼。
大裂瓜出在保定府，要看狮子到沧州。
保定有着三桩宝，铁球、糨糊、春不老❶。
正定也有三桩宝，扒糕、粉浆、豆腐脑。
山西还有三桩宝，姑娘找人娘不恼。
赵州有个大石桥，要吃雪梨到晋州。
藁城府里好挂面，正定有个西角楼。
正定府里大佛寺，南大街里杨和楼。
东广县里铁菩萨，玲珑宝塔在荆州。
河南有座朱仙镇，汴梁城里织丝绸。
潞安府里出铁器，染坊出在平定州。
砂锅出在怀鹿县，煤炭出在门头沟。
景北温水泉一座，此处所管昌平州。
线麻出在迁安县，要上熊岳走锦州。
洛阳城里多热闹，八门八关不到头。
牛磨坊里走一走，山海关外游一游。
回京路过石门寨，过了永平是兰州。
风云县里山药面，要吃蜜桃到深州。
开平遍地出烧酒，邯郸魏县出黑油。
湖广出的好烟叶，锭子出在济宁州。
定州城里出眼药，贩卖药行到齐州。
人才出在大同府，要看城墙到平州。
安修县里大白菜，想吃杂面上衢州。
盐坊出在天津卫，天下大会数郑州。

马莲坡上出草帽，想戴毡帽到章丘。
门神出在东昌府，十字街现好鼓楼。
瓷州彭城出铜碗，阳谷不出是倒头❷。
乐平县里出小枣，八北大烟出罗口。
武安歙县出花椒，要吃鸭蛋上高邮。
大鼓出在凤阳府，油头粉面苏杭州。

──────────
❶春不老：一种蔬菜，多用于腌渍。❷倒头：倒卖的人。

讲唱者：张庆珍，男，不识字。74岁。2011年采录于
正定县岸下村。

懒人谣

左盘算，右打算，织布不如买布穿。
左叨量❶，右叨量，织布不如买衣裳。

──────────
❶叨量：方言，揣摩。

讲唱者：曹春格，女，86岁，不识字。2011年采录于
正定县诸福屯。

谜语谣

闲着没事出村西，碰见个妖怪长得出奇。
长着俩头四只眼，四个耳朵俩长的，
怪物长着六条腿，四个有毛俩光的。

　　　　　　谜底：一个人骑着一头驴。

讲唱者：刘福海，男，68 岁，初中文化。2018 年采录于正定县丰家庄。

梦兆

水是命，火是财，金银财宝是祸害，
梦见驴马口舌来。

小纺车（一）

小纺车，吱楞楞，指着纺车过光景。
日日混，节节熬，几时熬得好过了，
要上地，囤上粮，盖下高楼大瓦房。

讲唱者：张小兰，女，82 岁，不识字。2012 年采录于正定县朱河村。

小纺车（二）

小纺车，吱楞楞，指着纺车过光景。
棉花棵，死了吧，死了省得纺棉花。

小纺车（三）

小纺车，吱楞楞，婆婆死了俺当家。

小稞子你说嘛呢？
小纺车，吱楞楞，紧着纺完了住娘家。

讲唱者：姚书云，女，85 岁，不识字。2005 年采录于正定县城内西门里街。

俩布袋

走得快扭得快，前头提溜着俩布袋。
一个暖小姐，一个暖秀才。

讲唱者：孙四格，女，不识字。78 岁。2012 年采录于正定县吴兴村。

扎扎菜

扎扎菜红骨朵儿，十五上做媳妇。
受不得打，受不得骂，扎着井里死了吧。
捞上来水不济❶，娘家来了也不依。
亲家，亲家，好商量，咱家家里有木匠。
大木匠小木匠，咱把那棺材快打上。
亲家，亲家，好商量，咱家家里有油匠。
大油匠小油匠，咱把那棺材用油抹上。
亲家，亲家，好商量，咱家家里有画匠。
大画匠小画匠，咱把那棺材用画画上。
亲家，亲家，好商量，咱家家里有大洋。

背到市上买衣裳，打发闺女更妥当。

———————

❶ 水不济：方言，湿漉漉的。

2002 年采录于正定县城内街头。

割荞麦

月亮地里割荞麦，又怪饥，又怪渴，
热水凉水摸不着喝。
手拿刀把往前看，一看看到娘家柳树科。

讲唱者：于荣琴，女，76 岁，不识字。2012 年采录于
正定县秦家庄。

矬郎

有事没事出南关，碰见个大姐泪涟涟。
泪什么泪，涟什么涟，寻了个女婿个儿不堪。
三寸的袍子穿不起来，二寸的帽子搭到腿弯。
城南有亩薄沙地，整工出来多半年。
她给矬郎去送饭，走到地头看不见。
手搭凉棚朝下看，豆菠底下跐秋千。
扬起担杖就要打，骑上蚂蚱一溜儿烟。
疖毒的蛤蟆尿了泡尿，这么大的河水没有船。
屎壳郎盗了一堆土，从小我没见过这架山。

讲唱者：王进荣，女，80 岁，不识字。2010 年采录于
正定县北关村。

四月八

四月里，四月八，奶奶庙里把香插。
人家插香为儿女，咱家插香为大家。
金香炉银蜡台，都给奶奶进香来。

讲唱者：靳淑敏，女，83 岁，不识字。2012 年采录于
正定县城内北门里。

大高个

大高个门前站，不干活也好看。
矬牛郎老地里滚，干了活也砢碜。

六月里，连阴天

六月里，连阴天，烧湿柴冒黑烟。
东家借了一升米，西家借了一盅盐。
男人们光顾着在地里把活干，
不知家里做饭多遭难。

打酱油

月亮走，我也走，老婆子叫我打酱油。
出门碰见对门口，拉住我去推牌九。
我输了，我输了！

我输了个光油油，干剩下个烂布头。

讲述着：淑琴，女，78 岁，不识字。2007 年采录于正定县斜角头村。

窑洞的烟（一）

窑洞的烟冒三天，三天过驴套磨，
耗子打水揭墙过。
狼抱柴，狗烧火，猫在炕上捏窝窝。
捏的窝窝❶挂翅膀，一飞飞到枣树上。
窝窝、窝窝下来吧，俺嫌米汤灌得慌❷。

——————————
❶窝窝：窝头。❷灌得慌：不吃干粮光喝汤，肚子胀。

讲唱者：裴祥瑞，男，81 岁，不识字。2012 年采录于正定县东房头村。

窑洞的烟（二）

窑洞的烟冒上天，花花女儿坐花砖。
花砖破，驴拉磨，鹦哥碾米布鸽簸。
狼抱柴，狗烧火，猫赖炕上捏馍馍，
耗子打水笑呵呵！

讲唱者：赵瑞海，男，64 岁，高小。正定县西门里街村。

犄角鬼

犄角鬼上离寨，不要饼子还回来。
犄角鬼上雕桥，不要饼子要山药。

讲唱者：刘书京，女，55 岁，晚学。2013 年采录于正定县小孙村。

拍手歌

你一我一，平分土地。你二我二，男女有份。
你三我三，耕地深翻。你四我四，预备种子。
你五我五，忙送粪土。你六我六，点瓜种豆。
你七我七，浇水锄地。你八我八，收割庄稼。
你九我九，扬场过斗。你十我十，平分粮食。

讲唱者：王建民，男，73 岁，高中毕业。2013 年采录于正定县傅家村。

四十亩地一块田

四十亩地一块田，又没老婆又没孩儿。
哪个闺女嫁给我，一天给你两块钱，
要钱场里宽心丸。

讲唱者：佚名，79 岁，不识字。2009 年采录于正定县吴兴村。

苍蝇赴酒席

有事没事出村西，碰见个苍蝇倒骑着驴。

我问你苍蝇干何事？光头上赴酒席。

光头上可没有多少肉，我不图吃肉光图下蛆。

光头听见没好气，一头扎到青泥里。

气死你苍蝇你贼杀的，祷告、祷告、多祷告！

祷告光头长上毛，三天叫我毛长上，

我给关老爷挂龙袍。

三天不叫毛长上，搂了泥胎把庙烧。

关老爷一听心好恼，叫周仓扛大刀，

劈了光头两块瓢。

一块子发到保定府，一块子发到卢沟桥。

保定府里掏茅子，卢沟桥上掏尿骚，

我看你小光头还发烧？

讲唱者：丁兰英，女，87岁，不识字。2012年采录于正定县站村。

正月十五闹元宵

正月十五闹元宵，一对子小戏上来了。

大姐就把二妹叫，二妹听见了。

走一走，跳一跳，手提荷包朝外跑。

哎嗨哎嗨嗨！乐胡弦子好热闹。

二月里，龙抬头，姊妹二人梳油头。

大姐会梳龙盘凤，小二妹不会梳。

东一绺，西一绺，梳了个狮子滚绣球。

大姐头戴白金坠，二妹头戴银红簪。

大姐柳叶眉弯生生，杏核眼亮铮铮。

脸上的官粉搽满面，两耳戴着镀金环。

滴里当啷九道丝，鲜红的胭脂乩嘴唇。

二妹秤砣鼻子水拉拉眼，脸上的雀斑钱来大。

后院里有棵酸枣树，天天爬得溜溜光。

她娘说她把嘴噘，她爹说她把脸哭丧❶。

她哥哥说她开口骂，她嫂说她必早亡。

大姐身穿石榴裙，二妹身穿绵绸衫。

大姐下穿绿罗裙子外镶边，红绸子裤子金线盘。

二妹下穿青缎裙子八道湾，穿的小鞋不周全。

三月里，三月三，姊妹二人跐秋千。

口对口，肩对肩，头朝北，脚朝南。

你也跐，她也翻，看看姊妹俩喜欢不喜欢。

---

❶哭丧：脸上的表情难看，面带不悦。

讲唱者：蔡桂姐，女，90岁，不识字。2011年采录于正定县斜角头。

红疙瘩

红疙瘩摇三摇，新娶的媳妇真难熬。

吃得多了享不住，吃得少了饿得慌。

小女婿下学来，手扒炕沿着大地，
问问贤妻你哭嘛呢？你要想家我送你。
大衣裳才缝的，小衣裳姐妹的，新鲜头花戴娘的。
头戴乌凤冠，身穿配蓝衫。
左手拿着红白彩，右手拿着花绢扇。
走一走，颤一颤，你比美人还好看。

讲唱者：王喜连，女，80岁，不识字。2009年采录于正定县西门里。

挪房

走东庄到西庄，一走走到王家庄。
王家庄有个王员外，王员外家有五个郎。
王员外行了点框外❶的事，大小子一命见了阎王。
二媳妇私下跟公公去商量，我大嫂人好活好脾气强，
锅头台上头一行。
我大嫂要不走还便罢，要走了谁给咱家把家当，
我看咱还是挪挪房。
老公公听罢点点头，那你就安排去挪房。
老大家就跟老二过，老二家就往老三屋里抬柜箱。
老三家拉住小四拜花堂，小四家拉住小五入洞房。
小五一看挺高兴，我二嫂说得真在行，
这么着又没寡妇又没棍光。
诸位明公看一看，看这一盆糨糊迷糊汤。

———
❶ 框外：不合理，超越范围。

讲唱者：董之姐，女，91岁，不识字。2014年采录于正定县西关村。

大吹（高跷对白）

说吴广，道吴云，我的朋友一大群。
拉过僧，讹过人，哪儿都是我的厚道人，
一个锅里吃过饭，死了埋进一个坟。
有人来了给烧火，有人来了给舀饭，
你看体面不体面。
大家在听我说，听我表表你的哥。
你的哥又是偷又是摸，偷米倒面砸明火。
偷得好，偷得妙，偷得财主把你告。
一告告到三月庙，推的推，操的操，
一操操到大堂上。
老爷看见气翻天，四十二板下男监。
扁担砸，担子拍，看你难看不难看？

讲唱者：王焕女，女，81岁，不识字。2012年采录于正定县吴兴村。

打戒指

一打金，二打银，打个戒指送善人。
北京城里请人匠，南京城里请匠人。
两路匠人都请到，这个戒指要打新。

一打狮子并排坐，二打金毛并麒麟。
三打青龙来探爪，四打童儿拜观音。
五打祥瑞五灵兽，六打六郎随后跟。
七打七星拜北斗，八打上房吕洞宾。
九打阴阳来提水，十打蜜蜂餐花心。
剩下十一没的打，打个上房金蛤蟆。

讲唱者：蔡贵姐，女，89 岁，不识字。2012 年采录于正定县斜角头村。

织手巾

一条手巾织得新，上织日月并三春。
太子打马回宫去，文武百官随后跟。

二条手巾织得花，上织刘全来进瓜。
刘全进瓜迷了路，撇下小女一枝花。

三条手巾织得长，上织沿磨李三娘。
三娘沿磨身受苦，磨道里产下姚七郎。

四条手巾织得宽，上织老母坐法船。
老母就把法船坐，月亮弯弯落西山。

五条手巾织五罗，上织青天白玉河。
白玉河里流清水，一对鸳鸯一对鹅。

六条手巾织得清，上织蝴蝶会蜜蜂。
蜜蜂落到花园去，蝴蝶落到大海中。

七条手巾织得稀，上织牛郎会织女。
牛郎织女两离分，一道天河两岸去。

八条手巾织得枵，上织关爷背大刀。
一背背到龙王池，霸王桥上等曹操。

九条手巾织九层，上头织着九条龙。
龙渡水，水渡龙，渡来渡去一般平。

十条手巾织得全，上头织着李翠莲。
翠莲上吊真是苦，撇下一女和一男。

讲唱者：蔡贵姐，女，89 岁，不识字。2010 年采录于正定县斜角头村。

表姑娘

正月里姑娘表了一个表，这对花鞋绣得真好。
上绣凤凰双展翅，绣雀鸟落树梢。
绣荷花水上漂，木头底的小鞋儿过仙桥。
时兴的鬏鬏后边高，青线缠的飘后梢。
洋布大衫棋盘领，金戒指戴手梢。
小金莲赛辣椒，红缎子小鞋月白裹脚。

二月里姑娘表了一个齐，对着嫂嫂夸女婿。
嫂嫂闻听开言骂，叫一声妹妹小妮子。
想婆家你要女婿，十七到八你厚脸皮。
爹娘知道定生气，邻居知道笑话你。
他姑姑你听仔细，有句话我告诉你，
出阁的媳妇不如闺女。

三月里姑娘表了一个婀，迈动金莲往外挪。
前行挪到大门外，杨柳青，桃花台，
风流天好快活，狂蜂浪蝶如穿梭。
天到晌午下了学，一伙子学生门前过。
姑娘抬头留神看，也有高来也有矬。
也有黑来也有白，哪个是我同床的俏皮哥。

四月里姑娘表了一个花，闲来无事夸婆家。
大姐二姐都出嫁，恨天地，怨爹妈，
留着奴家干什么？
月下老儿还把婚来压，姑娘长到十七八，
为什么不给俺寻婆家。
日月穿梭催人老，活活就把俺气煞。
自当死了小奴家，春去秋来白了发。

五月里姑娘表了一个难，手摇翎扇站门前。
从南来了个读书郎，天庭饱满地方圆。
雪白的脸蛋粉如团，好像金童下了凡。
越看越爱眼发馋，手拈罗裙口难言。
要和奴家结连理，谢玉轿，免风銮。

手拉手，肩并肩，恩恩爱爱共枕眠。

六月里姑娘表了一个强，情人时刻挂心上。
自从那天见一面，奴家心中实难忘。
风流人，俏皮郎，任凭谁家理红装，
大天白日陪伴娘。
黄金凳子象牙床，夜晚睡在红罗帐。
梦情人，进绣房，笑嘻嘻，上牙床，
惊醒了南柯梦一场。

七月里姑娘表了一个精，梳洗打扮下楼庭。
一心要赶蟠桃庙，祝天地，拜神灵，
保佑我把亲事成。
人群里走来那书生，杭绸大衫漆耶青。
大镶大沿绦子拧，大紫荷包身前挂。
大衬里，小玉红，白银锅，攒花扣，
大长的烟袋三尺挂零。

八月里姑娘表了一个狂，思想起情人泪两行。
茶不思，饭不想，身渐瘦，脸发黄。
盼天短，恨夜长，枕冷被寒好凄凉。
姑娘得病辗转床，快请媒婆把亲讲。
媒婆提亲跑得忙，病人好，离了床。
择吉日，拜花堂，张灯结彩入洞房。

九月里姑娘要出阁，寻了个女婿乐呵呵，
喜得浑身轻又爽。

唇儿红，齿儿白，眉儿青，目儿秀。
漆黑的辫子一庹多，仔细端详心快活。
雪白的脸蛋香粉抹，二人就把交情诉。
你吸烟来我打火，说着笑，笑着说，
好容易挨到日头落。

十月里姑娘表了一个多，管着丈夫叫哥哥。
愿你下年书别念，在家里，陪着我。
形影不离两配合，关上门来把话说。
搭搭讪讪跟前挪，小手一伸两手握。
姑娘就把书生叫，叫声丈夫我的哥。
美女佳婿炕上坐，恩恩爱爱闲唠嗑。

十一月姑娘表了一个忙，听说京里考三场。
丈夫拉马去赶考，有奴家站一旁。
尊声丈夫听端详，今日里奴家送你一场。
姑娘向来命儿强，相公娘子命相旺。
如今你要赴京去，下考场，做文章。
中状元，把名扬，不枉奴家空表一场。

十二月姑娘表了一年，坐在炕上好喜欢。
东邻西舍把年过，细思想，乐安然。
蒸馍馍，煎片片，祭灶就在二十三。
过年的东西要周全，丈夫衣帽要新鲜。
岗士林，绣银线，买窗花，贴对联。
请年纸，摆供香，正月初二给娘去拜年。

讲唱者：高玉，男，87岁，不识字。2014年采录于正定县吴家庄村。

天宝娶亲

明明贵，王富春，门户相对结下亲。
找人看个黄道日，腊月初八过的门。
拜了天地洞房进，长寿面，两碗盛。
白光的馍馍热气腾，奴家害臊不敢用。
天宝书生笑盈盈，海棠女儿偷眼观。
观见丈夫好容颜，容颜倒好衣裳破。
布袍布褂是毛蓝，漂白袜，底下穿。
厚底子云鞋毛蓝衫，头戴缨帽自来秀。
烟袋荷包破火镰，身上衣服找线连。
身上的补丁一万千，虮子倒有两大把。
这样子腌臜气煞俺，起来坐定抽锅烟。
陪送的银子整三千，周济你到男学把书念。
不花你的钱，不读俺的书，
不用你瞎帮补，不听你瞎嘟囔。
拉开铺就困眠❶，海棠佳人把脸翻。
左思右想好难受，想要困眠地下睡。
身铺草帘头枕砖，躺也躺不倒，
坐也坐不安，坐起来就想抽袋烟。
伸手抓了把棉花叶，吧嗒吧嗒更香甜。
叫声他来对个火，要想对火八吊钱。
不对你的火，不抽俺的烟，不花那行眼子钱❷。

126

东方亮，太阳出，天宝迈步出房屋。

左思右想好难受，娶下的新人守空屋。

---

❶困眠：困倦想睡。❷此句为方言，不花那不值得花的钱。

讲述着：佚名，女，79 岁，不识字。2008 年采录于正定县吴兴村。

桃梨迎春

春山如海，春山如黛，春水绿如黛。

白云快飞开，让那红球显出来，

变成一个光明的美丽的事态。

风小心一点吹，不要把花吹坏。

现在桃花正开，梨花也正开，

园里园外万紫千红一齐开。

桃花红，红艳艳，多光彩。

梨花白，白皑皑，谁也不能采。

蜂飞来，蝶飞来，来将花儿尝尝。

这都惹人爱，那么更开怀。

春光好，春风飘飘，杨柳摇摇，

你听，鸟热闹，一声歌声多轻巧！

唱的都是优雅的甜蜜的曲调。

鸟，请到这里来，花枝比树枝好。

有老莺儿叫叫，小莺儿叫叫，

一起来唱桃梨花开、春色俏。

春天到，好春光，春光好，

莺儿啼，燕儿叫，大家笑一笑。

你也来，我也来，婆婆张，哈哈笑，

都说唱得真好。

讲唱者：周凤瑞，男，84 岁，小学文化。2012 年采录于正定县北贾村。

情 歌

单相思

一出门用眼挈，出西门碰见了一对花儿。
呀呼嗨！
细细的腰，三么抟抟，
小金莲不大半抟抟。
呀呼嗨！
心里想着她，嘴里念着她，
得一场相思病痛把人想煞。
呀呼嗨！
得一场相思病，痛把人想煞。
呀呼嗨！

讲唱者：靳淑敏，女，83岁，不识字。2012年采录于
正定县城内北门里街。

十杯酒

女唱：
喝一杯酒进房来，手端银壶把酒筛，
等着俺的小郎君。
哎哎嗨哟！等着俺的小郎君。

满满地给你斟上一杯酒，闲来无事你转回家来。
方称奴的怀。
哎哎嗨哟！方称奴的怀。
喝二杯酒来酒味香，奴问郎君你贵庚生，

生辰八字你对我说分明。
哎哎嗨哟！你对我说分明。

男唱：
年年有个正月十五日，正月十五闹花灯，
俺就是正月十五生。
哎哎嗨哟！俺就是正月十五生。

女唱：
咱俩同庚生，第三杯酒酒味儿甜。
酸酸甜甜与郎端，奴家我不嫌酸。
哎哎嗨哟！奴家我不嫌酸。

酒味儿甜来酒味儿酸，郎心奴心都是一般，
咱不能对着外人言。
哎哎嗨哟！咱不能对着外人言。

四杯酒喝得汗淋淋，手拿绫扇儿扇郎君，
扇扇他的身。
哎哎嗨哟！扇扇郎君他的身。

手拿汗巾沾沾郎的汗，俺给郎哥拿条手巾，
表表奴的心。
哎哎嗨哟！表表奴的心。

五杯酒喝罢了进了屋，咱们二人笑微微，
就把银灯吹。

131

哎哎嗨哟！就把银灯吹。

咱二人吃罢了酒，手拉手儿上牙床，
静静地坐一会儿。
哎哎嗨哟！静静地坐一会儿。

喝六杯酒来喝了整三双，上瞒着爹来下瞒着娘，
不瞒小情郎。
哎哎嗨哟！不瞒小情郎。

上瞒着哥哥下瞒嫂，瞒不了情人这一遭，
咱二人把心交。
哎哎嗨哟！咱二人把心交。

喝七杯酒进花园，手扒着花枝泪涟涟，
奴家的手腕酸。
哎哎嗨哟！奴家的手腕酸。

花开花落年年有，人过青春就没少年，
花开几日鲜。
哎哎嗨哟！花开几日鲜。

喝八杯酒进绣房，进房坐在了象牙床，
牙床以上叙家常。
哎哎嗨哟！牙床以上叙家常。

牙床以上就把家常叙，叙叙一辈子的好心肠，

恩情不能忘。
哎哎嗨哟！恩情不能忘。

喝九杯酒喝到了月平西，醉酒酒醉昏迷迷，
躺在奴怀里。
哎哎嗨哟！躺在奴怀里。

郎君醒来要吃茶，惊动了上房的二老爹妈，
把奴家活吓煞。
哎哎嗨哟！把奴家活吓煞。

喝十杯酒郎君他要回，手端着银灯出罗帏，
送郎把家回。
哎哎嗨哟！送郎把家回。

送郎送到大门外，问一声郎君你几时再回来，
跟奴说明白。
哎哎嗨哟！跟奴说明白。

送走了郎君回到家巷，迈动金莲我回到绣房，
天明打扮好梳妆。
哎哎嗨哟！天明打扮好梳妆。

讲唱者：范红兰，女，68岁，不识字。2015年采录于
正定县孔村。

寡妇想夫

正月里来正月正，小寡妇在房中暗伤情。
低头落下了伤心泪呀，想丈夫泪盈盈。
思想起来好伤情，到半夜三更也睡不安宁。
呀嗯哎呦！

二月里来是春分，小寡妇在房中暗沉吟。
越思越想越难过呀，想丈夫泪纷纷。
思想起来好伤心，俺大人孩子靠给何人？
呀嗯哎呦！

三月里来三月三，小寡妇在新坟上哭得可怜。
自从丈夫下世去呀，又缺吃又缺穿。
手里缺少零花钱，我大人孩子谁照管？
呀嗯哎呦！

四月里来草芽发，咱们家家户户都换衣衫。
有的人就把单衣换呀，小寡妇也不忙。
奴家没人不慌张，思想起奴的丈夫他不回家乡。
呀嗯哎呦！

五月里来小麦熟，小寡妇在房中犯了忧愁。
自从丈夫下世去呀，想丈夫泪纷流。
大人孩子手拉着手，细思想真不如起身走。
呀嗯哎呦！

六月里来热难熬，小寡妇在房中似火烧。
有心去找找媒大嫂，又缺吃又缺烧，
撇下寡妇实在难熬。
有心俺找个主，又恐怕受了管教。
呀嗯哎呦！

七月里来七月七，小寡妇在绣房拿定主意。
自从丈夫他下世去，想丈夫泪淅淅。
不如搭个热伙计，搭伙计也不如半路的夫妻。
呀嗯哎呦！

八月里来八月中，小寡妇在房中泪盈盈。
抬头观见了大街上的小光棍，叫光棍你来听。
我年少你年轻，咱二人风风流流过上几冬。
呀嗯哎呦！

九月里来九月九，寡妇我在房中丢了丑。
街坊四邻都说不是，叫光棍你可听根由。
人家笑话你莫要嫌羞，你把大人孩子都得收留。
呀嗯哎呦！

十月里来十月一，小寡妇在房中拿定主意。
今天俺去找媒大嫂，媒大嫂你把亲提。
俺的亲事靠给你，说妥了俺好好致谢你。
呀嗯哎嗯！

十一月里来冷清清，寡妇我在房中笑盈盈。

抬头观见小光棍，叫光棍你来听。

这点事你应承，俺本是二十三的女花容。

呀嗯哎呦！

十二个月整一年，寡妇我寻了个男子汉。

目前咱打的是热伙计，你也好俺也贤。

夫妻二人得团圆，咱二人风风流流过上几十年。

呀嗯哎呦！

十三月来一年多，寡妇我在绣房乐呵呵。

二人人了红纱帐，叫丈夫你听着。

这点事不用细说，咱夫妻二人多么乐呵。

呀嗯哎呦！

讲唱者：范红兰，女，65 岁，不识字。2012 年采录于正定县孔村。

光棍●想妻（一）

正月里来锣鼓敲，大街上多么热闹。

十七八的大姑娘都来观会呀，光棍就把秧歌舞瞧。

多么好看呀，多么好瞧，俺把四条大街都瞧遍了，

忽想起贤妻到了哪去呀，就知道她下了阴曹。

哎嗨哎嗨呀啦吧！哎嗨哎嗨呀啦吧！

我的人来，我的人来！

光棍在房中泪号啕，可把光棍想坏了！

二月里来是春分，贤妻她一死撇下俩祸根。

多少活儿俺也不能做呀，有两个小孩缠住我的身。

孩子有点儿小啊，怎么能出门，

几时孩子熬大才能成了人。

一到了白天光棍还好受呀，一到了夜晚孩子要母亲。

哎嗨哎嗨呀啦吧！哎嗨哎嗨呀啦吧！

我的人来，我的人来！

光棍在房中泪纷纷。

三月里来是清明，家家户户都上坟茔。

人家有人的都把坟上呀，光棍没有贤妻也去上坟茔。

给她去烧烧纸，给她填填土，

哭哭啼啼地回到家中。

打开了门两扇，迈步进门厅。

坐在了牙床上打了一顿呀，梦见了贤妻她回到家中。

上前把她抱实在是太轻，惊醒了光棍是梦一场。

哎嗨哎嗨呀啦吧！哎嗨哎嗨呀啦吧！

我的人来，我的人来！

光棍在房中泪盈盈，光棍得下相思病。

四月里来四月八，奶奶庙里把香插。

从庙台上走过来一个花大姐呀，年纪不过十七八。

梳着油头啊，带着头花，红绸子就在头上扎。

乱着红嘴唇呀，胭脂脸上搽，

红绸子汗巾就在手中拿。

中间穿的本是鹦哥绿呀，八步罗裙就在腰中揉。

伸了伸俩裤腿，丝线带子就把腿腕来扎。

小金莲可真不大，二寸六厘五分八。

这一对儿的绣鞋落了地呀，两头着地中间凹。

鞋尖上蜜蜂儿爬，鞋后跟上结着个绿蛤蟆。

俺不看见你来还好受呀，俺观见你来想起孩儿他妈。

哎嗨哎嗨呀啦吧！哎嗨哎嗨呀啦吧！

我的人来，我的人来！

我观见你来想起俺了个她，光棍哭了好几黑间❷。

五月里来麦梢儿黄，家家户户都打场。

人家有人的把麦场打呀，光棍我无贤妻也打麦场。

我自己个儿打呀，自己个儿扬，

扬了我光棍一身土麦糠，真是又刺挠❸又痒痒。

光棍无奈何回到家中，打开了上房的门两扇呀，

靠在门框上我蹭痒痒。

舀来一盆水呀，把手巾也泡上，

光棍自己个擦擦脊梁。

手拿起蒲扇哭断肠，光棍我哭哭啼啼多半后晌。

哎嗨哎嗨呀啦吧！哎嗨哎嗨呀啦吧！

我的人来，我的人来！

光棍在房中泪汪汪，谁帮着光棍儿打打麦场。

六月里来热难当，家家户户拆洗棉衣裳。

人家有人的都把衣服洗，光棍没有贤妻也洗衣裳。

自己个儿洗呀，自己个儿浆，

手拿起棒槌来，我两眼泪汪汪。

光棍不洗衣服还好受呀，拿起衣服想起孩儿他娘。

哎嗨哎嗨呀啦吧！哎嗨哎嗨呀啦吧！

我的人来，我的人来！

我不知道贤妻你上了哪厢，谁给光棍洗洗衣裳。

七月里来七月七，天上的牛郎会织女，

神仙都有一个团圆日，光棍无奈何回到家里。

遛了遛东，望了望西，观不见贤妻你在哪里。

搂住枕头俺亲了一下，亲了光棍我一嘴荞麦皮。

哎嗨哎嗨呀啦吧！哎嗨哎嗨呀啦吧！

我的人来，我的人来！

光棍在房中泪悲戚，搂住枕头当我的妻。

八月里来月亮圆，家家户户都敬神仙，

人家有妻的都把神仙敬呀，光棍没人也敬神仙，

哭了一声地，叫了一声天，

哭了一声贤妻你到了哪边。

人家有妻的双双把酒用呀，光棍我孤零零哪有闲心玩儿。

哎嗨哎嗨呀啦吧！哎嗨哎嗨呀啦吧！

我的人来，我的人来！

光棍在房中泪涟涟，不知道贤妻到了哪边。

九月里来秋风凉，家家户户都换夹衣裳。

人家有人的都把夹衣穿，光棍我没有贤妻受寒凉。

打开柜，掀开箱，观见妻子的绣鞋整两双。

俺不见绣鞋还好受呀，观见了绣鞋两眼泪汪汪。

哎嗨哎嗨呀啦吧！哎嗨哎嗨呀啦吧！

我的人来，我的人来！

光棍在房中泪汪汪，谁给光棍说个小孩儿娘。

十月里来十月一，家家户户的都送寒衣。

人家有妻的都把寒衣送，光棍没人也去送寒衣。

哭了一声天呀，哭了一声地，

哭了一声贤妻你到了哪里去。

俺搂住坟头亲了一下，亲了光棍一嘴泥。

真是又牙碜，还脏兮兮，想想我光棍儿多么没出息，

哎嗨哎嗨呀啦吧！哎嗨哎嗨呀啦吧！

我的人来，我的人来！

光棍在坟前泪悲泣，仔细想想要命呢。

十一月里冷清清，家家户户把火生。

人家有妻的都把火来生呀，光棍我没人谁把火生。

抬头往上看呀，天上满天星，

我往屋里看呀，屋里黑咕隆。

光棍自己儿长个明灯。

火炉子摸上去还是个热，我叫它十声一声没答应，

哎嗨哎嗨呀啦吧！哎嗨哎嗨呀啦吧！

我的人来，我的人来！

光棍在房中泪盈盈，想想光棍我怎么过冬。

十二个月整一年，家家户户的都过新年。

人家有贤妻过年吃饺子，光棍没人吃什么饭？

过什么节？拜什么年？提起打光棍儿多么可怜。

打发孩子们街上去玩耍，光棍我在房中哭了整一天。

哎嗨哎嗨呀啦吧！哎嗨哎嗨呀啦吧！

我的人来，我的人来！

光棍在房中泪不干，丢下光棍也没有过好年。

---

❶ 光棍：鳏夫。❷ 黑间：一晚上的时间。❸ 刺挠：扎，痒痒。

讲唱者：范红兰，女，65岁，不识字。正定县孔村。

光棍想妻（二）

正月里来锣鼓敲，大街上好热闹。

有人的就把热闹看，光棍的我没人也去看热闹。

看遍了，瞧遍了，四道大街我转遍了，

十七八的姑娘就把秧歌跳。

二月里来是春分，我想起贤妻给丢下两条根。

两条根大街上去玩耍，回来叫了一声爹爹。

怎么人家都把饺子捏，咱家煮了一锅烂杂面。

叫得我头上发蒙心里发酸，看看我两条根是真可怜。

三月里来是清明，家家户户都去上坟茔。

有人的就把坟来上，光棍我没人也要上坟茔，

看见妻的坟头，我两眼泪盈盈。

叫了一声金莲我的妻，小点点的年纪你不该把门离。

搂住坟头我亲一下，亲了我光棍一嘴泥，

我的人呀人两分离。

五月里来麦梢黄，大麦小麦都上场。

有人的就把场来打，光棍俺没人也要打场。

自己个儿锄，自己个儿扬，

扬了我小光棍一身土麦糠。

又刺挠，又痒痒，回家里打开我的柜箱。

拾翻❶着别的还好受，拾翻着贤妻的绣鞋整两双。

我的人呀人痛哭一场。

六月里来热难当，家家户户的拆洗棉衣裳。

有人的就把棉衣拆洗，光棍我没人也要拆洗。

自己个儿洗，自己个儿浆。

自己个儿捶来，自己个儿放，

我拿起棒槌来痛哭一场。

七月里来七月七，天上的牛郎共织女。

神仙都有团圆会，光棍我有话对谁提。

剩下小光棍我门上立着去，

我的人呀人两分离。

八月十五月亮圆，西瓜月饼敬神仙。

西瓜敬了个口口脆，月饼敬了个透透圆❷。

人家有妻的团圆会，剩下我小光棍没人管。

我的人呀人两分离。

九月里秋风凉，家家户户过重阳。

人家有妻的添衣裳，光棍我无妻冻得慌，

俩孩子也穿不上棉衣裳。

往年的衣裳糨着穿，冷屋冷炕想亲娘。

我的人呀人痛哭一场。

十月里来下雪糁，冰凉的炕上没有一个人。

走到院里是满天星，走到屋里是黑咕隆咚。

扑落❸扑落东，扑落扑落西，

扑落着破枕头亲一下，亲了我小光棍一嘴荞麦皮。

我的人呀人两分离。

---

❶拾翻：翻找。 ❷透透圆：方言，非常圆。 ❸扑落：用手摸索。

讲唱者：范红兰，女，65岁，不识字。正定县孔村。

寡妇难

正月里来正月正，锣鼓喧天闹哄哄。

红灯门前挂呀，男女都来瞧。

小寡妇有心观灯无人领着呀，

呼嗨！呼嗨！

二月里来龙抬头，小寡妇在绣房想起来泪交流。

谁给称点面呀，谁给打两油。

小寡妇无吃无喝无有熬头呀，

呼嗨！呼嗨！

三月里来是清明，小寡妇在绣房做了一个梦。

丈夫面前坐呀，说话笑盈盈。

拉了他一把呀，扑到他怀中。

小寡妇梦醒扑了一场空呀，
呼嗨！呼嗨！

四月里来四月二十七，想起了东庄的俺家他二姨。
比俺小两岁呀一母同生，手拉着二童娃娃。
怀抱闺女呀，
呼嗨！呼嗨！

五月里来麦梢黄，大麦小麦同上了场。
鲜桃街里卖，杏儿满街黄。
谁给我小寡妇买点尝尝呀，
呼嗨！呼嗨！

六月里来热难当，小寡妇在绣房想起来做衣裳。
做上几件单呀，做上几件棉。
小寡妇自己做下自己穿上呀，
呼嗨！呼嗨！

七月里来刚立了秋，小寡妇在房里犯了忧愁。
谷子黄了叶呀，黍子也一起熟。
高粱也该刨呀，棉花也该揪。
谁帮我小寡妇把秋收呀，
呼嗨！呼嗨！

八月里来月亮圆，西瓜月饼都敬神仙。
西瓜杠口甜呀，月饼圆又圆。
摆上卤煮鸡呀，摆上咸鸡蛋。

小寡妇有心用酒谁来陪伴呀，
呼嗨！呼嗨！

九月里来秋风凉，俺观见一朵菊花开得真肆行❶。
有心掐花戴呀，缺少个丈夫郎，
寡妇我跺跺金莲回到绣房呀，
呼嗨！呼嗨！

十月里来刚立冬，小寡妇在绣房泪盈盈。
丈夫下世去呀，家事靠何人？
小寡妇思想丈夫思得伤情呀，
呼嗨！呼嗨！

十一月里好冷的天，小寡妇到房上去扫雪山。
跺跺金莲冷呀，舒舒❷手儿寒。
一房雪没扫完呀，寡妇好心酸。
手拿着扫雪的扫帚两眼泪不干，
呼嗨！呼嗨！

十二个月来整一年，一年的好吃喝置买个全。
推了二斗麦呀，再打二斤盐。
小寡妇有心过年没人陪伴，
呼嗨！呼嗨！

---

❶ 肆行：方言，好。❷ 舒舒：伸展。

讲唱者：范红兰，女，65岁，不识字。2012年采录于正定县孔村。

姑娘盼出阁

清朝一统通山河，康熙登基六十年多。
河南有个朱仙镇，离城十里王子坡。
王子坡有一个王员外，好种庄稼念弥陀。
一母所生人五个，姐妹三人俩哥哥。

大哥就叫王宝庆，二哥就叫王宝和。
大姐就叫王翠玉，二姐就叫王翠娥。
大姐已经出了嫁，二姐她也出了阁。
剩下小妹没出嫁，年满二十还等着。

东庄有个娘娘庙，如今修好强得多。
我跟母亲去上庙，碰见东庄张五哥。
他看小妹长得好，小妹看他长得棒。
二人倒有夫妻意，当中缺少媒人说。

上香已毕回家转，张家打发来媒人婆。
母亲说我年纪小，狠心把我的婚事拖。
姐姐十七嫁出去，嫂嫂十八嫁我哥。
今年我有二十岁，过了新春二十多。

一更一点睡不着，二更二点闷坐着。
三更三点做了个梦，梦见婆家来娶我。
大马拉着车一辆，二马拉着娶亲的婆。
花红轿子明又亮，风吹轿帘呼塌着。

一进胡同三声炮，惊动了大哥和二哥。
惊动了大哥王宝庆，惊动了二哥王宝和。
大哥上前施一礼，二哥上前把礼索。
嫂嫂上边紧抱着，小姑子下边把鞋脱。

讲唱者：刘黑胖，男，91岁，不识字。2012年采录于正定县朱河村。

探小妹（男女二声唱）

合：正月里探小妹正月正，
我领上小妹子儿去呀观灯。
花灯真是亮呀，照得大地红。
男白：妹子！
合：咿儿呀儿呦！

合：二月里探小妹龙呀抬头，
我领上小妹子儿去呀彩楼。
彩楼真是高呀，闪了妹子的腰。
男白：妹子！
合：咿儿呀儿呦！

合：三月里探小妹三月三，
我领上小妹子儿去下江南。
买了张火车票呀，花了一块三。
男白：妹子！
合：咿儿呀儿呦！

合：四月里探小妹四月八，

我们到奶奶庙里把香插。

许了一个愿呀，咱们快成家。

男白：妹子！

合：咿儿呀儿呦！

合：五月里探小妹五端阳，江米粽子蘸呀白糖。

叫声小妹子呀，单等你来尝。

男白：妹子！

合：咿儿呀儿呦！

合：六月里探小妹热难当，心疼俺小妹子热得慌。

小扇儿买两把呀，送妹遮阴凉。

男白：妹子！

合：咿儿呀儿呦！

合：七月里探小妹七月七，天上的牛郎会织女。

牛郎在河东呀，织女在河西。

男白：妹子！

合：咿儿呀儿呦！

合：八月里探小妹八月八，我领上小妹子去摘花。

棉花没有朵呀，咱们转回家。

男白：妹子！

合：咿儿呀儿呦！

合：九月里探小妹秋风凉，小妹妹为我做下衣裳。

衣裳做得好呀，针针情意长。

男白：妹子！

合：咿儿呀儿呦！

合：十月里探小妹立了冬，我领上小妹子去兜风。

这风真是凉呀，咱们快回宫。

男白：妹子！

合：咿儿呀儿呦！

合：十一月里探小妹雪花飘，三九严寒冷气浇。

冷在妹妹的身呀，哥哥好心焦。

男白：妹子！

合：咿儿呀儿呦！

合：十二月里探小妹整一年，我和小妹子把婚完。

新年又新月呀，夫妻共团圆。

男白：妹子！

合：咿儿呀儿呦！

讲唱者：崔小军，男，64 岁，初中文化。2012 年采录于正定永安村。

刘公子打雁

刘公子打雁心喜欢，不拖一时到江边。

刘公子撒开青丝网，刘公子闪身一旁边。

一对大雁来喝水，一头扎在网里边。

母雁一看事儿不好，把腿一蹬飞上天。
上头母雁嘎嘎叫，叫声丈夫飞上天。

底下的公雁嘎嘎叫，叫声我妻你听言：
"浑身我都是青丝网，哪能脱翅飞上天。
我有箴言交给你，重嫁二夫过几年。
人家的孩子你别打，人家的孩子你别嫌。
虽说不是你亲生子，最后埋在你坟跟前。"

上头母雁嘎嘎叫，叫声丈夫你听言：
"好马不把双鞍备，好女不嫁二重男。"

底下的公雁嘎嘎叫，叫声我妻你听言：
"马备双鞍是好马，女嫁八夫才为贤。"

母雁盘旋悲声咽，叫声丈夫你听言：
"咱俩犯下拧脖罪，怨咱们前世没修炼。
要是死来一起死，要是还来一起还，
我嘴吐鲜血染网前。"刘公子拾雁好心酸。
一脚踏了青丝网："我再不打雁卖铜钱。"

讲唱者：赵俊兰，女，不识字，65岁。2012年采录于
秦家庄村。

寡妇出阁（一）

十七八的寡妇要出阁，脱下孝衫换红罗。

手掐鲜花儿头上戴，来到上房屋里拜公婆。
拜得公婆眼落泪，叫声孩儿你听我说：
"你熬上三年并二载，哪个话来都依着你说。"
叫声母亲你糊涂婆婆，
"高山截不住南来的雁，磨当没有麸面怎么打箩？
棚里无柴怎生火？缸里无米怎下锅？
罐里没油怎做饭？盘里没菜怎么上桌？
梅花鹿叼着灵芝草，野雀叼着干柴火。
河里没水鱼不住，池里没水养不住鹅。
你要没儿想使妇，你去新坟头上把你家儿哭活。
家里要有梧桐树，不愁凤凰来垒窝。"

讲唱者：王进荣，女，82岁，不识字。2013年采录于
正定县北关村。

寡妇出阁（二）

二十多的寡妇要出阁，小小的岁数熬不住的多。
婆婆就把媳妇劝：
"叫声儿媳你熬着，小子大了你当婆婆。
你上正定戏园去看戏，上承德戏园看秧歌儿。
我这母亲娘呀，一个眼睁一个眼合，
有点毛病也不说。"
媳妇说：
"你要把你家小子叫活，吃糠咽菜俺也不说。
你要不把你家小子拽起来，说到天黑也白说。
今天就把娘家去，还不定叫你见我不见我。"

婆婆说：

"你要是前头走，俺拉上孙子紧跟着，

剩下俺俩没法过。"

讲唱者：董之姐，女，91岁，不识字。2014年采录于西关村。

寡妇出阁（三）

二八佳人好心焦，怎样焦来怎样烧。

过门子不到三天半，女婿一命归了西。

常言道人逢喜事精神爽，闷来愁煞睡不着。

小佳人似醒非睡正睡觉，梦见死去的丈夫又活了。

站在床前对着小奴笑，要和小奴鸾凤交。

小奴上前扑一把，岔了奴的气，

闪了奴的腰，摔了小奴个仰八脚。

莫非是死去的丈夫把我想，

明天一定给丈夫把纸烧。

要问上坟怎样打扮，婶子大娘你听俺学：

"身穿白，头戴孝，白布裤子，白腿带。

白布绣鞋，白裹脚，白布罗裙搬在腰。

小金莲不大整三寸，前头低，后头高，

好像一个罗沟桥。

钻过去的小耗子，钻不过去的狸花猫。"

小佳人打扮这样狂，走一步摇三摇。

正走时间来回看，不多一会儿来到了。

新坟头压上三张纸，叫一声丈夫俺来了。

男的上坟画十字，女的上坟画圆圈。

画了个圆圈冰盘大，留了个口儿在西南角儿。

为什么留口儿冲西南？西南本是生路一条。

点上香纸青烟冒，小嘴儿一咧哭起来了。

哭了一声天来，哭了一声地，

哭了一声丈夫早死的：

"你光管撒手你走了，留下小奴怎么熬。

老婆婆生来嘴头碎，小姑子骂俺嘴更骚。

大老伯子本是个五二鬼，跟奴家说话不靠勺❶。

就属公爹待着小奴好，奴一做饭他就把火烧。

我今天烧了断头纸，嫁人的主意拿定了。"

一到绣房将衣换，红绫子小袄穿上了，

来到上房屋里见公婆，老婆婆一见开言道：

"你丈夫死了没有三天半，你这样的打扮可不对了。

你脱了吧，脱了吧！别让人家来笑话。"

叫一声婆婆你听着：

"你家没有梧桐树，怎么叫凤凰来垒窝？

河里没水鱼怎么活？

你要打着叫我守着过，你上村外把你家儿子去哭活。

你要哭不活亲生子，叫俺熬着那是白说。"

老婆婆一听她要嫁：

"你熬着吧，熬着吧！

多年的道走成河，多年的媳妇熬成婆。

熬着吧，熬着吧！

你嫂子屋里孩子们多，你看上哪个要哪个。

熬着吧，熬着吧！

我叫你北京城里去看戏，南京城里看秧歌。

熬着吧，熬着吧！

二十四把钥匙交给你，你如意怎么着就怎么着。

你就是有点小毛病，睁一眼合一眼俺看见也不说。"

正在婆媳来争吵，

忽听着大门外哗啦啦来了一辆车。

要问来的哪一个？来的寡妇她二哥。

哥哥就把妹妹叫，叫一声妹妹快上车。

小寡妇一见往外走，

气得老婆婆的嘴鼓嗫鼓 ❷ 嗫好几鼓嗫！

"你鼓嗫鼓嗫也白鼓嗫，从今日离了你的家，

再叫俺回来那是白说，俺到娘家去出阁。

你问出嫁哪一个，不是姓高就是姓矬。"

我说这话你不信，如今的寡妇熬不住的多。

———————

❶ 不靠勺：方言，说话不讲究方式。❷ 鼓嗫：咬牙切齿的动作。

讲唱者：刘黑胖，男，91 岁，不识字。2014 年采录于正定县朱河村。

十大想

长了二十多，小奴我还没出阁。

白天心里闷，夜来不快活。

哎嗨呦！夜来也不快活。

一想二爹娘，爹娘没有主张。

孩儿的亲事全在娘身上，怎么不给寻投向。

哎嗨呦！不给奴寻投向。

二想二公婆，公婆有差错。

男大该当婚女大该出阁，为什么不来娶我？

哎嗨呦！为什么不娶我？

三想说媒的人，媒人你没有良心。

两头的亲事靠给你一人，怎么你不问问。

哎嗨呦！怎么你不问问。

四想奴的妹，比我小两岁。

男大配成双女大配成对，我越想越伤悲。

哎嗨呦！越想越伤悲。

五想奴的哥，比奴也大不多。

去年春天就把喜事过，二人多快乐。

哎嗨呦！二人多快乐。

六想奴的嫂，跟俺一般高。

小小的婴孩儿她怀中抱，奴越思越想越心焦。

哎嗨呦！越思越想越心焦。

七想奴的郎，念书做文章。

上学下学路过奴的房，怎么你不来望望。

哎嗨呦！怎么你不来望望。

八想奴的房，好像庙一堂。

白天打坐夜晚拈香，好像一个女和尚。

哎嗨呦！好像一个女和尚。

九想奴的床，两眼泪汪汪。

鸳鸯枕红绫被放着好几床，缺少一个小情郎。

哎嗨呦！缺少一个小情郎。

十想奴的命，生得命不强。

埋怨二老爹娘不给置嫁妆。

哎嗨呦！不给置嫁妆。

讲唱者：范红兰，女，65岁，不识字。2013年采录于正定县孔村。

光棍愁

正月里光棍愁了一个愁，一想起贤妻泪珠儿流。

心爱的贤妻下世去，爹也愁，娘也愁。

剩下俺光棍没人收留，剩下俺小光棍没人来收留。

嗯哎呦！

二月里光棍愁了一个难，隔年的衣裳褙着穿，

隔了夜的剩饭冷着餐。冷也餐，热也餐，

没人梳小辫赶成毡，没有人的小光棍儿遭了难。

嗯哎呦！

三月里光棍愁了一个焦，脱了棉衣换上夹袄。

手拿夹袄我仔细看，袖头破露手梢儿。

扣眉破了没人缭，半路的光棍实在难熬。

嗯哎呦！

四月里光棍泪涟涟，手拿着夹袄也不想穿。

一阵子恶气往上翻，隔壁的大娘来解劝。

有一个寡妇长得鲜，光棍俺听到寡妇心喜欢。

嗯哎呦！

五月里五月端，红绫子门帘四镶边。

打开柜箱仔细看，观见衣裳样样鲜。

光有衣裳没有人穿，小光棍想妻好心酸。

嗯哎呦！

六月里光棍泪淅淅，想说句话来没人理。

醒来还是俺自己，光有我没有我的妻。

孩子醒来哭啼啼，谁不打光棍谁不着急。

嗯哎呦！

七月里光棍七月七，牛郎织女重相聚。

可怜我妻下世去，今生不能再相聚。

不公的老天爷撇下俺自己，

不公的老天爷为啥撇下俺自己？

嗯哎呦！

八月里来到秋天，小光棍一人去收田。

顾了割顾不了绑呀，顾了打顾不了翻。

想扬场来没人供锨，一提起扬场心里如刀剜。

嗯哎呦！

九月里光棍染病灶，身上发烧嘴里燥。
没人问寒没人问暖，没有人给我把饭燎。
也没有人给我把水倒，小光棍得了感冒发高烧。
嗯哎呦！

十月里光棍泪汪汪，不知道说媒的在哪厢。
躺在炕上仔细想呀，莫非说媒的有了病。
莫非说媒的长了疮，莫非是说媒的都见了阎王？
嗯哎呦！

十一月光棍落泪渐，小光棍在房中拿定了主意。
叫声媒人你听着呀，这件事我靠给你。
要是说成了俺请请你，你要是说不成俺也致谢你。
嗯哎呦！

十二个月来一年忙，媒大嫂子到了俺家乡，
乐得俺小光棍儿喜洋洋。
今天来了咱先吃饭，花钱多少我全掏上。
钱都花完了媳妇儿也没说上，
我太失望！

讲唱者：吴凤山，男，51岁，不识字。2015年采录于
正定县街头。

大姑娘想夫（一）

打金鼓说评书，十七八的姑娘要丈夫。

妈妈娘你好糊涂，怎么你就忘了奴。
一更一点不能睡，二更两点气长出。
妈妈娘你好糊涂，奴家守空屋。

三更三点整半夜，小奴发困打呼噜。
妈妈娘你好糊涂，奴家多么苦。

姑娘做了个鸳鸯梦，梦见媒婆来说奴。
妈妈娘你好糊涂，梦中想丈夫。

醒来是个鸳鸯梦，不见媒婆进房屋。
妈妈娘你好糊涂，睁眼太阳出。

姑娘绣楼巧打扮，漱口洗脸把头梳。
妈妈娘你好糊涂，不给奴配夫。

江南官粉搽满面，苏州的胭脂嘴上涂。
妈妈娘你好糊涂，青春不长驻。

上身穿着石榴袄，大幅罗裙腰中束。
妈妈娘你好糊涂，耳坠八宝点缀奴。

下身穿着莺歌绿，锦缎绣鞋绣蝙蝠。
妈妈娘你好糊涂，人才不含糊。

东邻家姐姐比奴大，怀抱着婴孩儿打嘟噜。
妈妈娘你好糊涂，怎么你忘了奴。

西邻家妹妹比奴小，头年腊月把门出。
妈妈娘你好糊涂，两眼泪扑簌。

有心去跟爹娘闹，外人知道耻笑奴。
妈妈娘你好糊涂，这事我做不出。

有心去把媒人找，见了媒婆话难出。
妈妈娘你好糊涂，真是难死奴。

越思越想越无路，下楼跑到上房屋。
妈妈娘你好糊涂，女儿的心事你可看出？

讲唱者：范红兰，女，65岁，不识字。2014年采录于正定县孔村。

大姑娘想夫（二）

大清一同太平出，十七八的大姑娘想丈夫。
妈妈娘你好糊涂，
哎哎嗨哟！妈妈娘你好糊涂。

男孩长大把亲订，女孩长大了要丈夫。
妈妈娘你好糊涂，
哎哎嗨哟！妈妈娘你好糊涂。

埋怨爹妈心肠狠，为什么不让媒婆来说奴。
妈妈娘你好糊涂，

哎哎嗨哟！妈妈娘你好糊涂。

长大都说奴家人才俊，金莲不大二寸五。
妈妈娘你好糊涂，
哎哎嗨哟！妈妈娘你好糊涂。

大裁小缝全都会，绘画绣花儿难不倒奴。
妈妈娘你好糊涂，
哎哎嗨哟！妈妈娘你好糊涂。

西院里俺的二嫂十七岁，怀抱着婴儿打嘟噜❶。
妈妈娘你好糊涂，
哎哎嗨哟！妈妈娘你好糊涂。

南院里有个王张氏，人家的姑娘把哥处。
妈妈娘你好糊涂，
哎哎嗨哟！妈妈娘你好糊涂。

俺的姐姐她比俺大两岁，手拉着娃娃眼气着奴。
妈妈娘你好糊涂，
哎哎嗨哟！妈妈娘你好糊涂。

俺的妹比俺小两岁，人家守着一个好丈夫。
妈妈娘你好糊涂，
哎哎嗨哟！妈妈娘你好糊涂。

一更一点我不能入睡，前走后退我进房屋。

妈妈娘你好糊涂，

哎哎嗨哟！妈妈娘你好糊涂。

二更二点奴家我睡不着，躺在牙床上气长出。

妈妈娘你好糊涂，

哎哎嗨哟！妈妈娘你好糊涂。

三更三点奴家我才睡着，花罗帐内闲半铺。

妈妈娘你好糊涂，

哎哎嗨哟！妈妈娘你好糊涂。

舒舒腿来奴的金莲冷，蜷蜷俺的腿来脚腕酥。

妈妈娘你好糊涂，

哎哎嗨哟！妈妈娘你好糊涂。

四更四点俺做了一个鸳鸯梦，梦见花轿来抬奴。

妈妈娘你好糊涂，

哎哎嗨哟！妈妈娘你好糊涂。

五更五点醒了是个胡麻梦❷，也不见花轿来抬奴。

妈妈娘你好糊涂，

哎哎嗨哟！妈妈娘你好糊涂。

————————

❶ 打嘟噜：往下出溜，往下滑。

❷ 胡麻梦：形容迷迷糊糊做了一夜梦。

讲唱者：范红兰，女，65 岁，不识字。2014 年采录于
正定县孔村。

盼五更（一）

家住在山西县洪洞，小佳人年长一十九冬。

爹妈心肠狠，媒人不搭情，

有一个小情人他是一个买卖精。

嗯哎呦！

吩咐一声小丫鬟你赶快打茶更❶，

你不利落假装耳聋。

打茶我不用，眼望着日落黄昏六点钟。

嗯哎呦！

忽听着谯楼上鼓打了头一更，

吩咐一声小丫鬟急忙掌银灯。

丫鬟把银灯点，姑娘放窗棂，

你把那红绫衾被安排定。

嗯哎呦！

有一个小情人他是一个洋学生，

学会了洋文学会做营生。

洋话说得好啊，功夫数他能，

但等够七天礼拜才能腾空。

嗯哎呦！

忽听着谯楼上又鼓打了第二更，

我连把小情人埋怨你好几声。

为什么今夜晚，你不回咱家中，

今夜晚你不回来我得下相思病。
嗯哎呦!

小佳人越思越想心中暗沉吟,
今夜晚你回来我要把你问。
洋烟上了瘾,耽搁了没青春,
单等着今夜晚回来我才把你问。
嗯哎呦!

三更三点月出正明,忽听着大门外有了人声。
两耳留心听,赶紧往外行,
走下了楼梯一十三层。
嗯哎呦!

干妹妹走向前叫你好几声,
今夜晚你为什么不回咱家中?
害得我把你想,两眼泪盈盈,
今夜晚你迟迟不归是为何情。
嗯哎呦!

忽听着谯楼上鼓打了第四更,
手扶着楼梯又把楼来登。
上在牙床上,拉开被红绫,
这一对鸳鸯他俩才把亲成。
嗯哎呦!

小情人回头把干妹妹叫一声,

干妹妹的镯子照眼明。
镯子黄灵灵,必定是宝镜,
这一对镯子足有四两重。
嗯哎呦!

忽听着谯楼上鼓打了第五更,
俺忙把小情人你叫了好几声。
哥哥快点醒,起来把饭用,
干妹妹我左叫右叫叫也叫不醒。
嗯哎呦!

观之见窗棂纸儿发了明,
我又把小情人再叫你好几声。
吭咔放了声,你还困梦笼,
怕的是伶俐的丫鬟她把你来送。
嗯哎呦!

太阳出来照窗棂,咱二人手拉手去送郎君。
送出了大门外,把郎君叫几声,
今夜晚间你不回来我准得相思病。
嗯哎呦!

小情人回头把干妹妹叫一声,
叫一声干妹妹你总管放宽心。
你炒上点肥羊肉,再烙上两张饼,
单等着我今夜晚回来再把你的饭来用。
嗯哎呦!

❷ 打茶更：沏茶。

讲唱者：范红兰，女，65 岁，不识字。2013 年采录于
正定县孔村。

盼五更（二）

天到一更月儿照花台，小情郎定计今夜晚上来。

叫丫鬟装上四两老烧酒，

炒上四个菜碟子一起端上来。

呀呼嗨！炒上四个菜碟子一起端上来。

呀呼嗨！

白肉炒蒜薹，羊肉炖白菜，

还有那炒鸡子配着凉菜。

这四个菜碟忙配齐，

等了多时情郎也没来。

呀呼嗨！等了多时情郎也没来。

呀呼嗨！

一等也不到，二等也不来，

莫非是在外边你贪恋女裙钗。

手拿着绣鞋无心绘画，

扑簌簌的两只眼掉下泪点来。

呀呼嗨！扑簌簌的两只眼掉下泪点来。

呀呼嗨！

天到二更月儿自发高，小佳人在绣房里好心焦。

小奴我两眼双掉泪，

只哭得我两只眼好像小樱桃，

呀呼嗨！只哭得我两只眼赛如小樱桃。

呀呼嗨！

骂一声狠心人一去不来了，

你可是接二连三哄了我好几遭。

虽说是想煞人不偿命，

像你这样的人儿可怎么打交道。

呀呼嗨！像你这样的人儿可怎么打交道。

呀呼嗨！

天到三更月儿挂正中，观之见家家户户都掌明灯。

前街后巷人都安静，

天到了半夜三更你想来也来不成。

呀呼嗨！天到了半夜三更来你也来不成。

呀呼嗨！

灯儿也不明，房中冷清清，

叫一声小丫鬟快把火生。

火炉子倒比郎君热，

只是俺叫它十来声一声也叫不应。

呀呼嗨！俺叫了十来声一声也不应。

呀呼嗨！

天到四更月平了西，不知道小情人你流落在哪里。

自从过门三年整，不知道哪句话说错得罪你。

呀呼嗨！俺不知道哪句话说错得罪你。

呀呼嗨！

年长十六七，便宜了你自己。

俺心里并没有三心和二意，

这一朵鲜花就让你采，

谁知道无义郎君不是好东西。

呀呼嗨！骂一声无义郎君你不是好东西。

呀呼嗨！

天到五更已是大天明，忽听着门外谈嗽有人声。

听声音好像情郎在叫，两手捂耳朵不聋也假装聋。

呀呼嗨！两只手捂耳朵不聋也假装聋。

呀呼嗨！

男唱：

叫门也叫不应，站得俺腿腕疼，

叫一声小丫鬟你快去讲讲情。

今夜晚你给把情讲，到明天买东西报你的好恩情。

呀呼嗨！到明天买东西报你的好恩情。

呀呼嗨！

买上丝绒线，买上绣花针，

香水精，雪花膏买上花手巾。

今夜晚许下明天买，谁要是哄了你天打又雷霹。

呀呼嗨！我要是哄了你天打又雷霹。

呀呼嗨！

呼啦啦门开放，先生回家乡。

忽然间闻着一阵脂粉香，

香水胭脂本是女孩用，为什么流落在情郎你身上。

呀呼嗨！为什么流落在情郎你身上。

呀呼嗨！

说话翻了腔，上前撕衣裳，

小丫鬟走上前拉住姑娘。

撕坏衣裳还得给他做，不如你轻轻地打他两巴掌。

呀呼嗨！倒不如轻轻地打他两巴掌。

呀呼嗨！

学生跪当央，哀告女红妆。

都怨俺一时糊涂拿错主张，

今夜晚你要饶过我，从今后一辈子不走风流行。

呀呼嗨！从今后我一辈子再不走风流行。

呀呼嗨！

佳人细思量，怒气一消光。

咱二人手拉手走上牙床，

双双对对入了红纱帐，咱二人再成就一对美鸳鸯。

呀呼嗨！咱二人再成就一对美鸳鸯。

呀呼嗨！

讲唱者：范红兰，女，65岁，不识字。2014年采录于正定县孔村。

送情郎

五更里天明了，日光露出来。
在绣房惊动了女儿呀女儿裙钗。
开口就把那身旁人儿叫，
叫一声情郎哥要你听明白。

一不要你愁来二不要你忧，
三不要你戴错了妹妹的花兜兜。
小妹妹的花兜兜本是银锁链，
情郎哥哥的兜兜是一对紫金钩。

一不让你慌来，二不让你忙，
三不让你穿差了小妹妹的花衣裳。
小妹妹的衣裳本是花褶袖，
情郎哥哥的衣裳身大袖儿长。

不多一时穿齐了衣裳，
手拉手儿下了象牙床。
双手打开了门两扇，
从里面送出来有情有义的郎。

送情郎出了奴的绣房，
一抬头看见了一个影壁墙。
影背墙写着四个大字，
在上边写的是金玉和满堂。

送情郎送至在大门外，
我问问情郎哥你多时再回来。
你来不来给小奴我捎上一个信儿，
可别叫妹妹我常常地挂心怀。

送情郎送至在大门以东，
不开眼的老天爷刮起了西北风。
刮风不如下点小雨好，
下小雨情郎哥多待几分钟。

送情郎送至在大门以北，
一出门碰见个乌龟驮石碑。
我问你乌龟犯下什么罪，
卖卷子给小两儿卖酒掺凉水。

送情郎送至在大门以西，
一出门碰见了一个卖梨的。
我有心给郎哥买上梨两个，
思想起昨晚的事儿用不得凉东西。

送情郎送至在大门以南，
从腰里掏出来十块大洋钱。
这五块给我郎打上火车票，
那五块给我郎路上做盘缠。

送情郎送至在三里屯，
情郎哥送给俺金簪一根。

看不见金簪子还好受，
一看见金簪子就想起有情的人。

送情郎送至在五里坡，
再送上三五里俺也不嫌多。
路上有人来把咱问，
咱就说表妹妹来送表哥哥。

送情郎送至在六里河，
观之见水面上游着两只鹅。
那公鹅在前头引着路儿走，
那母鹅在后头叫哥哥。

送情郎送至在大桥头，
手扒着栏杆望水流。
水流千里归大海，
就怕呀情郎哥哥一去不回头。

送情郎送至在大河以北，
空中的大雁呼啦啦地往南飞。
雁飞南北知道冷和热，
情郎哥你这一去几时回。

讲唱者：赵俊兰，女，65 岁，不识字。2010 年采录于
正定县秦家庄村。

盼情郎

正月里盼情郎水仙花儿开，
骂一声小情郎做事不应该。
小奴家以身相许将你慢待，
甩甩袖子你扬长走一去不回来。

二月里盼情郎迎春花儿黄，
人只说露水夫妻二人不久长。
稳坐在牙床上自己个儿慢思量，
你不思量我说的话哪句是灌迷汤。

三月里盼情郎桃开杏花谢，
咱二人分别了三个来多月。
茶不思饭不想懒怠把客接，
骂一声无情的郎不该把奴撇。

四月里盼情郎开得是芍药花，
手拿着花汗巾止不住把泪擦。
坐在了书案前无心绘画，
哪朵野花绊住了你将奴撇下。

五月里盼情郎满朵花儿红，
小奴家为了你落下个相思病。
一到了清晨小奴家盼夜晚，
一到了夜晚天小奴家盼天明。

六月里盼情郎荷花出水里，
不知道小情郎你吃了谁的意。
常言道人熟了说话不讲究，
咱二人言谈你不要挑细理。

七月里盼情郎单股花儿开，
骂一声你无情的郎做事不明白。
莫非是嫌奴家容颜长得丑，
到外边贪恋了谁家的女裙钗。

八月里盼情郎丹桂花儿飘，
小奴家和郎君恩情不算薄。
埋怨声小郎君脾气有点暴，
动不动找邪茬儿你不住地把眼挑❶。

九月里盼情郎菊花开得鲜，
奴家我不嫌你藕断丝又连。
小冤家引得奴意烦心又乱，
到几时见了面诉诉这个怨。

十月里盼情郎开得花大梅，
小奴家得罪了你慢来把礼赔。
小情郎不准情我来下一跪，
我拿好话把你哄免了那是非。

十一月里盼情郎开得富贵竹，
骂一声小情郎你做事太糊涂。

埋怨声月下老你错看了鸳鸯谱，
盼情郎一年整没享过一天福。

十二月里盼情郎雪花乱纷纷，
骂一声无情的郎你吃了谁的心。
埋怨声小冤家不知远和近，
谁待你薄谁待你厚你好赖也不分。

十三月里盼情郎盼了一年多，
小奴家见不到你就此也不想活。
我想你在外面贪恋野花色，
有朝一日遇见你二人打架见个死活。

---

❶ 把眼挑：挑事端。

讲唱者：范红兰，女，65 岁，不识字。2012 年采录于正定县孔村。

寡妇做梦

正月里打过新春，寡妇房中口问心。
寡妇年整三十二，咿儿呦！
一十七岁过得门，咿儿呀儿呦！

公婆年长丈夫成了人，一家老小过光阴。
总想着夫妻白头偕老，咿儿呦！
哪知道半路里守了孤坟，咿儿呀儿呦！

丈夫他一死留下根，多难多灾地熬成人。
当家里都知道柴米贵，咿儿呦！
养儿才知报父母的恩，咿儿呀儿呦！

姑娘长大儿子成了人，两家子好事结成亲。
养儿养女防备老哇，咿儿呦！
人留世界草留根，咿儿呀儿呦！

二月里到惊蛰，从南来了一群鹅。
前头飞的是边鸿雁，咿儿呦！
嘎啦嘎啦往北挪，咿儿呀儿呦！

往北挪去垒窝，一去准比回来的多。
寡妇在绣房里两眼落泪，咿儿呦！
一人准比一人矬，咿儿呀儿呦！

寡妇房中泪眼婆娑，思想起来怎么样过。
少搽官粉不在门前站，咿儿呦！
都知道这寡妇门前是非多，咿儿呀儿呦！

三月里燕雀飞，杨柳开花节节翠。
古人留下寒食节，咿儿呦！
家家户户的把土培，咿儿呀儿呦！

一到新坟就伤悲，亡人票子化成灰。
小寡妇在新坟上哭得如酒醉，咿儿呦！
只哭了多半天也不想把家回，咿儿呀儿呦！

哭了一晌茶呆呆，思想起来还得回家来。
一路上的鲜花无心采，咿儿呦！
知心的话儿对谁说明白，咿儿呀儿呦！

四月里四月八，奶奶庙里把香插。
有人插香为儿女，咿儿呦！
寡妇我插香为什么，咿儿呀儿呦！

一不为儿女二不为爹妈，奶奶庙里也不把香插，
寡妇在房中两眼落泪，咿儿呦！
想起丈夫也不回家。咿儿呀儿呦！

村东口戏台子搭，锣鼓喧天响噼啪。
许多的男人都来赶庙，咿儿呦！
观不见自己的丈夫他，咿儿呀儿呦！

看了一出戏细想他，转弯抹角地快回家。
一路上的风景无心赏，咿儿呦！
谁和奴家我说句话，咿儿呀儿呦！

五月里斗龙舟，思想起来这根由。
一对子冤家年轻小哇，咿儿呦！
寡妇在房中犯了愁，咿儿呀儿呦！

愁的什么愁，忧的什么忧，愁到几时是个尽头，
有人的插艾拜佛像，咿儿呦！
寡妇我去上坟拜坟头，咿儿呀儿呦！

六月里数三伏，天长夜短日头毒。
坐在牙床上打了一个盹，咿儿呦！
梦见了丈夫转回房屋，咿儿呀儿呦！

梦醒来想丈夫，两眼弥泪不敢哭。
恩爱的夫妻不长久，咿儿呦！
寡妇我在绣房泪儿扑簌，咿儿呀儿呦！

七月里七月七，牵牛郎来共织女。
神仙都有个团圆日，咿儿呦！
寡妇我在房中守着寡寂，咿儿呀儿呦！

丈夫他一死染黄泉，千斤的担子奴也得担。
有心出门另改嫁，咿儿呦！
镜子照照容颜长的已不鲜，咿儿呀儿呦！

八月里燕飞鸟，寡妇抬头往上瞧。
忽然观见空中鸟，咿儿呦！
双双对对的都拢毛，咿儿呀儿呦！

鸿雁高飞到京朝，急忙展翅把家找。
俺哪有闲心把酒浇，咿儿呦！
寡妇我心里如火烧，咿儿呀儿呦！

叫龙鸡闹吵吵，寡妇房中心飘飘。
躺在那牙床上难合眼，咿儿呦！
翻来覆去的睡不着，咿儿呀儿呦！

九月里秋风凉，家家户户换衣裳。
有人都把衣裳换，咿儿呦！
寡妇我没人谁换衣裳，咿儿呀儿呦！

丈夫好比一间房，屋里有柱缺少梁。
丈夫他好比房檐瓦呀，咿儿呦！
他给奴家遮寒凉，咿儿呀儿呦！
寡妇人强命不强，里里外外奴自己当。
有心出门另改嫁，咿儿呦！
无夫都比有夫的忙，咿儿呀儿呦！

十月里十月一，说媒的媒大嫂子到了屋里。
连说带笑玩了好几句，咿儿呦！
直说得寡妇我没了主意，咿儿呀儿呦！

尊前辈你听仔细，有几句好话对着你提。
多强的丈夫有的是，咿儿呦！
世界上不是你自己，咿儿呀儿呦！

十一月里冷清清，天寒地冻水成冰。
一辈子忘不了媒大嫂，咿儿呦！
有几句好话记在心中，咿儿呀儿呦！

救命的人你是听，骑上快马办事情。
今天去找找媒大嫂，咿儿呦！
东庄西庄把亲成，咿儿呀儿呦！

十二月里整一年，寡妇房中泪不干。
坐在牙床上打了一个盹，咿儿呦！
梦见丈夫他回家转，咿儿呀儿呦！

你要是走俺也不拦，你另搭伙计到家园。
咱家的孩子叫人家管，咿儿呦！
你问问丈夫我多么心酸，咿儿呀儿呦！

前有地后有园，你拉扯着孩子们过几年。
拉扯着孩子成人长大，咿儿呦！
你上有功来下又贤，咿儿呀儿呦！

贤孝牌给你挂着门前，男女老少同爱观。
亲戚朋友都来道喜，咿儿呦！
我问你体面不体面，咿儿呀儿呦！

寡妇闻听心喜欢，走上前去拽衣衫。
紧拽一把也没拉住，咿儿呦！
惊醒了寡妇是个梦间，咿儿呀儿呦！

讲唱者：范红兰，女，65 岁，不识字。2012 年采录于
正定县孔村。

想情郎（一）

正月里想郎，水仙花儿开。
思想起来我的情郎哥哥你呀，做出事来不明白。

昨夜晚失了身将把你慢待，
甩甩袖子你扬长走，一去没有回来。

二月里想郎，迎春花儿黄。
人人说个个讲，露水夫妻不久长。
到夜晚睡不着觉，低下头细思量。
你思一思，想一想。
你想想小奴说的话，哪句话是灌蜜糖。

三月里想郎，桃开杏花谢。
茶不思饭不想，懒怠把客接。
咱们二人分了手整整三个月，
骂了一声你狠心的郎，你不该把奴撇。

四月里想郎，开了一朵芍药花。
手拿着花手巾，一个劲地把泪擦。
手拿着红绣鞋无心绘画，
野草花儿恋住了你，你可忘了小奴家？

五月里想郎，石榴花儿红。
思想起来我的情郎哥哥你呀，一走你没有回程。
到夜晚俺睡不着觉，做不清的相思梦。
清晨起来我盼夜晚，夜晚又盼天明。

六月里想郎，荷花出水里。
思想起来我的情郎哥哥你呀，做事有点昏迷。
常言说人熟了说话不讲礼，

小冤家你吃了谁的醋，错看了哪一步棋？

七月里想郎，兰草花儿秀。
想起来我的情郎哥哥你呀，我哪一点对你不周？
我就知道情郎哥哥你喜新忘了旧，
你思一思你想一想，你跟俺结的什么冤仇？

八月里想郎，丹桂花儿俏。
思想起来我的情郎哥哥你呀，一走你也不来了。
因为你脾气暴，你好把邪事找。
动不动你就生气，时不时你把眼挑。

九月里想郎，菊花开得鲜。
小奴家难忘你藕断丝又连。
小情郎你引得奴耳麻心又乱，
俺几时见了你的面诉诉这点冤。

十月里想郎，开了一朵红蜡梅。
想当初俺不该叫你走俺就该把礼赔。
你要是不准俺的情，俺给你下一跪。
说上几句好话把你哄，咱免了这场闲是非。

十一月里想郎，雪花乱纷纷。
世界上谁是俺个知心人。
莫非你错怪奴不知道远和近，
谁待你好啊，谁待你薄？你分不清个真假人。

十二个月想郎，开了一朵富贵图。
思想起来我的情郎哥哥你呀，做出事来有点糊涂。
恨只恨月老拆散了鸳鸯图，
盼情郎盼了一年整也没有见到奴的丈夫。

十三月里想郎，算起来一年多。
因你得相思就此也不活，情郎你在外边贪图享乐。
等奴死后来至阴曹，到阎王面前把理说。

讲唱者：范红兰，女，65 岁，不识字。2012 年采录于正定县孔村。

想情郎（二）

月亮出来照路宵，打打哈欠长长腰。
我的郎还不来了，哎呦，哎呦！
我的郎还不来了。

不来不来你还不来，倒叫小奴我挂心怀。
两眼泪，泪流满腮，哎呦，哎呦！
两眼泪，泪流满腮。

小奴正在房中坐，忽听门外有人把门叫。
想必是我的郎来了，哎呦，哎呦！
想必是我的郎来了。

上前开开门两扇，用手揽住我郎的腰。

我的郎想死奴了，哎呦，哎呦！
我的郎想死奴了。

手拉手儿进绣房，二人对坐象牙床上。
细细打量我的郎，哎呦，哎呦！
细细打量我的郎。

我给我郎打下水，羊肚手巾水上漂。
檀香皂拿出来了，哎呦，哎呦！
檀香皂拿出来了。

左手提着花露水，右手拿着雪花膏。
梅花镜照上几照，哎呦，哎呦！
梅花镜照上几照。

我给我郎沏下茶，用手就把纸烟拿。
我和郎落座谈话，哎呦，哎呦！
我和郎落座谈话。

讲唱者：周毛，男，93岁，不识字。2014年采录于正
定县北贾村。

光棍苦

正月里正月正，男女老少喜盈盈。
欢天喜地把年过，我说哥儿们呀，
光棍家里冷清清，哎嗨呀！

二月里龙抬头，光棍在家犯忧愁。
洗衣做饭靠自己，我说哥儿们呀，
没有媳妇多别扭，哎嗨呀！

三月里三月三，脱了棉衣换单衫。
光棍我是没的换，我说哥儿们呀，
你看俺光棍多可怜，哎嗨呀！

四月里四月八，光棍出门不在家。
圈里的猪羊没人喂，我说哥儿们呀，
谁给俺光棍看着家，哎嗨呀！

五月里麦色黄，大麦小麦都上场。
人家的媳妇把场翻，我说哥儿们呀，
谁给俺光棍帮个忙，哎嗨呀！

六月里热难当，闷得我汗珠子往下淌。
有媳妇的端盆水，我说哥儿们呀，
谁给俺光棍搓脊梁，哎嗨呀！

七月里七月七，天上的牛郎会织女。
神仙都有团圆日，我说哥儿们呀，
俺的媳妇在哪里，哎嗨呀！

八月十五月儿圆，家家户户供老天。
俺也把那老天供，我说哥儿们呀，
为什么月圆我人不圆，哎嗨呀！

九月里是重阳，家家户户收秋忙。
有媳妇的来送饭，我说哥儿们呀，
谁给俺光棍送碗汤，哎嗨呀！

十月里十月一，家家户户送寒衣。
我也把那寒衣送，我说哥儿们呀，
爹娘坟前去哭啼，哎嗨呀！

十二月整一年，男女老幼制新衫。
光棍俺还把旧衣穿，我说哥儿们呀，
稀里糊涂又一年，哎嗨呀！

光棍苦光棍难，谁给俺光棍牵红线。
都说人间有月老，我说哥儿们呀，
俺的月老在哪边，哎嗨呀！

讲唱者：张庆珍，男，不识字。74岁。2013年采录于正定县岸下村。

五哥放羊

正月里，正月正，正月十五挂红灯。
红灯挂在大门外，盼着五哥来家中。

二月里，龙抬头，五哥放羊出村口。
羊群在前哥在后，他扬起鞭儿往前遛。

三月里，三月三，五哥放羊走没换衣衫。
小妹我在家把单衣备，单等五哥回来把衣裳换。

四月里，四月八，五哥放羊走没换鞋和袜。
小妹我背着爹娘都做齐，等五哥回来穿上它。

五月里，五端阳，江米粽子蘸白糖。
有心给五哥送粽子，恐怕难瞒二爹娘。

六月里，热燥燥，五哥放羊在河套。
不睁眼的老天爷下大雨，淋湿了五哥哥俺心焦。

七月里，七月七，天上的牛郎共织女。
神仙都有团圆日，俺和五哥哥两分离。

八月里，月亮圆，西瓜月饼敬神仙。
西瓜甜来月饼甜，赶不上五哥唾沫甜。

九月里，秋风凉，五哥该换夹衣裳。
山又高来路又长，俺把五哥挂心上。

十月里，冷气添，可怜五哥没鞋穿。
体己鞋❶我做了好几双，盼着五哥早回还。

十一月，数九天，五哥要把棉衣换。
棉袄棉裤皮坎肩，都是二妹我亲手连。

十二月，整一年，五哥算账回家转。
不用打来不用算，二十四块大银圆。

———————

❶ 体己鞋：事先悄悄做好的鞋。

讲唱者：张廷兰，女，79 岁，不识字。2012 年采录于
正定县三里屯。

探郎

姐儿在房中两眼泪汪汪，忽然间想起来奴的情郎，
躺在他的病床上。
哎嗨哎嗨呦！躺在一病床。

姐儿俺今天拿定主意，背着二老爹娘去探情郎，
爹娘知道骂断肠。
哎嗨哎嗨呦！爹娘知道骂断肠。

姐儿在房中巧梳妆，俺梳洗打扮去探情郎，
俺看看他怎么样。
哎嗨哎嗨呦！去看看他怎么样。

怀里揣着玫瑰饼，宽袖里袖着是闵姜，
汗巾里包冰糖。
哎嗨哎嗨呦！汗巾里包冰糖。

俺有心在这大街里走，还没有过门的女红装，

羞臊实难当。
哎嗨哎嗨呦！羞臊实难当。

俺不走大街穿穿小巷，转弯抹角俺走得忙，
来在郎的大门上。
哎嗨哎嗨呦！来在郎的大门上。

迈步俺就把郎家大门进，穿带过院我走得慌忙，
走进郎的绣房。
哎嗨哎嗨呦！走进郎的绣房。

见了情郎先给他拜两拜，问了一声郎的身体可健康，
奴家来探望。
哎嗨哎嗨呦！奴家来探望。

叫一声奴的郎君你抬头看，你看看何人来到你绣房，
你把精神你长长。
哎嗨哎嗨呦！你把精神长一长。

情郎慌忙抬头望，原来是贤妻来到绣房，
真叫我喜心上。
哎嗨哎嗨呦！真叫我喜心上。

姐儿开口把情郎哥哥叫，尊一声奴的郎听我把话讲，
听我对你说其详。
哎嗨哎嗨呦！听我对你说其详。

你要是饥饿了吃玫瑰饼，心里要是发了困嚼闵姜，
口干含冰糖。
哎嗨哎嗨呦！口干含冰糖。

冰糖瑰饼你的郎君我不用，你看我的情况也活不长，
恩爱的夫妻实难当。
哎嗨哎嗨呦！恩爱的夫妻实难当。

双手打开情郎的红绫被，皮包骨头面焦黄，
倒叫俺心疼得慌。
哎嗨哎嗨呦！倒叫俺心疼得慌。

拉住了郎的手给他号了号脉，你的病体不寻常，
我给你上庙许猪羊。
哎嗨哎嗨呦！许下猪和羊。

叫一声奴的郎君你在家养病，我到庙上去烧香，
祷告你离病床。
哎嗨哎嗨呦！祷告你离病床。

打针吃药也不见好，你说到庙上去烧香，
俺不叫你费心肠。
哎嗨哎嗨呦！不叫你费心肠。

你说你的病体好不了，俺和你做伴去见阎王，
阴曹地府里配鸳鸯。
哎嗨哎嗨呦！到坟墓里配鸳鸯。

姐儿说罢她扬长走，转弯抹角她回家乡，
来到自家门上。
哎嗨哎嗨呦！来到自家大门上。

迈步她就把大门进，穿带过院走得慌忙，
走进自己绣房。
哎嗨哎嗨呦！走进自己绣房。

进屋她把自己的牙床上，手拿钢针绣鸳鸯，
终身大事上心上。
哎嗨哎嗨呦！终身大事上心上。

不多一时郎君下世去，来了一个说媒的给报丧，
姐儿知道泪汪汪。
哎嗨哎嗨呦！姐儿知道泪汪汪。

炕沿底下给他点上一刀纸，桌子底下匀上酒浆，
哭了一声短命的郎。
哎嗨哎嗨呦！哭了一声短命的郎。

没过门的夫妻不能戴孝，做了一双白鞋被窝里藏，
表表俺的好心肠。
哎嗨哎嗨呦！表表俺的好心肠。

一到在白天心里还好受，一到在夜晚想俺的郎，
一天到晚泪汪汪。
哎嗨哎嗨呦！一天到晚泪汪汪。

161

想得小奴我一顿吃不了半碗饭，两顿喝不了一碗汤，
损坏了女红妆。
哎嗨哎嗨呦！损坏了女红妆。

直毁得小奴家面黄肌瘦，皮包骨头面焦黄，
好想一命去见阎王。
哎嗨哎嗨呦！好想一命去见阎王。

姐儿俺在房中就把牙床上，官粉喝得太慌张，
喝了官粉见阎王。
哎嗨哎嗨呦！喝了官粉见阎王。

姐儿在房中用了药，不多一时把她的命来伤，
惊动了二爹娘。
哎嗨哎嗨呦！惊动了二爹娘。

给她婆家送了一个信，抬来一口棺木和送老衣裳，
阴曹地府里配鸳鸯。
哎嗨哎嗨呦！一个坟墓里配了鸳鸯。

讲唱者：范红兰，女，65岁，不识字。2012年采录于
正定县孔村。

看情郎（一）

看情郎走一趟，看看情郎怎么样。
不出阁的姑娘看情郎，横怕外人笑一场。

哎嗨哎嗨呦！横怕外人笑一场。
看情郎拿着玫瑰饼，纸里包的是闷姜，
宽袖里掖着冰糖。
哎嗨哎嗨呦！宽袖里掖着冰糖。

一路上不从大街里走，曲里拐弯串小巷，
来到情郎大门上。
哎嗨哎嗨呦！来到情郎大门上。

进了大门大门封，进了二门把门插上，
西屋里进绣房。
哎嗨哎嗨呦！西屋里进绣房。

双手打开红绫被，皮包的骨头脸焦黄，
不像个人模样。
哎嗨哎嗨呦！不像个人模样。

你要是饥了玫瑰饼，你要是渴了噙冰糖，
嘴里没味噙闷姜。
哎嗨哎嗨呦！嘴里没味噙闷姜。

你在炕上养着病呀，我到庙里去烧香，
祷告你离病床。
哎嗨哎嗨呦！祷告你离病床。

祷告祷告我祷告，祷告的情郎叫了一声娘，
小命儿见阎王。

哎嗨哎嗨呦! 小命见阎王。

当着爹娘不敢哭，炕沿底下烧钱纸，

桌子底下上上香。

哎嗨哎嗨呦! 桌子底下上上香。

露水夫妻不戴孝，做了一双白鞋被窝里藏，

瞒过了二爹娘。

哎嗨哎嗨呦! 瞒过了二爹娘。

讲唱者：张廷兰，女，79 岁，不识字。2012 年采录于
正定县三里屯。

看情郎（二）

姐姐在房中绣鸳鸯，忽然间想起小情郎，

躺在那个病床。

哎嗨哎嗨呦! 躺在那个病床。

有心去把情郎看，手里没有东西遭了难，

低下头俺细盘算。

哎嗨哎嗨呦! 低下头俺细盘算。

怀里揣着芝麻饼，腰里掖着是冰糖，

手巾里边包闷姜。

哎嗨哎嗨呦! 手巾里边包闷姜。

不走大街走小巷，拐弯抹角走得忙，

看见俺的小情郎。

哎嗨哎嗨呦! 看见俺的小情郎。

姐观郎君面皮儿黄，不交一时见了阎王，

哭了一声短命郎。

哎嗨哎嗨呦! 哭了一声短命郎。

露水夫妻不戴孝，做了一双白鞋被窝里藏，

到了夜晚奴穿上。

哎嗨哎嗨呦! 到了夜晚奴穿上。

讲唱者：吴凤山，男，51 岁，不识字。2008 年采录于
正定县街头。

小伙子想媳妇

黑了吧，明了吧，两天并成一天吧。

花花大轿抬来吧，铜头喇叭吹来吧。

吹的新媳妇来了吧，来个媳妇俊俏吧。

四辈❶揽活

正月里，正月正，四辈揽活上了工。

上工先挑两担水，呀咿呦!

扫扫院子进牛棚，咿儿呀儿呦!

二月里，龙抬头，小二姐上了绣房楼。

手扒搂檐朝下看，呀咿呦！
看得四辈好风流，咿儿呀儿呦！

三月里，三月三，小二姐坐下缠金莲。
四辈过来攮一把，呀咿呦！
攮得小二姐好喜欢，咿儿呀儿呦！

四月里，四月八，奶奶庙里把香插。
婶子大娘都上庙，呀咿呦！
俺和四辈看着家，咿儿呀儿呦！

五月里，麦稍黄，我和四辈去翻场。
翻得快了胳膊酸，呀咿呦！
翻得慢了晒得慌，咿儿呀儿呦！

六月里，热难当，四辈去地里拉锄江。
上前给他个草帽带，呀咿呦！
好给四辈揭阴凉，咿儿呀儿呦！

七月里，七月七，天上牛郎会织女。
神仙都有团圆日，呀咿呦！
我和四辈两分离，咿儿呀儿呦！

八月里，月儿圆，西瓜月饼供神仙。
西瓜甜来月饼甜，呀咿呦！

赶不上四辈吐沫甜，咿儿呀儿呦！

九月里，秋风凉，可怜四辈没衣裳。
打开柜开开箱，呀咿呦！
红绸子小袄先披上，咿儿呀儿呦！

十月里，十月一，家家户户送寒衣。
有人送到坟头上，呀咿呦！
四辈没人半道里，咿儿呀儿呦！

十一月，占了房，小二姐添了个小儿郎，
叫了一声爹叫了一声娘，呀咿呦！
做活的小子不敢应张，咿儿呀儿呦！

十二个月，整一年，叫四辈来算钱，
铜钱算了八吊整，呀咿呦！
外加两吊是我添，咿儿呀儿呦！

十三个月一年多，叫声四辈我的哥。
钱多钱少还赖这干，呀咿呦！
吸烟喝酒我供着，咿儿呀儿呦！

● 四辈：人名。

讲唱者：蔡桂姐，女，90岁，不识字。2012年采录于
正定县斜角头村。

时 政 歌

祭孔歌

大道之行也天下为公，
选贤育能，老有所终。
壮有所用，鳏寡孤独皆有所养。

讲唱者：王培孝，男，82岁，小学文化。2013年采录
于正定县北贾村。

正定直隶八师校歌

枕恒山兮面滹沱，燕赵遗风慷慨多。
沉毅果决淳厚温和，天命吾曹为木铎，
一洗尘雾挽鄰波。
勤苦砥砺，勤苦砥砺，莫把青春轻轻弃。
切磋琢磨，切磋琢磨，成功唯看志如何。
愿同学发扬振奋，壮我好山河。

讲唱者：施新元，男，83岁，师范毕业。2012年采录
于正定县西柏棠村。

中华人民共和国成立前
河北正定第七中学校歌

巍巍太行，恒岳挺中央。
滹沱千里，安流下恒阳 ，

控燕赵跨河朔，雄风天下扬。
须知生活急奋斗，亲爱团结，勇猛求自强。
一切都担在肩上，担在肩上。
德智必备，体魄必康，继往开来，建造我新家邦。
任重道远，随时爱景光。

——————

❶ 过去正定称恒阳。

讲唱者：王培孝，男，82岁，小学文化。2013年采录
于正定县北贾村。

东方红（正定版老本歌词）

东方红，太阳升，中国出了一个毛泽东。
他是人民的大救星，呼儿嗨呀！
他为人民谋生存。

谋生存，过光景，他领导红军闹革命。
雪山草地都走遍，呼儿嗨呀！
敌人害怕又心惊。

八路军，新四军，千千万万的老百姓。
一心跟着毛泽东，呼儿嗨呀！
坚持抗战八年整。

到今天，不痛苦，土地改革有地土。
谁撒的种子谁收割，呼儿嗨呀！

丰衣足食享幸福。

享幸福，要民主，人民代表到政府。
毛泽东的好主张，呼儿嗨呀！
联合政府要拥护。

咱拥护共产党，建设和平好主张。
为咱人民费心肠，呼儿嗨呀！
毛泽东他像太阳。

讲唱者：周毛，男，92岁，不识字。2013年采录于正定县北贾村。

中苏友谊

我们不做墙头草，我们要往一边倒。
认清方向决不动摇，谁是敌友我们早就知道。
革命的道路只有一条，斯大林同志是我们的先导。
粉碎帝国主义的封锁，打击战争分子的叫嚣。
中苏两国要建立巩固的邦交，
中苏人民要结成永远的友好。
有马列主义开辟的大道，
让和平的大旗在美丽的天空中迎风而飘。

讲唱者：施新元，男，83岁，师范毕业。2013年采录于正定县西柏棠村。

布票岁月

男的上水库，女的守家园。
白天拉大车，黑天围着井台转，不分昼夜把活干。
布票一丈七尺三，买了衣服穿，不够做鞋面。
你要不相信，请往身上看。
破补丁、布袋片，麻绳来穿连。

谈固营

打竹板，走向前，听我把固营村史谈一谈。
一寺二庙三条河，上京大道村中过。
西临太行北正深，东与栾城紧相连。
早在一九三零年，村中就把支部建。
秘密发展共产党，领导村民抗税捐。
时间到了三七年，卢沟桥前闹事变。
日寇攻占正定县，全体村民来抗战。
民族英雄李成玉，当时工作管五县。
梁家坑村一场战，为国捐躯生命献。
为把英雄来纪念，政府在村建陵园。
园中矗立纪念碑，烈士英名刻上边。

讲唱者：王建民，男，72岁。2012年采录于正定县付家村。

旧社会十怕

一怕旱二怕淹，三怕蚂蚱四怕捐。
五怕保长凶如虎，六怕地富高利钱。
七怕打骂八怕病，九怕衙门心眼偏。
十怕缺吃又缺穿。

穷人诉苦

老汉说：
"俺村有个张老峰、李老船，想起事变前。
给人种着五亩水浇地，一年的租子要两担。
有一年打得不够给，逼得咱卖了锅，卖了碗。
你娘拉着你们去要饭。
我当天招工吃碗饭，当天招工吃碗饭。"

老婆儿说：
"听你说，心好酸，想起事变前。
给人种着五亩水浇地，一年的租子要两担。
有一年打的不够给，逼得咱卖了锅，卖了碗，
俺拉着孩子们去要饭。
碰见好人给一碗，碰见坏人降巴  咱。
稀里糊涂混一年，稀里糊涂混一年。"

———————
❶ 降巴：威胁，欺负。

讲唱者：张东姐，女，80 岁，不识字。2013 年采录于
正定县东汉村。

童养媳诉苦

局长局长，听俺把话讲：
"俺爹俺娘从小把俺卖，从小卖俺十二岁。
自根娶了不知道跟着谁，吃不饱来穿不好。
做好做赖难交代，婆婆就是个老妖怪。"

北早现打妖怪

北早现打妖怪，反穿皮袄毛朝外。
三齿子枣木把，打死的妖怪叫小马。

社会远景

老乡们走上前，竹板响连天。
我们是新社会的宣传员。
国家的大事我们全知道，听我把共产社会讲一番。

收割机，打场机，电门一开就动弹。
打场不用碌碡串，机器一转能打几十担。

赶车的大道开成大马路。
行人的小路也要加宽。
马路两边栽上电线杆，电灯电话家家都要安。

屋里有暖气，还比煤火先。

冬季里天冷，我们也不嫌。

各屋的电器唱得多么欢，这样的社会多么美满。

要想看亲友，摩托真方便。

路远飞机火车和轮船，

不怕山高和路远，一日两日马上就看见。

到在那社会，文化要占先，

没有文化处处都困难。

青年男女加紧学习现在还不晚，前途要往远处看。

你要光坐吃，啥活也不干，

美满的社会不会到面前。

虚度光阴转眼就百年，奉劝诸位学文化转变观念。

讲唱者：康文魁，男，81岁，不识字。正定县大孙村。

生产小调（太平年调）

正月里，是新春，生产都来把地分。

把地平整种大麦呀，

太平年，翻身农民要齐心。

二月里，草芽发，翻身农民要当家。

打倒地主和旧封建呀！

太平年，永远不叫他们当家。

三月里，三月三，男女平等自由权。

三八本是一个妇女节呀！

太平年，争取模范多么体面。

四月里，麦梢黄，庄稼人们忙又忙。

互助人工来锄地呀！

太平年，一寸土地不要荒。

五月里，到麦熟，打下麦子满囤流，

满囤就把毛主席敬呀！

太平年，因为他叫咱们抬了头。

六月里，到伏天，抽空就把青草砍。

砍下那青草垫猪圈呀！

太平年，攒下好粪种麦田。

七月里，七月七，光棍分房又分地。

翻身就把那媳妇娶呀！

太平年，成家立业笑嘻嘻。

八月里，到秋天，各样粮食堆成山。

高粱、棒子、大黄豆呀！

太平年，摘下棉花有衣穿。

九月里，秋风凉，收清庄稼打清场。

爱国的公粮早交上呀！

太平年，抗美援朝支援前线。

十月里，立了冬，天寒地冷水冻冰。

买上机子来织布呀！

太平年，穿衣零花儿更现成。

十一月，雪花飘，咱们的队伍威风高。

咱们要打到南京去呀！

太平年，捉住敌人用牙咬。

十二月里，一年整，和平建设要成功。

幸福不忘共产党呀！

太平年，永远跟定毛泽东。

讲唱者：康文魁，男，80岁，不识字。2012年采录于大孙村。

兰英诉苦（打腰牌调）

兰英两眼泪汪汪，思前想后好心伤。

未曾开口先落泪，泪珠滚滚湿胸膛。

家住正定大孙村，嫁的本是穷苦人。

三间破房二亩地，吃糠咽菜过光阴。

借了地主大利账，本上加利利打滚。

先拆房子后卖地，拆房卖地还不起。

过了三十是新年，穷人财主不一般。

财主喝酒又吃肉，穷人没有吃和穿。

地主老财真狠心，变着法地害穷人。

逼得俺家没法过，全家逃难到天津。

天下乌鸦一般黑，地主老财一路人。

爹娘兄弟拾破烂，兰英给人当丫鬟。

两顿粗饭不管饱，一个窝头顶半天。

终日辛苦不得闲，狠心老板还抽皮鞭。

旧社会穷人无出路，兰英的苦水道不完。

自从来了共产党，领导穷人把身翻。

斗倒地主分田地，幸福日子甜又甜。

翻身不忘受苦日，阶级仇恨记心间。

永远跟着共产党，革命到底心不变。

2010年采录于正定县大孙村。

妇女歌

年纪不大十七冬，又白又亮又年轻。

参加妇女会多光荣，人人看见都欢喜。

欢喜欢喜都欢喜。

脚又小来又周正，腰儿又细又活动。

头发又黑又明净，白瓜儿的脸蛋粉透红。

透红透红粉透红。

青青的裤子宽宽的腿，新时兴的白领子。

剪了发来戴卡子，手拿钢笔自来水。

自来自来自来水。

圆口鞋来千层底，粉红色的洋袜子。

171

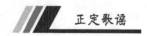

手里拿着个花手巾，扭起秧歌来有意思。
有意有意有意思。

羊肚手巾对襟袄，手腕戴着个金壳表。
袖儿一抹出来了，人人看见都说好。
说好说好都说好。

弯弯的眼眉双眼皮，身腰活动赛柳枝。
手上戴着个银戒指，哼哼白白地唱小曲。
唱小唱小唱小曲。

浑身上下穿红的，大街以上开会去。
二宗开的妇女会，手拉民兵自卫队。
自卫自卫自卫队。

妇女唱的送情郎，儿童唱的打敌人。
老人唱的共产党，庄家小伙子干得忙。
干得干得干得忙。

讲唱者：周毛，男，94岁，不识字。2014年采录于正
定县北贾村。

走上战场

解放同志，解放弟兄们，参加了八路军多么光荣。
离开父母，走上战场，争当英雄。
为了保护父母家乡，不怕牺牲。

哎嗨哎嗨呦！为了保护父母家乡，不怕牺牲。

解放同志，解放弟兄们，革命的家属有人来照应。
工会农会青会妇会，还有青干先❶，
家里一切事情不用你惦念。
哎嗨哎嗨呦！家里一切事情不用你惦念。

解放同志，解放弟兄们，在目前有一件大的事情。
灰心丧气、投降倒退，多么严重。
坚持团结、同心奋力，准备大反攻。
哎嗨哎嗨呦！坚持团结、同心奋力准备大反攻。

———————
❶青干先：青年、干部、先锋队，简称青干先。

讲唱者：周毛，男，93岁，不识字。2013年采录于正
定县北贾村。

老乡见老乡

老乡见老乡，两眼泪汪汪，
你动盒子炮，我动机关枪。

讲唱者：王建民，男，72岁，高中文化。2015年采录
于正定县付家村。

十字歌

你一我一，平分土地。你二我二，男女有份。

你三我三，耕地深翻。你四我四，预备种子。
你五我五，麻什粪土。你六我六，种瓜点豆。
你七我七，施肥打枝。你八我八，收割庄稼。
你九我九，扬场装斗。你十我十，平分粮食。

讲唱者：王建民，男，76 岁，高中文化。2015 年采录于正定县付家村。

打败敌人算总账

铁汉子报仇勇气壮，打垮反动派磨刀枪。
多留一些汗，多加一些钢。
钢刀磨得快又亮，磨快了钢刀上战场，
打败敌人算总账。

讲唱者：周毛，男，93 岁，不识字。2013 年采录于正定县北贾村。

野战军之歌

背起我的小背包，扛起大杆枪。
为人民求解放，东南西北打四方。
哎嗨！

太行山上果木好，不和边区一个样。
城镇工厂买卖多，乡村田园好风光。
哎嗨！

儿童们敲起锣鼓歌儿唱，妇女们烧好开水绿豆汤。
咱们到处受尊敬，咱们野战军顽强又荣光。
哎嗨！

讲唱者：周毛，男，93 岁，不识字。2013 年采录于正定县北贾村。

农民致富谣

张老汉，会打算，草驴养了几十年。
三年能产两个驹，一个能卖几十万。
日子越过越有劲，一举两得能耕田。

讲唱者：王建民，男，74 岁，高中毕业。2014 年采录于正定县付家村。

小人国 ❶

小人国里样样小，说给你来不要笑。
只要能有一寸布，夹袄棉袄全做到。
被子没有巴掌大，七垛盒里来睡觉 ❷。

小人夜里做了个梦，一口把大象来吃掉。

———

❶ 这是抗日战争时期流传的一首打油诗。

❷ 七垛盒：火柴盒。

讲唱者：王建民，男，74岁，高中毕业。2014年采录于正定县傅家村人。

和平鸽

和平鸽，和平鸽，你到哪里去？
北京去，北京去，我到北京去。
和平鸽，和平鸽，你去做什么？
去唱歌，去唱歌，去唱和平歌。

2003年采录于正定县城内街头。

打倒反动派

打，打，打！打倒反动派！
不打倒反动派，和平不会来。
反动派太不该，打内战把民害。
破坏民主闹独裁，出卖国家发横财。
嘿，嘿！全国的老百姓一定要起来。
不打垮反动派，和平不会来，
打垮了反动派，和平才会来。

讲述着：正安老左，男，82岁，高小毕业。2005年采录于正定县城内街头。

战斗生产

战斗生产，战斗生产，老百姓越打越勇敢。
一手拿锄头，一手拿枪杆。
敌人来了咱就打，敌人走了咱就干。

旧社会的妇女

同志们听我言，听我把老年妇女谈一谈。
从小受着爹娘管，成人长大没有权。
从小受着爹娘气，成人长大寻出去❶。
不管近不管远，岁数大小还要瞒。
不管啥样人，包包瞒瞒出了嫁。
起跟到了婆家去，一天一天净受气。
妇女们苦处何处提？

————————

❶ 寻出去：嫁出去。

讲唱者：春格，女，82岁，不识字。2013年采录于正定县吴兴村。

妇女翻身

妇女们起来把身翻，国家大事咱要管。
并不是妇女们不能管，从前的社会太封建。
提高妇女有了权，我们热烈齐宣传。

加紧工作努力干，光明的社会在眼前。

讲唱者：新彩婆婆，女，82岁，不识字。2013年采录于正定县吴兴村。

查路条

同志我问你，你到哪里去？
通行证你可带着吗？拿过来看看。
拿过来看看，再叫你过去。

同志听我说，这事真啰唆。
通行证我可没带着，快叫我过去。
快叫我过去，不该细查我。

同志听我说，这事不怨我。
俺村的自卫队，今天派的我。
如今就是十年的关系，也不叫马虎着。

同志你想想，当兵多荣光。
一为了国家，二为了民族当兵上前方。
扛起鬼子的枪，武装保家乡，
打鬼子保家乡，为人民求解放。

2001年采录于正定县城内街头。

抗战歌

三八枪明又亮，握紧枪上战场。
冲锋在前英勇顽强，为了人民保家乡。

刺刀尖儿，光又明，上好刺刀杀敌人。
杀过日本杀过汉奸，自卫战争又勇敢。

手榴弹来脑袋大，看见敌人就开花。
看见敌人我拉开栓，要叫敌人回老家。

讲唱者：何进福，男，84岁，二年级。2014年采录于正定县北高营。

抗日歌曲

我们八路军，抗战真勇敢。
盒子大炮，还有手榴弹。
奴家挎上枪，勇敢上前线。
工会农会，前线送子弹。
来了个文艺会，成立了识字班，
游击小组他来把话谈。
模范自卫队，模范自卫团，帮着村里做宣传。
打到这一班，打走小日本鬼就在咱眼前，
就在咱眼前。

讲唱者：曹香女，女，85岁，不识字。2014年采录于正定县牛家庄村。

风吹烈火火烧天

风吹烈火火烧天，老百姓跟着队伍上前线。

八路军在前线积极干，老百姓在后边来支援。

抬担架运子弹，炸桥破路割电线。

你烧水我做饭，让咱队伍不困难。

不困难呀，咿儿呦!

为的是把顽军消灭完，大家享安然。

穷人要翻身

穷人们要翻身，首先就要挖穷根。

想翻身自己干，参加斗争来分田。

大家要想吃饱饭，要想种地把恶霸来清算。

老乡们看一看，谁是钢铁谁是软蛋。

地主要是来反对，坚决和他干一战。

老乡们看得清，看谁能打先锋?

谁还敢讲面情，哪一个怕事不敢斗争?

诸位老乡听我说，现在实行土地改革，

只要大家敢斗争，就有幸福的好光景。

讲唱者：薛守慧，女，82岁，不识字。2015年采录于正定县永安村。

墙头恨

那一年腊月三十天不亮，日本鬼子清晨来围庄。

布下了天罗网，没处去躲藏，

全村的老百姓被赶到男学堂。

敌人在墙头上，架起了机关枪。

向我们逼口供，要人还要粮。

全村的老百姓，一声也不响。

日本鬼子发疯狂，下令就开枪。

机关枪向人群疯狂来扫射。

大人哭孩子叫，一片声凄凉。

妈妈抱孩子，双双倒地上。

两三岁的小妹妹，临死还叫娘。

男学堂院子里，鲜血流不尽。

日本鬼子发疯狂，下令又烧庄。

房屋变焦土，衣粮被抢光。

剩下的老百姓，流落到四方。

讲唱者：王勤海，男，76岁，初小文化。2015男采录于正定县秦家庄村。

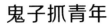

鬼子抓青年

鬼子已出发，到处把人抓。
抓到你太平洋，叫你去遭殃。
爹也哭娘也叫，媳妇守了寡。

俊俏的小男儿，快来当兵吧！
头来为爹妈，二来为国家。
打死鬼子砍死鬼子，咱们再回家。

同志们想一想，当兵多荣光。
打鬼子保家乡，为了求解放。
建立新中国，人民把福享。
到那时候，抗战的人们多荣光。

2015 年采录于正定县曹村。

缴枪不杀

不穿耳不缠足，解放妇女们的痛苦。
日本女，小白脸，底下穿着呱哒板。
呱哒板，呱哒哒，名人看见笑哈哈。
名人名人你别笑，红军过来扒铁道。
扒的扒，抬的抬，日本人过去回不来。
过不来，回不去，都得死到中国地。
要金子，要银子，要了日本的老婆子。
要了老婆子还不算，还要枪炮和子弹。

抖抖精神壮壮胆，抱着地雷冲在炮楼前。
看你哪里跑，看你哪里钻？
缴了枪是朋友，不缴枪叫你完了蛋。

2009 年采录于正定县城街头。

打败日本出出气

日本人不讲理，杀我同胞做卧底。
小朋友快快来，打败日本出出气。
出气出气出出气，我做小兵打仗去。
蒋介石国民党，勾结美国把他帮。
飞机大炮运中国，你跟美国怎么样？
还是败给了共产党。
人们的眼睛雪亮亮，看透了你的鬼伎俩。
快投降交武器，不投降就打死你。
一人再加一拳头，叫你变成大肉泥。

2009 年采录于正定县城内街头。

打鬼子

三八大盖刺刀上，铮明瓦亮战后方。
鬼子手里夺来好武器，活该反动派来遭殃。
反动派不要脸，勾结美国打内战，
定叫他刺刀上完了蛋。

2009 年采录于正定县城内街头。

王二发当兵

王二发我参加了子弟兵，年轻活泼到处受欢迎。
那一天到兵哨去站岗，王二发一站站了三点钟。
见了班长我敬了一个礼，听说咱们队伍要出征。
给我一个三八大盖上战场，我要打死他几个日本兵，
当一个英雄。

讲唱者：何进福，男，83岁，二年级。2014年采录于
北高营村。

汉奸刘老歹

淅沥沥，哗啦啦，假洋鬼子已经出了发。
出发不到别处去，到雕桥胡闹打。
一进村，搂了拘子响了枪，
打得李老勺头上冒红汤，然后又到一油坊。
装上油拴上绳，临走打死一匹骡。

讲唱者：高老胖，男，84岁，不识字。2013年采录于
正定县雕桥村。

民兵抗战歌

埋好了地雷端稳了枪，你钻地道我上房。
瞄准敌人砰的一声响，配合主力打一个歼灭仗。
他往东边来西边叮当响，他往南边走北边响叮当。

地雷爆炸轰隆隆，大家齐放啪啪啪！
糊弄着就叫日本鬼子见阎王。
你拿火箭炮，我拿美式枪。
三八盒子腰中挂，盒子挂在皮带上。
每人都有三大件，盒子洋刀美式枪。
别看咱民兵是庄稼汉，只吓得日本兵不敢进村庄。
智力作战一枪接一枪，活该他侵略者见阎王。

野战兵团

东村七个连，西村七个班。
班班联合起，起了个大兵团。
背上三八枪，手持手榴弹，这是野战兵团英雄汉。
里应外合大开战，里应外合做模范。
还有高飞艇，还有高射炮。
一炮一炮瞄得准呀，打得鬼子如狼嚎。
一炮一炮瞄得准呀，打得鬼子如狼嚎。
近有手榴弹，不远不近轻机关。
同志们拉开拴，枪炮一起响，鬼子着了慌。
打得他一个一个面朝天，一气儿打到鸭绿江。

讲唱者：蔡贵姐，女，93岁，不识字。正定县斜角头村。

扒铁道

一更里月儿上柳梢，背起了炸药扛上锹镐。
离开了村庄去扒铁道，莫叫那鬼子兵运兵来杀烧。

二更里月儿东南照，拧下了螺丝再把铁轨撬。
弄他个稀里哗啦乱七八糟，再想坐火车也坐不了。

三更里月儿当空照，听了听四下无人鬼子们睡着了。
有一声令下快把铁道刨，他们再想坐火车，
坐也坐不了。

四更里月儿明光光，扒铁道的人们转回家乡。
做了点抗日工作喜洋洋，一人破路万人把福享。

讲唱者：王官辉，男，83岁，私塾。2011年采录于正定县北贾村。

八路军真是沾 ❶

八路军真是沾，夜里行军个个欢。
为什么白天不行兵，光怕南边来飞艇。
来了飞艇炸住你，一黑间 ❷ 成了个野战旅。
野战旅真是行，两黑间拿下正定城。
正定城没白闹，得来枪炮、子弹、机关炮。
捉大头子没摸着，炸药破坏了五孔桥。
炸了桥也不算，搂了铁路扒电线，然后再说怀鹿县。
怀鹿县仗不停，命令下来太原省。
太原省年头苦，命令下来拿保府。
拿了保府不放松，大家会议拿北京。
拿了北京别着急，登殿就是毛主席。

---
❶沾：好，行。 ❷黑间：方言，一晚上的时间。

讲唱者：赵玉忠，男，85岁，不识字。2015年采录于正定县野头村。

小调

战士唱：
"叫声老大娘，听我把话讲，
借你家房子暂住一晌。"
大娘白：
"俺家没有房子，就有两间破草房。"
战士唱：
"叫声老大娘！听我把话讲，
草房也比在街里强。"
大娘白："那你去住吧。"

战士唱：
"叫声老大娘！听我把话讲，
用用你家笤帚扫扫炕。"
大娘白：
"俺家没有笤帚，就有一个笤帚榾柮。"
战士唱：
"叫声老大娘！听我把话讲，
笤帚榾柮也比手要强。"
大娘白：
"那你上炕上去拿吧。"
战士唱：
"叫声老大娘！听我把话讲，

你家水缸在哪厢？"

大娘白：

"俺家没有水缸，俺家吃一筲打一筲。"

战士唱：

"叫声老大娘！听我把话讲，

吃你家一筲给你家打一缸。"

大娘白：

"赖门旮旯后头呢，你舀去吧。"

战士唱：

"叫声老大娘！听我把话讲，

借你家米来熬点米汤。"

大娘白：

"俺家没有米，俺吃一升量一升。"

战士唱：

"叫声老大娘！听俺把话讲，

借了你家米来还你家公粮。"

大娘白：

"在桌子底下瓦罐里呢，你挖吧。"

战士唱：

"叫声老大娘！听我把话讲，

借你家针线缭缭背包。"

大娘白：

"俺家没有针，就有一个破弯针，线是粗布线。"

战士唱：

"叫声老大娘！听我把话讲，

弯针粗线也比破着强。"

大娘白：

"那你拿去吧，赖针线簸箩里。"

讲唱者：赵玉忠，男，85 岁，不识字。2015 年采录于正定县野头村。

政府号召多种棉

男女老少细听我来言，政府号召咱们多种棉。

一亩棉花能顶三亩田，秋后卖了棉花多得钱。

买米买面生活好，盖房子制家具都喜欢。

讲唱者：贾小红，女，80 岁，不识字。2009 年采录于正定县郭家庄村。

小大姐翻身

闲来话语不要提，表一表我们革命领袖毛主席。

他颁布了新的婚姻法，到处为人民谋福利。

旧社会不平等，女的净受男人的气。

男的死了女的守着寡，女人死了男的可以娶后妻。

还有一点最可气，一个男的娶俩妻。

拿着女人当玩物，拿着女人做生意。

我说这话你要不相信，讲个故事你听仔细。

说了个大姐刚十七,四年不见二十一。

寻了个丈夫刚十岁，正好比她丈夫大十一。

小两口到井台上去抬水，一头高来一头低。

小大姐在后头一使劲，弄了丈夫个嘴啃泥。

小大姐一看害了怕，赶忙把丈夫胡拢起❶。

"起来吧，起来吧！

俺给你买糖买烟去，再给你买件衣裳挂花里。"

谁知道这小孩他不识劝，躺在地上耍脾气。

两脚不住点地蹬地皮：

"俺不起，不起，就不起，回去告诉俺娘来揍你。"

说话间，来了婆家人马一大批。

不问长来不问短，对着媳妇又是拳打又脚踢。

惊动了东邻西舍来解劝，这一场架才算是过去。

轰隆一声春雷响，来了救星共产党。

千年的铁树开了花，万年的枯树青了皮。

小大姐从此翻了身，她和生产队长成了好夫妻。

小大姐再不受那窝囊气，他们的生活甜如蜜。

翻身不忘共产党，幸福不忘毛主席。

---

❶ 胡拢：糊弄，哄。

讲唱者：张庆珍，男，不识字，74 岁。2012 年采录于正定县岸下村。

劝学

这个小小真可以，上学不分贫和富，

十二岁不分男和女。

上了学你别怕，书费学费全不拿。

又不碍穿，又不碍戴，光脚穿破也叫来。

讲唱者：佚名，女，90 岁，不识字。2018 年采录于正定县朱河村。

大铜子

大铜子没有眼，这才时兴洋烟卷。

洋烟卷喷喷香，这才时兴盒子枪。

盒子枪打得远，这才时兴千里眼。

千里眼照得明，这才时兴洋飞艇。

洋飞艇飞得高，这才时兴大片刀。

大片刀真是快，这才时兴洋皮带。

洋皮带装枪子，一定要打住小日本。

讲唱者：安秀英，女，54 岁，初中文化。2011 年采录于正定县教场庄村。

治安军自叹

一更里月儿东升，治安军在炮楼好不伤情。

妻子儿女年轻轻，高堂谁侍奉?

一家大小谁照应，谁照应?

一家大小谁照应，谁照应?

二更里月儿照西墙，手拍着胸膛想一想。

吃的是中国饭，种的是中国地。

181

为什么披着汉奸皮，汉奸皮？
为什么披着汉奸皮，汉奸皮？

三更里月儿当空，越思越想越心疼。
看看抗战多光荣，人人都尊敬。
当汉奸的留骂名，留骂名，
当汉奸的留骂名，留骂名。

四更里月儿冷清清，治安军在炮楼两眼泪盈盈。
汪精卫下命令要将治安军。
太平洋上去送命，去送命，
太平洋上去送命，去送命。

五更里月儿晓明，自己主意要拿定。
不苦老乡不害民快投八路军。
里勾外连打日本，打日本，
里勾外连打日本，打日本。

讲唱者：韩小财，女，91岁，不识字。2014年采录于
正定县曹村。

小日本

小日本个不高，腰里掖着大片刀。
大片刀两头翘，腰里掖着盒子炮。
盒子炮响两声，后头跟着队伍兵。
队伍兵打前站，

打的前站真是强，后头跟着冯玉祥。
冯玉祥真是沾，后头跟着阎锡山。
阎锡山真是行，后头跟着阎锡荣。
阎锡荣，未曾打仗坐飞艇。
飞艇往下撂炸弹，炸死日本五千万。
炸了日本乌龟窝，乌龟窝里打枪子儿，
打了日本老婆子儿。

讲唱者：王进荣，女，82岁，不识字。2012年采录于
正定县北关村。

陕北小调

一九四七年，想起了事变前。
种地没有地，种田没有田。
老百姓辛辛苦苦，一年到头没呀没吃穿。
要吃饭保饭碗，参加了八路军上火线。
拼死拼活来呀来自卫，哎嗨呀哈，哎嗨呀哈！
实行了土地改革，生活大改善。
毛主席呀像太阳，照着哪里哪里亮。
共产党走到哪里，哪里人民得解放。

讲唱者：李振山，男，87岁，不识字。2013年采录于
正定县吴兴村。

陕甘宁边区红歌

东庄有个王小栓，西庄上有个姑娘叫翠花。
干起活来一手好庄稼，人人见了人人夸。
边区政府颁布了婚姻法，王小栓配上了姑娘翠花。
夫妻双双去下地，他俩劳动比一比。
比学习，比干劲，互助组里传呀传开了话，
美满的日子人人夸。

讲唱者：崔小军，男，66岁，初中文化。2012年采录
于正定县永安村。

一打铁

一打铁，二打钢，三打宝剑，四打枪。
五烧火，六烧炭，七打八打牧羊圈。

2009年采录于正定县城内街头。

参加八路军多光荣

青年同志们仔细听，参加了八路军多光荣。
男女老少来相送，骑上大马披上红，
威威猎猎送到新兵营。
今天召开欢送会，慰劳衣裳和钢笔。
还有鞋来还有袜，还有一块软毛巾。
不打倒顽固派，决不把家还。

子弟兵前线去抗战，不怕流血和流汗。
不为吃来不为穿，不为升官不为财，
争取立功当模范。
子弟兵安心去抗战，家里老娘别惦念，
优待抗属大家做模范。

讲唱者：王进荣，女，82岁，不识字。2012年采录于
正定县北关村。

抗战歌

七月初七日，日本鬼子打演习，
用机枪、大炮、炸弹坦克袭击。
头天出兵晋察冀，又来进攻山东和山西，
烧杀奸淫不讲理。
同胞们团结起，我们今天要出口气，
齐心去抗日。
有钱出钱，有力出力。
拿起武器上火线，组织起来打游击，
要把日本鬼子赶出中国去。

2010年采录于正定县城内街头。

打鬼子

数九寒天下大雪，天气虽冷心里热。
鬼子来了整一个团，叫咱们包围得牢又牢。

四面八方往里挡，管叫他插翅难飞又难逃。

讲唱者：施新元，男，83岁，师范毕业。2013年采录于正定县西柏棠村。

谁种的庄稼谁收割

谁种的庄稼谁收割，谁栽的果树谁得果。
我们流血抗战八年多，胜利果实谁也不能夺。
翻身的农民拿起了枪，监视他反动派的坏心肠。
他要敢来进攻解放区，坚决彻底将他消灭光。
人民的胜利果实，全靠着我们来保卫。
坚决消灭他个侵犯军，合理民主建设新中国。

讲唱者：施新元，男，83岁，师范毕业。2013年采录于正定县西柏棠村。

打到底

打到底，打到底，革命战争要打到底。
反动派兵败如山倒，嘿嘿！
瓮中捉鳖，他跑不了，他跑不了。

反动派你不自量，临死还要耍花样。
不管你蒋介石伪总统，还是你李宗仁二皇上。
统统都是反革命，今天要彻底消灭光。

讲唱者：施新元，男，83岁，师范毕业。2013年采录于正定县西柏棠村。

藏族同胞歌唱解放军

东山升起红太阳，雪山顶上放金光。
万里无云好晴天，来了救星共产党。
自从来了解放军，藏民生活变了样。
取消乌拉恩情大，买菜买粮给大洋。

东北大军进关

东北大军进了关，沿道沿路是笑脸。
望不到头的长蛇阵，大炮坦克看花了眼。

讲唱者：施新元，男，83岁，师范毕业。2013年采录于正定县西柏棠村。

扫盲歌（一）

祁建华创造了速成识字法，领着学员学文化。
不识字的人感谢他，开发智慧来创造，
叫我们学员把油加。
你看他艰难困苦为呀为大家。

讲唱者：张小兰，女，82岁，不识字。2014年采录于正定县朱河村。

扫盲歌（二）

b、p、m、f，d、t、n、l，
z、c、s，zh、ch、sh，
g、k、h，y、u、ü。
你教我来我教你，展开识字大突击。
学习文化齐努力，扫除文盲显成绩。

讲唱者：王进荣，女，82岁，不识字。2012年采录于
正定县北关村。

大生产歌曲

公鸡打鸣哏哏哏，小雀叫唤唧唧唧。
睁眼一看窗户纸白，快快起来，快起来。
起来赶快把活干，男拿扫帚去扫院。
女的坐下去纺棉，生产工作加油干。
加油干！

讲唱者：张生，男，73岁，小学文化。2014年采录于
正定县北贾村。

英雄王秀莲

这朵花呀真好看，送给英雄王秀莲。
你看秀莲多光荣，她是妇女劳动英雄。

光荣花呀胸前戴，一家大小喜盈盈。
共产党的道路明，领导生产不受穷。

讲唱者：孙四格，女，不识字，78岁。2012年采录于
正定县吴兴村。

吃白饺

往年过年愁断肠，今年过年喜洋洋。
要问翻身靠何人，亏了咱们共产党。
今年强，今年好，今年过年吃白饺。

讲唱者：孙四格，女，不识字，78岁。2012年采录于
正定县吴兴村。

单干没有互助强

一个巴掌拍不响，单干没有互助强。
男女老少齐上阵，今年生活有保障。
防旱抗旱多打井，敢叫旱地变粮仓。

讲唱者：孙四格，女，不识字，78岁。2012年采录于
正定县吴兴村。

合作社之歌

高粱红脸笑，谷子迎风摇。

田野里一片歌唱，一片欢笑。
老社员带领我们下了地，大伙生产学习劲头高。

你学种地扶犁耙，我学养猪喂鸡鸭。
不怕那腰酸腿疼、风吹雨打，
建设幸福农村信心大。

劳动最光荣，劳动人人夸，
生产建设为了国家。
农村是我们的新学校，合作社就是我们的家。

讲唱者：赵玉忠，男，85岁，不识字。2015年采录于正定县野头村。

人在外

人在外，心在家，家里撇下一枝花。
人家在家把花采，我在外边苦挣扎。
有心回家把花采，怎奈上头不准假。

讲唱者：裴祥瑞，男，82岁。2014年采录于正定县东房头村。

不孝儿

张大春你活祖宗，气得你娘心口疼。
人家养儿防备老，我把你养大成了精。

狠心棍，白眼狼，把你养大忘了娘。
你要是走来自管走，走到天边算你腿长。
活不做，嘴又馋，这个日子怎么办。
不管日子怎么过，远走高飞你滚蛋。
连男的，带女的，没有一个好东西。
想着法儿地气我，都是爹娘从小娇惯的你。
这样的儿女有何用？叫你家两口子滚出去。

讲唱者：孙四格，女，78岁，不识字。2013年采录于正定县吴兴村。

谁是英雄汉

谁是英雄汉，谁是软鸡蛋。
不是吹牛腿，光荣榜上见。
参加辩论会，大家提意见。
农活保质量，保证不偷懒。

讲唱者：陈淑晨，女，84岁，不识字。2014年采录于拐角铺村。

新中国就是好

亲手栽花花儿鲜，亲手栽树果儿甜。
新中国就是好，就是好，人民的代表人民选。

讲唱者：陈新兰，女，68岁，二年级。2013年采录于正定县吴兴村。

公社好比红太阳

爷爷六岁去逃荒，爸爸六岁去放羊。

今年我也六岁了，公社送我上学堂。

年盼、月盼、日日盼，盼得今天把公社办。

公社好比红太阳，照得人人力气添。

上学有学校，看戏有剧团。

吃饭生活好，穿衣进衣店。

儿童要入托儿所，老人要进幸福院。

讲唱者：陈新兰，女，68 岁，二年级。2013 年采录于
正定县吴兴村。

送夫当兵

阳春三月桃花红，百花待放春意浓。

国家实行义务兵，我送丈夫去应征。

送丈夫送到大门外，我问丈夫何时再回来。

送丈夫送到枣树林，有一支钢笔送亲人。

这支钢笔送给你，打好胜仗练好兵，

保卫我们的好光景。

讲唱者：王房姐，女，70 岁，二年级。2013 年采录于
正定县吴兴村。

麦苗绿油油

麦苗绿又嫩呦，黑又青呦。

庄户人家忙春耕呦，互助组鸡叫头遍就动了身。

你来把粪送，我来把地耕呦。

套上那大牛，驾上那大车，

咕咕咚咚转眼就拉到了坡。

讲唱者：耿伟，女，71 岁，小学文化。2018 年采录于
正定县站村。

女青年

陈新兰，女青年，刻苦学习不怕难。

勤学苦练两年多，又会写来又会算。

识了字，真正好，能写信，会看报。

国家大事全知道，生产技术能提高。

讲唱者：陈新兰，女，68 岁。2013 年采录于正定县吴
兴村。

感谢共产党

东方发白天刚亮，急忙起身去卖粮。

挑起担子咯吱咯吱响，走过了一村又一庄。

老汉我活了五十多，这才活出个好时光。

自从成了合作社，生活一年比一年强。

今年买了新农具，工作效率更加强。

每亩收了八百斤，家家有吃有穿有余粮。

队长贯彻总路线，句句话儿说在我心上。

社会主义真是好，不久马上就来到。

我把余粮卖国家，支援建设理应当。

一边走来我一边想，老汉我心里亮堂堂。

互助合作要提高，集体农庄更理想。

美满的日子甜又旺，我实在感谢毛主席，

我实在感谢共产党。

讲唱者：王文兰，女，75 岁，小学文化。2013 年采录于正定县北贾村。

妇女当兵

一呀一更里呀，学习要记在心。

现在的妇女们要打开脑筋，自动自愿去参军。

咿嗨呦！

二呀二更里呀，骑上桃红马十字又披红。

一朵鲜花挂在前胸，你看人家多光荣。

咿嗨呦！

三呀三更里呀，草芽一片新。

民主的国家实行女当兵，为国为民为新中国。

咿嗨呦！

四月四更里呀，四月二十八。

民主的国家实行女主家，个个都把手枪拿。

咿嗨呦！

五呀五更里呀，五呀五端阳，

拿定了主意上战场，男女平等一般样。

咿嗨呦！

你在前方打呀嘛打胜仗，我支援抗战在后方，

打的敌人投了降。

咿嗨呦！

讲唱者：张廷兰，女，80 岁，不识字。2011 采录于正定县三里屯。

女民兵

劳武结合好呀好主张，姑娘媳妇都扛起了枪。

要问这是两道什么杠？

同志和老乡们呀，民兵队里我把排长当。

在家里我是一个孩子娘，大孩儿小孩儿一呀一大帮。

一天到晚他就闹嚷嚷，又是洗来又是浆。

缝缝补补做衣裳，一天到晚总是围着锅台忙。

自从村里建公社，孩子送进托儿所。

吃饭全家进食堂，不用自己忙。

就连做梦咱也没想到,孩子妈妈也扛起了大杆枪。

姑娘媳妇我们排成了行,出操上课练呀练兵忙。
头一天上课我这心里慌,又卧倒我又刺枪。
跑步前进正前方,排长喊了一声向左转。
我心里一慌,圆口的布鞋底成了帮。

成群结队我们送公粮,玉兰媳妇我看着那粮食仓。
二妹子换岗我就到身旁,叫嫂子快换岗!
哥哥在家等你等得直发忙,玉兰一旁就装生气,
死丫头我给你两巴掌。

千万个妇女我们走出了房,习文练武哎个个都要强。
手拿镰刀肩扛着枪,又割麦来又打场,
站岗放哨保家乡。
中国妇女都变了样哎,保卫生产又保家乡。
嘿,保家乡!一二三四!

劳武结合好呀好主张,姑娘媳妇都扛起了枪。
全民皆兵时刻准备好,同志和老乡们呀,
幸福生活有保障。

讲唱者:韩荣,女,65岁,二年级。2015年采录于正定县朱福屯村。

一个私心的人(山东快书)

说了个人是真稀奇,他又大方来又小气。
大方起来,大把的票子不算个啥。
小气起来,连个线头都舍不得。
有段故事说底细❶,他骑的车子是今年刚买的,
他穿的皮鞋是三年前买的。
三年前买了双皮鞋真满意,穿到今天还是新鲜的。
皮鞋一天要打三遍油,每天擦得亮亮的。
未曾出门怕下雨,怕的是锃亮的皮鞋沾了泥。
大晴天穿上皮鞋往外走,抬腿迈步都仔细。
怕的是一不小心碰到了石头上,
碰坏了又黑又亮的皮鞋了不得。
再说他骑的那辆自行车,车子吱吱嘎嘎响得急,
轮胎老是慢跑气。
人们劝他去修理,他说车子跑气有啥了不得。
有一天他穿上皮鞋把车上,坑坑洼洼蹬得急。
猛然间一条小沟把路挡,沟里有水又有泥。
有心下车推着走,踏湿了我的皮鞋可了不得。
他一合眼,一蹬腿,噌的一声蹬过去。
只听啪嚓一声响,把他摔了个嘴啃泥。
车子坏了没关系,只要我的皮鞋好好的。
抱起左腿仔细看,眉开眼笑心欢喜。
谢谢天来谢谢地,我的皮鞋没咋的。
抱起右腿仔细看,我的天,我的地,
我的皮鞋头上啃了一块皮。
说穿了这事儿不稀奇,皮鞋是他自家的,

这自行车本是公家的。

---

❶ 底细：详细。

讲唱者：王银山，男，75岁，二年级。2011年采录于正定县蟠桃村。

会亲家（二人对唱）

男唱：

一根蔓上两朵花呀，群英会上遇亲家呀。

三年没见亲家的面呀，见面就把家常拉呀。

哎嗨呦呦，哎嗨呦呦！

咱们村里变化真是大呀，我的那个亲家呀！

女唱：

条条电线绕村庄呀，开关一按把电发呀。

屋里灯儿头都朝下呀，树上的喇叭会说话呀。

哎嗨呦呦，哎嗨呦呦！

咱村实现了电气化呀，我的那个亲家呀！

男唱：

铁身犁来铁身耙呀，新添的铁牛和铁马呀。

如今放下赶牛的鞭呀，我也把那机器驾呀。

哎嗨呦呦，哎嗨呦呦！

咱们村实现了机械化呀，我的那个亲家呀！

女唱：

村南办了个化肥厂呀，接来一位女专家呀。

原来就是你的闺女呀，学习期满转回家呀。

哎嗨呦呦，哎嗨呦呦！

咱村实现了化肥化呀，我的那个亲家呀！

讲唱者：张庆珍，男，不识字，74岁。2012年采录于正定县岸下村。

我是炊事员

我是炊事员，参加打太原。

烧水又做饭，日夜总不闲。

山里没有井，出去几里远。

趁着天未明，挑水好几担。

柴火没处买，我就到处捡。

有水又有柴，回来好做饭。

蒸的白面馍，煮的热稀饭。

爬上六盘山，前线去送饭。

火线远又远，直嫌两腿短。

扁担颤悠悠，满身直流汗。

到了阵地前，弯腰放扁担。

悄声叫同志，赶快来吃饭。

打开饭桶盖，热气扑人脸。

同志多辛苦，给你盛一碗。

吃了这碗饭，请你多参战。

攻进太原城，活捉阎锡山。

我包饺子又捞面，请你坐上边。

我包饺子又捞面，请你坐上边。

讲唱者：王银山，男，75岁，小学文化。2012年采录于正定县蟠桃村。

中国科学家真伟大

中国有个科学家，年年栽树又种花。
北方没有大苹果，他就天天想办法。
一心来种苹果树，把它搬到山底下。
搬了一棵又一棵，天天看它起变化。
各种苹果都试验，常常失败都不怕。
辛辛苦苦十八年，结出苹果甜又大。
小儿看见大苹果，个个喜欢个个夸，
都说中国的科学家真伟大。

讲唱者：王房姐，女，70岁，二年级。2012年采录于正定县吴兴村。

老三学文化

老三我今年三十八，半辈子不识字。
天下的大事都不懂，一条一条不知说个啥。
祁建华呀祁建华，是他创造了速成识字法。
我终于睁开了眼，知道了天下的大事情。
别看我老三年岁大，学习文化我并不差。
dtnl我拼得准，三个月我就能把书报念。
共产党毛主席的恩情高，一条一条我说不完。

分房分田又帮我识字，才有我今天的王老三。
分房分田又帮我识字，老三我才有今天的好生活。

讲唱者：王房姐，女，70岁，二年级。2012年采录于正定县吴兴村。

妇女翻身见了太阳

旧社会好比是黑咕隆咚的枯井万丈深，
井底下压着咱们老百姓，妇女们在最底层。
看不见那太阳，看不见那天。
数不清的日月，数不清的年。
当不清的牛马，受不清的苦，
谁来搭救咱。
多少年来多少代，盼着那个铁树就把花开。
共产党，毛泽东，他领导着中国走向光明。
中国人民得解放，受苦的老百姓见了太阳。
土地改革闹翻身，砸开了封建的铁牢门。
咿儿呦！砸开了封建的牢铁门呀，
哎嗨呦！翻身不忘毛泽东。

讲唱者：王房姐，女，70岁，二年级。2012年采录于正定县吴兴村。

男女要平等

黑暗旧社会，妇女没地位，

靠男子才能够过上好光景。
如今封建全打倒，家家户户有吃穿。
妇女顶起半边天呀，有了地位呀，哎嗨呦！

男女要平等，第一要劳动，
靠劳动才能够过上好光景。
如今封建全打倒，家家户户有吃穿。
赶快参加大生产呀，干呀干起来呀，哎嗨呦！

讲唱者：王文兰，女，75 岁，小学文化。2012 年采录于正定县北贾村。

打败美国野心狼

朝鲜跑进一条狼，践踏土地把人伤。
帝国主义发了狂，想把世界都占光。
朝鲜是我东家墙，墙倒狼进我家堂。
保家先要保祖国，抗美援朝理应当。
你在前方多杀敌，我在后方春耕忙。
春耕忙，夏锄忙，种下庄稼多打粮，
前方后方齐努力，打败美国野心狼！

讲唱者：王文兰，女，75 岁，小学文化。2012 年采录于正定县北贾村。

俱乐部

展平的大道宽呀嘛宽又长，
俱乐部设在村呀嘛村中央。
自从有了俱乐部，文化生活变了样。
哎嗨哎嗨呦！
读书看报长知识，学习文化还扫文盲。

讲唱者：王文兰，女，75 岁，小学文化。2012 年采录于正定县北贾村。

村谣

贾村家干得欢，遍地都是洋灰杆。
洋灰杆也不稀，各井上安的抽水机。
先浇麦，后浇谷，浇了谷子浇玉黍。

讲唱者：王文兰，女，75 岁，小学文化。2012 年采录于正定县北贾村。

互助合作有奔头

人走光明道，水向大海流。
要想粮食大丰收，互助合作有奔头。
哎嗨呦，哎嗨呦！哎嗨哎嗨呦！
要想粮棉大丰收，互助合作有奔头。
木头犁杖老黄牛，现在别怕别发愁。

人说干活一齐干，互助合作有奔头。
今天使上新农具，明天换上拖拉机。
细水长流远打算呀，互助合作有奔头。
毛主席为咱想得远，互助合作大发展。
人民的生活日日升呀，社会主义在眼前。
人民的生活日日升呀，社会主义在眼前。

讲唱者：王房姐，女，70岁，二年级。2012年采录于正定县吴兴村。

东家盖高楼

东家盖高楼，穷人们发了愁。
流血流汗当马牛，老人折断了腰。
儿孙们筋骨瘦，这样的日子哪儿是个头？

讲唱者：孙四格，女，不识字。78岁。2012年采录于正定县吴兴村。

地球分为五大洲

地球地球，分为五大洲，
二十世纪科学最讲究。
要想爱国家，只有当兵好。
达到共产，实行治安，人人多自由。

讲唱者：王冠玉，男，82岁，二年级。2012年采录于正定县北贾村。

一年四季喜洋洋

天惶惶地惶惶，脱去旧袍换新装。
没有虎没有狼，知礼仪爱田庄，新娶的媳妇孝顺娘。
春下种夏插秧，秋收成冬保藏，一年四季喜洋洋。

讲唱者：周凤瑞，男，84岁，小学文化。2012年采录于正定县北贾村。

做好人

今也新明也新，扔了旧的换上新。
你也新我也新，将来大了做好人。
爱朋友爱乡亲，孝父母要修身，太阳出来照着心。

讲唱者：周凤瑞，男，84岁，小学文化。2012年采录于正定县北贾村。

时兴歌

今个的天好凉快，如今兴的水烟袋。
水烟袋咕噜噜，如今时兴七风姑。
七风姑礼节稠，如今时兴角梳头。
角梳头倍省事，如今时兴上海市。
上海市大挑檐，如今时兴痒痒笓儿。
痒痒笓儿头上戴，如今时兴元宝纂。

元宝纂更时兴，如今时兴洋学生。
洋学生念书本，如今时兴败家子。

2009 年采录于正定县教场庄。

九一八

抬头望青天，青天没有边。
数不清的树木，望不断的山，爹娘啊！
不知亲儿在何处？眼望着山海关。
两眼泪不干，天我也不埋怨，
地我也不埋怨，直埋怨九月十八那一天。

日本鬼子挑事端，天又昏，地又暗，
血染长白山。

打游击

七月初七，日本鬼子打演习。
用机枪、大炮、炸弹、坦克袭击。
伏兵来了侦察机，又来攻破山东、山西。
同胞们团结起，我们今天要出口气。
有钱拿钱上火线，组织起来打游击。

讲唱者：耿伟，女，71 岁，小学毕业。2018 年采录于
正定县站村。

上冬学

冬天里事儿少，地里营生做完了。
大家不要闲游逛，赶快去上冬学，
读书识字多么好，多么好！
青年妇女打先锋，上冬学来多用功，
提高政治和文化，享受民主和平等，
关心国家大事情，大事情！

讲唱者：张东姐，女，80 岁，不识字。2011 年采录于
正定县东汉村。

全国的姐和妹

全国的姐和妹，实在是真可怜。
从前的男子汉，不拿咱当人看。

清晨睁开眼，就把尿盆端。
公婆的面前，还要去问安。
一天三顿饭，还要做针线。
吃饭吃在后，做活走在前。

小姑子真讨厌，她是个挑破官 ❶。
挑得那公婆，随便地打骂咱。
哑巴吃黄连，又苦又难咽。
回到娘家去，两眼泪不干。

卢沟桥一事变，八路军到这边。

组织了妇女会，妇女们有了权。

妇女们有了权，就把身来翻。

老顽固的公婆，再不敢打骂咱。

● 挑破官：拨弄是非的人。

讲唱者：张银龙，男，80岁。2009年采录于正定县南岗村。

歌唱五年计划

美丽的天空升起了彩霞，祖国的大地开遍了鲜花。

唱起了幸福的歌，歌唱五年计划。

光辉的道路指引着我们，走向社会主义工业化。

走向繁荣幸福强大，走向繁荣幸福强大。

你看那工厂连接着工厂，钢铁的火花放射着光芒。

汽车和拖拉机奔腾欢唱，走向社会主义意志坚强。

任何困难也不能阻挡，任何困难也不能阻挡。

五年的计划美好的理想，人民的生活天天向上。

光荣的国防军，努力增强战斗力量。

保卫着祖国，保卫着边疆。

走向社会主义意志坚强，永远站在光荣的岗位上，

永远站在光荣的岗位上。

讲唱者：王文兰，女，75岁，小学文化。2013年采录于正定县北贾村。

好代表人人夸

遍地开红花，人人笑哈哈，

毛主席领导人民当了家。

选呀选个好代表，把咱的心意交给他。

因为他为人正派思想好，领导生产有办法。

好代表人人夸，男女老少拥护他。

讲唱者：王房姐，女，72岁，不识字。2011年采录于正定县吴兴村。

太师爷

太师爷站在十字路口，叫一声中国弟你细听根由。

我一不杀人，我二不是贼寇。

更不是杀人放火的凶手，原来是抗日救国才把命丢。

讲唱者：朱小福，女，93岁，不识字。2013年采录于正定县西关村。

全民大生产

雄鸡唱，钟声响，迭迭忙忙早起床。

旭日升，人心亮，慌忙赶到咱队上。
你牵牛，他耕地，年轻人拉车送粪把粪扬。
耕田种地个个忙，春耕的歌儿到处唱，
春耕的歌儿到处唱。
老社员刘大娘，三十头猪喂得胖。
男女老少都夸奖，要给大娘把分长。
李大嫂有脚疾，照顾孩子是内行。
个个欢实身体好，家长专心生产乐洋洋，
家长专心生产乐洋洋。

粒儿饱，穗儿长，田野一片新气象。
大秋到，人人忙，收割耕种带打场。
抢打抢晒争分秒，多为国家交余粮。
连收带种十天整，收拾得地净场又光，
收拾得地净场又光。

讲唱者：吴小九，女，80 岁，四年级。2010 年采录于
正定县东杨庄村。

大生产

老乡们听我言，今年号召大生产。
毛主席的话儿记心间，反对懒婆和懒汉。
谷雨麦浇水，别把懒觉睡。
捉小兔，打老鸹，日后小苗秀成穗。
吃面吃大嘴，谷雨麦还在，点豆把瓜栽。
捉小兔，打老鸹，嫌它把苗害，嫌它把苗害。

讲唱者：吴小九，女，80 岁，四年级。2010 年采录于
正定县东杨庄村。

祖国好景象

天天好，天天壮，看看祖国怎么样。
怎么样，好景象，到处都是新工厂。
新工厂，机器响，工人叔叔日夜忙。
日夜忙，忙得欢，高楼大厦一大片。
一大片，望无边，旱田梯田水稻田。
水稻田，绿油油，明年一定大丰收。
大丰收，大发展，帝国主义干瞪眼。
干瞪眼，管不了，社会主义往前跑。
往前跑，跑得快，要和英国来比赛。
来比赛，十五年，我们一定赶上前。
赶上前，还要上，看看祖国怎么样。
怎么样，好景象，全国人民士气壮。

讲唱者：吴小九，女，80 岁，四年级。2010 年采录于
正定县东杨庄村。

李巧娃

石榴树上开红花，东庄有个李巧娃。
插缝描绣全都会，上地里干活顶呱呱。
提起择婿更底细 ❶，识字班里数着她。

喜鹊枝头叫喳喳，媒人挤满了她的家。
这个来是提亲事，那个为她说婆家。
她娘照旧老办法，强叫巧娃答应下。
巧娃心中见识大，懂得自由婚姻法。
东家她嫌不务正业，西家她嫌是邋遢家。
自己的事情自己做主，劳动模范才嫁他。

❶ 底细：详细。

讲唱者：樊老傻，72岁，小学文化。2009年采录于正定县朱河村。

三劝妇女

一劝妇女来撒脚❶，又得走来又得跑，鬼子杀不了。
二劝妇女来剪发，又省拢来又省刮，没有烂头发。
三劝妇女来上学，上学读书识字好，站岗又放哨。

❶ 撒脚：不再缠足。

讲唱者：樊老傻，72岁，小学文化。2009年采录于正定县朱河村。

叮叮叮 ❶

叮叮叮，当当当！
胶皮饼子，定心汤。

❶ 这是对20世纪60年代食堂的描述，那时候吃大锅饭，敲钟打饭，胶皮饼子是指山药面饼子，定心汤是稀饭。

八姐妹赶猪

打起竹板，响呀嘛响呱哒呀，
听我们姐妹八人说一说心里话。
姐妹生来亲如一家，你帮我来我帮她。
咱姐妹团结紧，什么困难也不怕。

有一天开大会，领导就说了话呀，
到外乡去运猪，这个任务谁担下。
姐八个心里只扑腾，你瞅我来我瞅她，
咱姐妹都想去争着就把话发。

大姐姐忙站起说话声音大，
叫了声主任你把任务交给俺。
姐八个赶猪头一遭，比不得在家把花插，
咱姐妹决心大困难算个啥。

讲唱者：耿伟，女，71岁，小学文化。2018年采录于正定县站村。

学文化

学文化，学文化，我们报名来参加。
没有文化真是苦，没有文化睁眼瞎。
白纸黑字一大片，它认识我了，我认不识它。

讲唱者：朱小福，女，93岁，不识字。2013年采录于正定县西关村。

劝学歌

黑咕隆咚的满是星星，黑板上写字认不清。
认不清，道不明，不知道道理怎分明，
不知道国家的大事情。

不识字。真正难，不会写，不会算。
千里百里来了信，两眼干瞪不会念，
稀里糊涂受人的气。

如今咱们翻了身，受苦人做了当家的人。
毛主席领导好，领导咱们上学校。
识了字，真正好，会写信，会看报，
国家大事都知道。

讲唱者：樊老傻，72岁，小学文化。2009年采录于正定县朱河村。

王老发

我村有个王老发，天天骑着个破二八。
前头没瓦，后头没闸，

上开坡了紧蹬跶，下开坡了生刺啦。❶

---

❶ 生刺啦：因为没有闸，下坡时用脚踏着前轮胎，起摩擦减
速作用刺啦着响。

蒸的饼子长翅膀

山药面掺粗糠，蒸得饼子长翅膀。
一飞飞到枣树上，饼子饼子下来吧，
光喝菜汤灌得慌。

一孩化

男女青年请注意，听我把计划生育提一提。
计划生育党号召，大家都要来学习。
提倡晚婚最要紧，不到年龄不要娶。
结婚早了生育早，影响工作和学习。
孩子多了家务重，影响妇女少出工。
生了一胎就避孕，响应号召一孩化。
生了闺女别着急，男孩女孩一样的。
长大都能养你老，女孩也能顶门第。

宝卷歌

云盘山宝卷

沐浴焚香虔诚心，路途遥遥见亲人。

云盘山上打了坐，姑姑宝卷诵亲情。

未诵经泪双流心情激动，俺本是娘家人来诉亲情。

众善男群信女心地虔诚，又爬山又涉水遥遥路程。

云盘山焚清香观瞻尊容，有多少知心话姑姑细听。

劝姑姑别想家泪湿衣襟，众儿女到面前叙叙亲情。

姑姑你居宝山常显灵性，咱家乡众儿女均沐甘霖。

风又调雨又顺人寿年丰，跪尘埃见姑姑叩谢恩情。

众善人请坐下哑言安静，你听俺说一说姑姑门庭。

俺姑姑娘家是古城正定，城正东八里路朱河村中。

不姓张不姓李本姓大宋，正定城居中原是座古城。

靠太行临滹沱人杰地灵，出过王立过相古今有名。

南越王名赵佗祖籍正定，西汉初归汉朝烟树赵陵。

有王禹汉王招多次进宫，唱宫商通音律点点和声。

东汉末帝王昏狼烟迎风，张天师帅黄巾巨鹿起兵。

正定府有张燕举兵响应，战袁绍拒吕布常山动兵。

三国时更有那赵云子龙，长坂坡救阿斗千古留名。

盛唐朝义玄师临济为宗，圣佛教在古城大放光明。

高怀德金沙滩为保大宋，赵太祖招驸马谁不尊敬。

赵州桥木灵塔僧人怀丙，夺鬼斧巧天工世人称颂。

李东垣医学家永留美名，大明朝贾尚书国老梦龙。

这都是正定人叙述不尽，好一块灵宝地卧虎藏龙。

惊动了天地间众位神灵，众神祇护宝地紫气东升。

宋姑姑降凡间天意已定，姑姑她落草在善人家中。

初临盆霞光照香气袭人，乡邻们老和少谁不恭敬。

家中贫遇磨难修炼本性，年幼小心地善慧根非轻。

人人夸好闺女菩萨降生，心又灵手又巧纺线捻绳。

目似水面如玉桃花尊容，又贤惠又聪明人人尊敬。

这一天扛毛篮离了家中，到河滩剜野菜感动神灵。

李老君无生母慧眼看清，这姑娘她应该访道修行。

选一块圣宝地云盘山中，说时迟那时快刮起黄风。

沙石飞树木摇笼罩天空，这旋风顶天地呼啸有声。

霎时间刮过了河滩上空，有东来往西去人人吃惊。

风过后不见了姑姑尊容，天过午人未归父母心惊。

漫河滩查找遍不见踪影，父母急奶奶哭惊动乡邻。

劝父母哄奶奶四处找寻，四周遭找遍了只恨黄风。

众乡邻无奈何叹气唤声，到夜晚传出了哭声嘤嘤。

这以后朱河村姑姑失踪，昏沉沉天地转颠倒乾坤。

姑姑她清醒后已坐洞中，这洞府天生就剔透玲珑。

李老君无生母常常显灵，在洞中忙迎接姑姑光临。

启善根开悟性劝她修行，经度化明玄妙大道已学。

悟性高善根深一点自通，在洞府苦修炼昼夜不分。

也不饥也不渴日月长明，通大道成正果超凡入圣。

修成了菩萨体坐化金身，借凡人讨口封仙洞形成。

云盘山居洞府观看山景，雾腾腾瑞岚凝盘山游龙。

松柏树如滴翠冬夏常青，四季里百花香石榴花红。

水帘洞观飞瀑一条银龙，百鸟唱鸾凤鸣山峦回声。

云盘山天生就自然美景，观不烦看不厌无限风光。

这姑姑居宝山观景生情，突然间猛想起家乡正定。

给父母和奶奶感应托梦，女儿我在云盘访道修行。

再不能在膝下承欢孝敬，托完梦眼落泪大放悲声。

云盘山发回音山摇地动，一传百百传万惊动古城。

这消息似春风刮遍乡村，众善人烧高香敬谢神灵。
都想到云盘山观观圣景，更想到会音洞瞻仰尊容。
为的是与姑姑叙叙亲情，沐香汤发信香登上路程。
又爬山又涉水脚下生风，娘家人到身边泪水涕零。
见姑姑更感到格外亲近，愿姑姑居宝山威灵感应。
发慈悲惩邪恶保护百姓，愿山区和平原安安宁宁。
风又调雨又顺人寿年丰，愿天下众善人均沐春风。
乾坤朗十方净世界清平，诵罢经擦干泪心神交融。
众儿女拜清香磕头上供，众善人听罢经多多担容。
这是俺众儿女一片深情，下一次化缘会共聚相逢。

讲唱者：吴小伟，女，62岁，初中毕业。2014年采录于正定县朱河村。

朝廷出朝

天降下圣明君我佛照善，照山河地里图八宝安宁。
赵阳院产生下一龙一凤，五凤楼修盖得雅赛一宫。
天有道下的是清风细雨，地有道不过是五谷收成。
君有道爱的是忠臣良将，臣有道不过是苦苦尽忠。
神有道修下的香烟不断，仙有道修下了五色祥云。
官有道不过是爱民如子，人有道修下了孝子贤孙。
天无道下的是狂风暴雨，地无道断苗根同不收成。
君无道臣子们通投外国，臣无道下圣旨立斩午门。
神无道修成了妖魔鬼怪，仙无道修下了黑黄二风。
官无道民造反就该地聚义，人无道修下了断子绝孙。

讲唱者：高福喜，男，70岁，不识字。2010年采录于正定县东汉村。

大盘道（李弘太子出家，南海老母度化李弘太子）

太子：
屐扎青云奔深山，睁开仙眼四下观。
人说茅庵多清秀，话无虚传是真言。
饥了吃的是松柏子，渴了山下饮清泉。
三皇宝剑茅庵挂，山水松柏在两边。
闲来山前观走兽，闷了山后听鸟喧。
十万江山我不坐，红尘世界我不贪。
人人都说出家好，出家容易得道难。
小王坐在茅庵里，哪怕狼虫虎豹餐。

观音老母：
南海南呀，南海南！
观音老母坐法船，上方领了一路旨，
来到下方度小仙，看他心下乱不乱。

太子：
跟着师傅学的艺，试试方法鲜不鲜。
就地画下双十字，小仙站在正中间。
照着东南吹法气，五色祥云聚满天。
掬一块黑云黑如墨，掬一块白云如雪山。

掬一块蓝云蓝似靛，掬一块红云火光溅。

中间掬块黄云彩，小仙站在正中间。

小仙坐在云头上，催云风使背后边。

一驾云头十万里，二驾云头万万千。

逢水就打水上走，逢山就打山上翻。

走些山高不平路，树木林廊记不全。

手扒云头往下看，远远望见一茅庵。

收住云头往下落，轻轻落在地尘烟。

白：只见茅庵洞门半掩半开，小王侧身而进。

老母问：

你是谁家一儿男，大路不走进茅庵？

狼豺虎豹朝上走，将你拿住当食餐。

太子答：

你是谁家女佛皇，大路不走盘小王？

我是李洪三太子，因为出家离朝纲。

白：哦！原来是太子爷到了，贫妇人不知，这
厢有礼。太子爷你自然出家，我这里有两句话
问你。

太子：讲来。

老母：听来。

问：何为地来何为天？八卦出在哪一年？

答：皇上为地卿为天，八卦出在中戌年。

问：何为棋盘何为子？何为琵琶何为弦？

答：天为棋盘星为子，地为琵琶路为弦。

问：天为棋盘什么人下？地为琵琶什么人弹？

答：天为棋盘神仙下，地为琵琶圣人弹。

问：天上混乱几个星？地上混乱几棚僧？

答：天上混乱一个星，地上混乱一棚僧。

问：天上混乱什么星？地上混乱什么僧？

答：天上混乱紫微星，地上混乱陈唐僧。

问：哪一国里出佛祖？哪一国里出老君？

哪一国里出孔圣？哪三国出的三圣人？

答：西域国里出佛祖，明国山前出老君，

山东曲阜出孔圣，这三国出的三圣人。

问：什么夫人怀佛祖？什么夫人怀老君？

什么夫人怀孔圣？哪三母怀胎三圣人？

答：阿弥夫人怀佛祖，李氏夫人怀老君，

颜氏夫人怀孔圣，这三母怀胎三圣人。

问：怀胎佛祖年几载？怀胎老君多少春？

怀胎孔圣多少载？三母共怀多少春？

答：怀胎佛祖十六载，怀胎老君八十春，

怀胎孔圣十二载，三母共怀一百单八春。

问：什么时辰生佛祖？什么时辰生老君？

什么时辰生孔圣？哪三时生的三圣人？

答：日出卯时生佛祖，正当午时生老君，

日落酉时生孔圣，这三时生的三圣人。

问：哪一盆里净 ❶ 佛祖？哪一盆里净老君？

哪一盆里净孔圣？哪三盆净的三圣人？

答：金盆以里净佛祖，银盆以里净老君，

木盆以里净孔圣，这三盆净的三圣人。

问：四四方方一座城，里外砖瓦不透风，

　　什么人打开三簧锁？邀员救宇本主公。

答：东西路南北街，四门上锁无人开，

　　老君打开三簧锁，露出花花世界来。

问：多少男来多少女？多少山来多少平？

答：一半男来一半女，七分山水三分平。

问：什么人执事什么人坐？什么人手里留衣衫？

答：天皇执事帝皇坐，人皇手里留衣衫。

问：天皇执事年几载？帝皇执事年几春？

答：天皇执事年久远，五帝为君到如今。

　　金刚倒对佛打锣，观音老母来坐锅，

　　蒸的馒头比天大，出家之人怎奈何？

　　一日打坐冷禅餐，闲来化斋困来眠，

　　一锅能盛千江水，盖世乾坤用口餐。

　　一僧一道一儒家，净手拈香尊佛法，

　　狙神犬将数老道，金榜题名数儒家。

　　三个徒儿争仙位，三人不分是一家，

　　青枝绿叶红宝盖，一树怎开两样花？

　　吾佛手里传儒祖，儒祖手下乱传法。

　　观音老母起云端，修仙难来修仙难！

　　我是上方观音母，来到下方度小仙，

　　看你心下乱不乱，观音老母腾空去，

　　撇下太子坐茅庵。

---

❶净：沐浴。

讲唱者：高福喜，男，70岁，不识字。2010年采录于正定县东汉村。

二郎劈山救母

小二郎本姓杨，身穿一领卧道黄。

别的武艺没学会，梧桐树上打凤凰。

打一只不成对，打两只并成双。

有心打你三五个，怕误担山撵太阳。

十大老爷压住整六对，留下一个见玉皇。

玉皇一见心欢喜，仙酒仙菜待二郎。

二郎喝了个酊酊醉，躺在长生不老床。

光觉睡了三年整，觉醒找姥姥去要娘。

三月三王母蟠桃会，众神喝酒俺泪汪汪。

人人都有生身母，怎么俺二郎没有娘。

不提你娘还好受，提起你娘泪汪汪。

你姥姥生了九个女，个顶个的落凡场。

那时你姥爷没好气，把你娘压在华山上。

你要想找到你的母，找找你姥爷张玉皇。

二郎一听不怠慢，迈开仙足返天堂。

开言就把姥爷叫，叫声姥爷听其详。

三天找到我的母，咱一笔勾销没话讲。

三天要找不到我的母，动了外甥反天堂。

反了一群孙猴王，还惊动了雷公、闪电、风婆娘娘。

下的冷子冰盘大，不砸买卖和庄稼，

光砸庙里老大王。

吓得大王没处钻没处藏，变个斧子落下方。

二郎手拿火龙斧，劈山救母找他娘。

2006年采录于正定县古城街头。

地母经

香芬玉露祖临坛，花插金瓶四季观。
阿弥陀佛！

果供锦盘时时献，茶斟银杯供佛前。
阿弥陀佛！

观音老母住江南，家住江南珞珈山。
阿弥陀佛！

菩萨洞中养真本，耳热眼跳心中难。
阿弥陀佛！

老母出洞往外看，观见众生多灾难。
阿弥陀佛！

老母若是不搭救，布施何人往上参。
阿弥陀佛！

度化众生若不信，观音老母圣力真。
阿弥陀佛！

有人造下地母经，居家大小保平安。
阿弥陀佛！

地母开言传正法，未曾开言泪如麻。
阿弥陀佛！

众生造下无边罪，这场苦难落谁家。
阿弥陀佛！

脚脚踏着地母身，口口吃着地母津。
阿弥陀佛！

春生夏长秋结果，不知地母费心勤。
阿弥陀佛！

吃穿都向地母要，谁把地母挂在心。
阿弥陀佛！

五谷杂粮都收尽，众生吃了不谢恩。
阿弥陀佛！

急忙念来急忙传，这场灾苦在眼前。
阿弥陀佛！

有人不信地母经，灾患临身祸不轻。
阿弥陀佛！

要把地母传天下，合家大小保安宁。
阿弥陀佛！

初三十三二十三，有人念经保平安。
阿弥陀佛！

十月十五地母生，三烛明香两盏灯。
阿弥陀佛！

十字路上把恩报，风调雨顺好收成。
阿弥陀佛！

有人学会地母经，一年四季无灾生。
阿弥陀佛！

为人奉行地母经，合家大小保长生。
阿弥陀佛！

三教原来是一家，一树怎开两样花。
阿弥陀佛！

自从灵山失散了，今日相逢又吃茶。
阿弥陀佛！

吃起茶来便知根，我问吃茶是何人。
阿弥陀佛！

口诵真言真妙语，龙华会上已顺达。
阿弥陀佛！
带进迷人去修行，照着实地下苦功。
阿弥陀佛！
外边说来都是假，大道不离在身中。
阿弥陀佛！
哪是性来哪是命，哪是十字一街中。
阿弥陀佛！
哪是三关通九窍，哪是八卦定乾坤。
阿弥陀佛！
曹许大道怎么走，怎么容易上昆仑。
阿弥陀佛！
一个修来一个好，不到地处不明心。
阿弥陀佛！
修行要向此道走，才是佛门大道根。
阿弥陀佛！
打本还原莲台坐，相伴无生几万春。
阿弥陀佛！
一朵莲花半壁开，男人吃茶女不从。
阿弥陀佛！
拾砖拾瓦修庙宇，修桥补路积阴功。
阿弥陀佛！
爱老惜贫又斋僧，舍衣舍饭舍良药。
阿弥陀佛！
男子外边去赴会，女子家中就行凶。
阿弥陀佛！

男子走的金桥路，女子打在奈河中。
阿弥陀佛！
你走你的金桥路，休管她在奈河中。
阿弥陀佛！
善恶两途各人走，各人修得各人功。
阿弥陀佛！
善者天堂恶地狱，善恶路上两边行。
阿弥陀佛！
善恶阳间无报应，谁肯念佛把善行。
阿弥陀佛！
升天入地心田造，祸福原来在心中。
阿弥陀佛！
善有赏来恶有罚，善恶二字说分明。
阿弥陀佛！

2012年采录于正定县北早现村。

药王经

正月里来正月正，药王看病进北京。
正宫皇娘得了病，万岁皇爷请进宫。
打开针包动针刑，银针刺入穴位中。
正宫娘娘好了病，万岁皇爷把他封。

二月里来是清明，药王看病拉红绳。
里间拉到外间去，走线号脉看得清。

三月里来三月三，药王看病上东山。
东山治的梅花鹿，鹿儿病好请下山。

四月里来好长天，药王看病到北山。
北山治的龙和虎，龙虎好了把山迁。

五月里来好热天，药王看病到西山。
一到西山药苗根，采了药苗炼仙丹。

六月里来整半年，药王看病到东南。
东南治的韩湘子，湘子得的是伤寒。
打开针包动针刑，湘子好了伤寒病。

七月里来多半年，药王看病到河南。
河南治的张员外，河北治的张宝全。

八月里来遍地青，薛丁山得薛家风。
樊梨花来把他请，打开针包动针刑。

九月里来秋风凉，药王看病到病床。
一到病床遍体看，叫声从者点药房。

十月里来立了冬，药王看病大街行。
大街修得孙思邈，抬着棺椁起了灵，
棺椁殓衣慢着走，棺中一定有动静。
打开棺椁看一看，孕妇奄奄冒血红。
一针救了二人命，药王才气大显明。

十一月好冷的天，药王看病到天边，
身骑猛虎登衣坐，好比上方一神仙。

十二月里整一年，药王看病到山前，
一脚蹬错摔下山，功德圆满离凡间。
自己就知自己死，一阵轻风上了天。

十三月来一年多，药王看病庙中坐。
要是有人得了病，药王看病本不错。
一炉真香一炉烟，又敬神仙又敬天。
敬得药王心喜欢，一年四季保平安。
金花开来银花开，今个念佛免了灾。

2012 年采录于正定县北早现村。

请神歌

一烛真香往上升，真香请的真神灵。
请的真神保弟子，保的弟子要顺通。
我若顺顺当当的，不忘你的好恩情。

2005 年采录于正定县西北街。

护身咒

护身咒，护身法，
头顶千层佛，身披万菩萨。

头顶天灵灵，脚扎地灵灵，
太上老君句句有灵。
天护身，地护身，八条青龙来护身，
观音老母稳护身。
前心用着大将军，后心用着五佛大将军。
头顶三千桃花女，下扎五千土地神，
护身护身紧护身。

讲唱者：李文兰，女，78 岁，不识字。2006 年采录于正定县西关村。

进庙香咒

一烛长香手里拈，双膝跪在佛面前。
请得天神来赴会，请得庙神收香烟。

蜡烛就是百花心，多叫蜜蜂受辛勤。
芝麻打油换油蜡，照在佛前放光明。

佛前敬的真罗汉，罗汉供的是真经。
消灾灭苦普众生，阿弥陀佛！

讲唱者：李文兰，女 73 岁，不识字。2001 年采录于正定县西关村。

拜观音香咒

手取长香佛就在，报光长香佛进来。
我是佛门真弟子，上请老祖坐莲台。
无生老母也为尊，烧香磕头度贤人。
辛勤要想回家去，上拜南海观世音。
阿弥陀佛！

讲唱者：李文兰，女 73 岁，不识字。2001 年采录于正定县西关村。

庙咒

抬头敬的观音母，低头敬的是路神。
家里要有大小事，还得求求老菩萨。

讲唱者：李文兰，女 75 岁，不识字。2003 年采录于正定县西关村。

止血咒

日出东海一点油，手提钢鞭倒骑牛。
一声喝断长江水，堵住红门血不流。

讲唱者：李文兰，女 76 岁，不识字。2004 年采录于正定县西关村。

化疙瘩咒

冰冰山，冰冰洞，冰冰洞里请神灵。
骑冰马，驾冰云，手托冰冰破疮淋。
不出血，不出脓，叫这疙瘩自消平。
头回轻，二回平，三回就得把根横❶。

———————————
❶ 把根横：把根除。

讲唱者：李文兰，女 76 岁，不识字。2004 年采录于正
定县西关村。

我家有个夜哭郎

天荒荒，地荒荒，我家有个夜哭郎。
行路的君子念三遍，一觉睡到大天亮。

讲唱者：裴祥瑞，男，82 岁。2013 年采录于正定县东
房头村。

蝎子咒

蝎子蝎，蝎子蝎，你是上方乱草节。
叫你顺墙走，你却把人蛰。
几十年修行崩了肚，叫你身体化成血。

2007 年采录于正定县西关村。

化病书

奉天承谕，玉帝诏曰。
敕封张天师擒妖拿怪，手掐中指口念决。
一二五八是家亲，四六门神七灶君。
三河九海屈死鬼，每逢十日路游神。
说破大吉不管送，别叫他闹了！
诵咒者双手大拇指捏住中指中节，念后向双手内吹三
口气，然后在病人头上转三圈，此法连念三遍。治孩
子夜梦啼哭，或病人迷迷糊糊久睡不醒，或心焦麻烦等，
过去谓之"丢魂"。

讲唱者：李四宝，男，70 岁，不识字。2013 年采录于
正定县东汉村。

除惊咒

一朵白莲就地开，抖抖花衣上床来。
左边安着白仙剑，右边安着压仙牌。
为谁除惊拿谁的衣服，诵咒者双手提衣。边抖边念，
念头遍冲衣服吹一口气。念二遍时吹两口气，念三遍
时吹三口气。念完将衣服盖在孩子身上。

讲唱者：安刁子，男，72 岁，小学文化。2018 年采录
于正定县晶都广场。

209

童子观花

一对童儿门前站，一心游玩上高山。

迈步就把高山上，来到山顶把景观。

各样景致我不爱，一心游玩上花园。

迈步就把花园进，来到花园把花观。

上方有座供花园，各样花儿开得鲜。

黄花开的黄氏女，蓝花开的李翠莲。

白花开的银似靛，红花开的供佛前。

芍药牡丹共三长，两边开的缠枝莲。

观花童子身穿青，一手托着两本经。

一本送到西天去，一本留着度众生。

度得众生千千万，个个都把真经念。

讲唱者：李文兰，女，87岁，不识字。2015年采录于正定县西关村。

蒲墩经

清早起来阴沉沉，盘腿打坐拧蒲墩。

俺这蒲墩拧得新，上边拧着桂花金。

一拧青龙来戏水，二拧童子拜观音。

三拧凤凰双展翅，四拧狮子共麒麟。

五拧乌鸦来吸水，六拧鲤鱼跃龙门。

七拧八仙来过海，八拧龙华一会人。

剩下当中没啥拧，拧个仙女端金盆。

俺把天河水端上，来给观音洗衣尘。

给观音洗了个好门面，慌忙递给花手巾。

这边给了这边擦，擦了个金脸像黄纱。

问您观音哪厢住，洛迦山就是俺的家。

2012年采录于正定县南岗村。

五朵莲花

一朵莲花开得高，未曾行好把香烧。

烧香不为别的事，一家老少得安康。

两朵莲花开得长，未曾行好敬爹娘。

敬的爹娘心欢喜，敬的婆娘报恩肠。

三朵莲花靠北坡，未曾行好受折磨。

折磨弟子无其奈，俺先念经来后念佛。

四朵莲花开得蓝，南海老母坐法船。

老母坐在船头上，手把栏杆望西天。

五朵莲花开得白，未曾行好别贪财。

贪财易把良心坏，要是贪财惹祸害。

讲唱者：赵秀菊，女，71岁，不识字。2013年采录于正定县大孙村。

天经

一许下大红袍还有金玲秀，

二许下香烟金锞八宝真经。

哪里碰到真罗汉，哪里碰到紫微星。

今天描描绣金陵，老母房中绣天宫。

东绣老母西绣月，南绣虎云北绣风。

一绣老天万丈高，二绣千佛在佛门。

三绣我佛莲台坐，四绣童儿拜观音。

五绣五百真罗汉，六绣猛虎穿山林。

七绣鹦鹉会说话，八绣老者诵真经。

九绣菊花头上戴，十绣白莲藕上生。

我把天宫全绣起，四大天王搭天棚。

三王执事老君安，人皇手里观一观。

九天仙女安星斗，各样星斗安得全。

东斗星出当头坐，西斗星出泪啰唆。

南斗六郎坐王位，北斗七星儿女多。

紫微星出来转皇帝，水星出来观天河。

织女星出来娘家去，牛郎星出来紧跟着。

前头织女没处去，低头回手打一梭。

女打男来打不准，男打女来打得多。

王母娘娘看不惯，摘下金簪画天河。

牛郎星画在东海岸，织女星画在西海坡。

牛郎星东海眼落泪，织女星两眼泪婆娑。

二人没做亏心事，天河相隔两岸坡。

二人要得重相见，还要百鸟搭天河。

讲唱者：薛守慧，女，82 岁。2012 年采录于正定县永安村。

灶王经

这一部灶王经何人留下，由西天老佛爷自古创成。

唐三藏去取经带来东土，传流到普天下普度众生。

家家有灶王爷不知尊敬，坐东厨太冷待理上不通。

谁行善谁作恶天天统计，每个月三十日上奏天庭。

秋八月初三日圣诞节日，说与你普天下大众细听。

有善男和信女烧香上供，有家家和户户通点明灯。

老年人敬灶王能增寿，少年人敬灶王积下阴功。

读书人敬灶王名登金榜，种地人敬灶王五谷丰登。

买卖人敬灶王买卖顺利，生意人敬灶王生意兴隆。

求儿的管保你生下贵子，求寿的管保你年过九旬。

求妻的管保你天降媒人，求官的管保你步步高升。

讲唱者：朱小福，女，93 岁，不识字。2013 年采录于正定县西关村。

十座楼

东至东海一座楼，老母奶奶在里头。

四海龙王来拜寿，龙子龙孙磕寿头。

北至北海一座楼，镇王老祖在里头。

四大金刚来拜寿，五大文龙磕寿头。

西至西海一座楼，东亭西亭在里头。

雁山灵官来拜寿，三人土地磕寿头。

南至南海一座楼，南海老母在里头。

关公二郎来拜寿，金童玉女磕寿头。

上至上方一座楼，玉皇老爷在里头。

四大金刚来拜寿，天兵天将磕寿头。

云中还有一座楼，云游菩萨在里头。

四天雷公来拜寿，十二闫君磕寿头。

半路空中一座楼，西天佛祖在里头。

八大金刚来拜寿，十八罗汉磕寿头。

下方还有一座楼，地藏菩萨在里头。

天下城隍来拜寿，十殿阎君磕寿头。

晴天皇地一座楼，王母娘娘在里头。

八路神仙来拜寿，九天仙女磕寿头。

家宅还有一座楼，千佛万祖在里头。

诸佛护法来拜寿，家宅六神磕寿头。

为人学会十座楼，荣华富贵在里头。

又增福来又增寿，门神灶君磕寿头。

讲唱者：薛守慧，女，82岁，不识字。2011采录于正定永安村。

十个茶碗

一个茶碗白又白，茶碗里头茶花开。

两个茶碗里外红，茶碗里头两条龙。

龙度水来水度龙，度来度去两本经。

一本送到西天去，一本送到南宫营。

三个茶碗里外蓝，茶碗里头盛仙丹。

仙丹送给佛家用，老母外边做贡献。

四个茶碗里外黄，茶碗里头落凤凰。

凤凰不落无宝地，夯起翅膀爱经堂。

五个茶碗里外花，我把茶碗夸一夸。

小子好像梧桐树，闺女好像牡丹花。

媳妇好像灵芝草，老人好像活菩萨。

六个茶碗里外空，茶碗里头罩黄灯。

师徒四人去取经，取得真经度众生。

七个茶碗七月七，天上牛郎共织女。

不知多晚见一面，还得来年七月七。

八个茶碗月儿圆，西瓜月饼供神仙。

九个茶碗里外红，茶碗里头九条龙。

四条龙来去挑水，剩下五条闹哄哄。

十个茶碗圆又圆，皇宫里边打秋千。

秋千摔死皇宫女，借尸还魂李翠莲。

2003年采录于正定县子龙广场。

八仙过海

八仙过海显神通，三皈五戒把道成。

何仙姑荷花照翻江搅水，

提一提，捞一捞海水澄清。

张果老骑神驴顺口朝下，倒骑驴横着走修炼前程。

铁拐李拄拐杖艰难行走，葫芦里三分火热气腾腾。

汉钟离拿小扇，扇扇清风，

曹国舅阴阳板一切顺通。

吕洞宾七星剑斩妖魔大放光明，

蓝采和小笛上本有三孔，一溜无烟直通天空，

韩湘子提花篮一路顺风来到天宫。

讲唱者：苗玉瑞，女，80岁。2010采录于正定县斜角头村。

套娃娃（一）

麦子蹿节麦色黄，抬上苘萝牵上羊。

来到一庙堂，进了庙门双膝跪。

善人们敲磬当啷啷，唉嗨呦呦当啷啷。

打开苘萝摆上供，十指纤纤上上香。

唉嗨呦呦上上香，宽袖里掖着五色线。

套在那娃娃的玉脖上，唉嗨呦呦玉脖上。

叫声娃娃随娘走，得吃果子得吃糖，

得穿花衣裳。

要问爹娘叫什么，你爹姓任人排场。

你娘就叫玉兰香，东西大街路北住，

广亮大门粉白墙。唉嗨呦呦粉白墙！

大门以里是影壁，影壁后头爬山虎。

影壁前头养鱼缸，养鱼缸里半缸水，

五色鲤鱼闹嚷嚷。唉嗨呦呦闹嚷嚷！

影壁两边梧桐树，梧桐树上落凤凰，

唉嗨呦呦落凤凰。

大凤凰、小凤凰，这枝沿着那枝上，

这枝沿着那枝上。唉嗨呦呦那枝上！

叫声娃娃跟娘走，进了二门到家乡，

哎嗨呦呦到家乡！

西屋里是你婶子住，东屋里是你二大娘。

你娘就站在上屋耳房，叫声娃娃躺在你娘炕头上。

讲唱者：石建中，男，63岁，不识字。2014年采录于正定县三角村。

套娃娃（二）

小麦蹿节麦色儿黄，抬上食笋进庙堂。

分开食笋摆上供，十指尖尖立上香。

我问你上供为何事，眼下缺个小儿郎，

没人儿叫亲娘。

腰里掏出一挂锁，套在娃娃玉脖上，

祷告送生娘。

要送送一个长命子，千万别送短命的郎。

要是送了长命子，我许下挂袍烧长香。

是娘的儿来跟娘走，我给你表表咱家乡。

提起咱家也不远，正定城西八里庄。

东西大街路北住，广亮大门儿粉白墙。

你爹姓任人排场，你娘就叫玉兰香。

前院里有棵小槐树，树上拴着个小金狗，

光汪汪来不下口儿。

东屋的柜，西屋的箱，红油漆桌子放当央，

墙上挂着一张蜜蜂采海棠。

胆大的儿郎随娘走，随娘来到东厢房。

千万别上西厢去，西厢房是你没人❶的二大娘。

❶ 没人：没有男人，意指寡妇。

讲唱者：王进荣，女，83 岁，不识字。2010 年采录于正定县北关村。

儿 歌

元末正定童谣

塔儿白，北人是主南人客。
塔儿红，南人来做主人公。

讲唱者：周毛，男，92 岁，不识字。北贾村。

小黑猪

小黑猪胖乎乎，吃起饭来咕嘟嘟。
睡起觉来呼噜噜，走起道来扭屁股。

讲唱者：王银山，男，75 岁，四年级。2014 年采录于
蟠桃村。

手指歌

大拇哥，二拇义。
中指搂，薄荷艺，小咩咩。
手心手腕，胳膊肘，夹夹扇。
这听风，这看燕儿，这闻香，这吃菜。
老鸹在这下个蛋儿。

---

❶ 正定人哄孩子歌谣，念到哪指到哪，既练口齿，又熟悉了
　　肢体部位。

讲唱者：马凤芝，女，70 岁，一年级，郭家庄村。

哏哏哏（一）（正定北部版）

哏哏哏，明了，老爷儿进了城了。
布鸽沐了，斑鸠叫了，东屋的大姑起来了吗？
起来了，铜盆洗脸，照着镜子绾纂。

哏哏哏（二）（正定城东部版）

哏哏哏，明了，老鼠搭上棚了。
野雀喳喳，雨了，大人孩子该起了。

哏哏哏（三）（正定县城内版）

哏哏哏，明了。
老爷儿进了城了，大人孩子都起吧。

哏哏哏（四）

哏哏哏，明了，老爷儿进了城了。
花大姐该起了，抹嘴儿、搽粉儿。
咕嘟嘟的小嘴儿，坐着椅子嗑瓜子。

讲唱者：吴青淑，女，86 岁，不识字。2012 年采录于
正定县东权城村。

金喜鹊，喳喳喳

金喜鹊，叫喳喳。

今天有客来呀，主人家宰个鸡。

鸡说："俺一天给你下个蛋，宰俺不如宰个雁。"

雁说："天天抻得俺脖子长，宰俺不如宰个羊。"

羊说："四条腿往家里走，宰俺不如宰个狗。"

狗说："黑天咬得嗓子疼，白天咬得嗓子哑，宰俺不如宰个马。"

马说："套上磨子骨碌碌，宰俺不如宰个猪。"

猪说："吃你家脏，喝你家汤，临了一刀见阎王。"

2000 年采录于正定县城内街头。

小鸽子

小鸽子，满天飞，飞到张家房。

张家姐姐喂高粱，飞到李家坡。

李家大娘给水喝，飞到刘家院，

下了两个小鸽蛋。

刘家大哥搭个窝，孵出两只小白鸽。

讲唱者：李池姐，女，89 岁，不识字。2018 年采录于正定县北石家庄村。

小小子

小小子，坐门墩，哭着喊着要媳妇，

要媳妇干吗？做鞋，做袜，通脚❶说话。

——————

❶ 通脚：过去睡觉都是一铺两人，脚对脚睡觉，叫打通脚。

孩子们耍呀

孩子们，孩子们耍呀，一个窝里俩呀！

会跑的，跑出来，会爬的，爬出来，

月子壳的抱出来。

过去没电，家家户户点洋油灯（煤油灯）照亮，更别说看电视玩电脑了，孩子们无以为乐，晚饭后会来到街上，先出来的就在街里反复喊，以此召集小朋友们出来一块玩，玩耍结束也有一句：

棒子秸一呼啦，各回各家家！

正定城西北片：

孩子们，孩子们耍呀，一个窝里俩呀！

挂金牌挂银牌，挂着东头还回来。

会走的走出来，会爬的爬出来，

月子壳的抱出来。

结束时喊：

门插关儿，门吊吊，各回各家睡觉觉。

小小子

小小子上庙台，摔了个跟头拾了个钱儿，
买个馍馍过了年。

讲述人：高凤兰，女，80岁，不识字。2012年采录于
正定县教场庄。

青青菜

青青菜，青楞楞，青青姐姐嫁老鹰。
美娇姐姐去说媒，狼娇姐姐去赶车，
老鸹拉着个簸箩车。
雀打鼓，燕吹笛，杀了个蚂螂坐一席。

2005年采录于正定县城内街头。

小板凳（一）

小板凳，四条腿，
谁给奶奶嗑瓜子，我给奶奶嗑瓜子。
谁给奶奶嗑得香，我给奶奶嗑得香。
谁给奶奶端碗汤，我给奶奶端碗汤。

小板凳（二）

小板凳，四条腿，我给奶奶嗑瓜子。
奶奶嫌我嗑得慢，我给奶奶煮挂面。
奶奶嫌我煮得稠，我给奶奶放香油。
奶奶嫌我放得多，我给奶奶砸了锅。

好娃娃

奶奶年岁大，头发白花花。
我给奶奶搬板凳，奶奶笑哈哈。

爷爷年岁大，嘴里缺了牙。
我给爷爷倒杯茶，爷爷笑哈哈。

爸爸和妈妈，齐声把我夸。
对待老人有礼貌，是个好娃娃。

讲唱者：魏云慧，女，74岁，小学毕业。2012年采录
于正定县野头村。

下雨

下雨了，打泡儿了，乌龟顶着草帽了。
下雨了，透点儿了，乌龟顶着木碗了。
下雨了，刮风了，乌龟在地里拔葱了。

火车头冒白烟

火车头冒白烟，里头住着傻老偏。
傻老偏唱秧歌，唱得好咱就看，
唱得不好咱就散。

小学生别淘气

小学生别淘气，大人给你挣工分。
挣了钱，买小鸡。
买了小鸡下了蛋，回来给你做好饭。

肚子疼

肚子疼，找老营。老营没在家，找老八，
老八又是拧来又是掐，掐得孩子叽喳喳。

上学校

睡觉觉，睡梦觉，抬头一看天亮了。
先穿衣，后穿袜，打水洗脸把牙刷。
拿书包，上学校。
见了老师敬个礼，见了同学问声好。
先写字，画图画，功课完成再回家。

我家有个胖娃娃

我家有个胖娃娃，正在三生日，
伶俐会说话。
不吃饭，不喝茶，天天吃妈妈。
头戴小缨帽，身穿绫罗纱。
花红鞋，白绫袜，蝴蝶往上趴。
两眼笑微微，小辫往前坠。
小葫芦小棒槌，玩意儿一大堆。
坐下抱老虎，手拿口琴吹。
爷爷、奶奶、爸爸、妈妈，
都爱小宝贝。

讲唱者：王兰菊，女，80岁，不识字。2009年采录于
正定县固营村。

小簸箕（绕口令）

小簸箕，簸大米。
能簸谷秕子，不簸秕谷子。

讲唱者：新彩婆婆，女，80岁，不识字。2012年采录
于正定县吴兴村。

懒学生

书也不想看，活儿也不想干。

吃饭一顿五六碗,上课一问白瞪眼。
再要是不改呀,真没脸,真没脸!

懒学生真是懒,字也不想写,
书也不想念,天天在街里骚人眼。
再要是不改呀,真没脸,真没脸!

账谜

一斗半,二斗半。三半斗,四斗半。
驴驼八斗背斗半,手提五斗赶着算。

讲唱者:新彩婆婆,女,80 岁,不识字。2012 年采录于正定县吴兴村。

柏灵棵

柏灵棵,柏灵籽,鸣哇,鸣哇,娶小女。
娶的小女不上轿,渣子饼子烂山药。

讲唱者:苗玉瑞,女,83 岁,不识字。2013 年采录于正定县斜角头村。

牛拉磨

瓜子嗑,牛拉磨。

狼抱柴,狗烧火。
猫赖炕上捏馍馍。
都来吧,都来吧,里头都是包的嘛?
金娃娃,银娃娃,扔到房上喂老鸹。

讲唱者:安淑梅,女,60 岁,不识字。2011 年采录于正定县秦家庄村。

破皮裤(绕口令)

出西门,迈大步,出门拾了个破皮裤。
皮裤破,补皮裤,皮裤不破不补皮裤。

春燕

小燕子,清澄澄,俺上姥娘家住一冬。
姥娘看见很喜欢,妗子看见瞅两眼。
妗子、妗子你别瞅,
俺不吃你家饭,不喝你家酒。
前晌来了后晌走,一走走到大门口。
大门口有个小黑狗,咬了孩子的脚趾头。

讲唱者:安淑梅,女,62 岁,不识字。2012 年采录于正定县秦家庄村。

小汽车嘀嘀嘀

小汽车，嘀嘀嘀！上头坐着毛主席。
毛主席打电话，吓得鬼子他害怕。

小汽车，嘀嘀嘀！上头坐着毛主席。
毛主席开大会，吓得鬼子朝后退。

讲唱者：王焕女，女，不识字，81岁。2013年采录于
正定县吴兴村。

摘颗星星安咱家

前山后山山连山，我家就在山中间。
门前小河昼夜响，曲曲折折九道弯。
晚上坐在小河边，耳听故事眼望天。
天上星星亮闪闪，摘上一颗安咱家，
照得黑夜像白天。

垛一垛二

垛一垛二垛俩仨，大鸡摁着小鸡鸹。
大鸡不吃小鸡的肉，噼里啪啦刚十六。

背花篓

背花篓，背花篓。
花篓倒了，孩子跑了。
花篓起来，孩子回来。

打三光

剃了头，打三光，不掉头发不长疮。

门楼头

门楼头，窝窝眼，吃开饭了捡大碗。

枣树

小枣树，夺拉枝，上头趴着个小闺女。
十几了？十五了，打个帖子该婆了，
爹陪衫，娘陪裙，打发闺女出了门。

小船摇呀摇

小小船，摇呀摇，一摇摇到外婆桥。
外婆叫我好宝宝，问俺爸爸妈妈好不好，

爸爸也好，妈妈也好，外婆听了眯眯笑。

讲唱者：王进荣，女，80岁，不识字。2011年采录于正定县北关村。

老鸹窝

老鸹窝，铺三白，里头住着姑奶奶。
姑奶奶想吃嘛？想吃清汤熬白菜。

反话

牛打滚，驴倒嚼，石头开花柏灵落。

头像个盔

头像个盔，脚像个锥，身子像个颤柳枝。
杏核眼，柳叶眉，鼻子像个砸蒜槌。
小嘴点点樱桃唇。

天菱的花

天菱的花，地菱的花，杨二舍吊弓的花。
袖筒里袖着绣莲花，手里捧着闹红花。
头上戴着石榴花，裤腰带上绣球花。

鞋上趴着锦锦花，隔着墙头是蜡梅的花。
怀里还抱着个娇娇花。

讲唱者：李文兰，女，82岁，不识字。2009年采录于正定县西关村。

香香叶

香香叶，叶叶红，俺娘不给俺买头绳。
买的头绳两头细，俺娘不给俺打髻髻。
打的髻髻窝窝小，俺娘不给俺买红袄。
买的红袄没有眉，俺娘不给俺买红裙。
买的红裙没有褶，俺娘不给俺买轿车。
买的轿车没有轴，俺娘不给俺买小牛。
买的小牛没犄角，俺娘不给俺拉裹脚。
拉的裹脚丈八长，槌槌、浆浆，贼棵子累煞娘。

老天爷，下大雨

老天爷，下大雨，收了麦子供享你。
你吃瓢，我吃皮，剩下麸子喂小驴。

搅搅，凉凉

搅搅，凉凉，小狗赖炕上。
搅搅，冷冷，小狗等等。

外甥住姥姥家

芝麻叶厚墩墩，我在姥姥家住一春。
姥姥看见怪喜欢，妗子看见瞅两眼。
妗子妗子你别瞅，荞麦开花我就走。
走到山里有石头，走到河里有泥鳅。

讲唱者：刘十姐，女，85 岁，不识字。2012 年采录于
大孙村。

爷爷娶了个后奶奶

棉花桃，咯嘣开，爷爷娶了个后奶奶。
脚又大，嘴又歪，气得爷爷仰摆摆。
奶奶，奶奶你走吧，爷爷好了你再来。

讲唱者：郭小荣，女，80 岁，不识字。2011 年采录于
正定县斜角头村。

拨灯棍（一）

拨灯棍，挑灯花，爷爷娶了个十七八。
又搽粉，又戴花，高兴得爷爷抠脚丫。

讲唱者：郭小荣，女，80 岁，不识字。2011 年采录于
正定县斜角头村。

拨灯棍（二）

拨灯棍，打灯头，爷爷娶了个柳木猴。
又搽粉，又膏油，喜欢得爷爷摇摆头。

讲唱者：朱瑞珍，女，65 岁，不识字。2012 年采录于
正定县雕桥村。

椿树王

椿树王，椿树王，你长粗来我长长。
你长粗来解大板，我长长来穿衣裳。

讲唱者：王进荣，女，82 岁，不识字。2013 年采录于
正定县北关村。

小闺女出嫁

小闺女上南楼，石榴花戴满头。
上轿呀哭三声，下轿呀拜神灵。
一拜拜了个小女婿，有多高？一拃高。
烧饼肚子麻糖腰，不争气的乌龟羔。

讲唱者：姚淑云，女，78 岁，不识字。2005 年采录于
正定县西门里街。

野雀喳喳

野雀喳喳，老鸹哈哈。要想吃肉，宰个鸭鸭。

鸭鸭说："腿又短脖又长，要想吃肉宰个羊。"

羊说："四条腿有人耍，要想吃肉宰个马。"

马说："扣上鞍子有人骑，要想吃肉宰个驴。"

驴说："套上碾子骨碌碌，宰我不如宰个猪。"

猪说："不吃你家糠，不喝你家水儿，

　　　　谁都不要来宰我。"

讲唱者：姚淑云，女，78 岁，不识字。2005 年采录于正定县西门里街。

想吃肉先杀谁

黑老鸹，嘎嘎嘎，买了个小鸡就要杀。

小鸡说："又会走，又会扭，杀我不如杀个狗。"

狗就说："黑天咬了半宿夜，白天咬得嗓子哑，杀我不如杀个马。"

马就说："我叫摸，我叫骑，杀我不如杀个驴。"

驴就说："我吃草，我吃麸，杀我不如杀个猪。"

猪就说："杀就杀，砍就砍，躺在地下不动弹。"

讲唱者：王进荣，女，80 岁，不识字。2011 年采录于正定县北关村。

小红鞋

小红鞋，扒莲花，十七十八到婆家。

人家碗里做稠饭，咱家碗里做稀汤。

做着做着哥来到，问问哥哥吃嘛饭？

杀鸡烙饼擀白面。杀鸡吧，鸡下蛋。

一年收了一百蛋，杀鸡不如杀个雁。

雁说："飞得高，落得矬，杀我不如杀个鹅。"

鹅说："又会走又会扭，杀我不如杀个狗。"

狗说："黑天咬了半宿夜，白天咬得嗓子哑，杀我不如杀个马。"

马说："又叫牵，又叫骑，杀我不如杀个驴。"

驴说："套上磨子骨碌碌，杀我不如杀个猪。"

猪说："一年吃了三担糠，拿起刀来见阎王。"

讲唱者：安淑梅，女，62 岁，不识字。2013 年采录于正定县秦庄村。

平安娃娃

叫上蜘蛛，喊来蛇蛙。

带上蚰蜒，跟来蝎子护娃娃。

娃娃不害怕，娃娃笑哈哈。

笑话笑

笑话笑，笑话笑，笑话背着二斗料。
笑话喜，笑话喜，笑话背着二斗米。
笑话哭，笑话哭，笑话背着二斗糠。

鹦哥碾米

鹦哥碾米布鸽簸，狼抱柴，狗烧火，
猫儿出来捏窝窝。
捏的窝窝挂翅膀，一飞飞到柳树上。
窝窝，窝窝你下来，俺嫌窝窝噎得慌。

盘脚年（一）

盘，盘，盘脚年，脚年整，烙月饼。
月饼花，一担茄子两担瓜。
有钱的吃瓜吧，没钱的走开吧。

备注：此歌谣是和孩子玩耍时所念，具体玩法是二人
对坐，四只脚放一起，边循环拍打四只脚边念，最后
一句落在哪只脚上，就把哪只脚淘汰出局，直到把四
只脚都淘汰为止，也可以多人玩耍。

盘脚年（二）

盘，盘，盘脚年，脚年整，月花饼。
饼饼月月，跑马待客。
红疙瘩，绿宝贝，蜷了这个小狗腿。

挤暖暖儿

挤，挤，挤暖暖儿，仨钱买个肉卷卷儿。
你一块，我一块，剩下那块做饭饭。
做不中，点蜡灯。

小耗子上灯台

小耗子上灯台，偷油吃下不来。
叫闺女抱猫来，叽里咕噜摔下来。

小耗子上谷穗

小耗子，上谷穗。摔下来，没了气。
大耗子哭，小耗子叫，一群蛤蟆来吊孝。
咧着嗓子大声叫，叽哩呱啦好热闹。
绿豆蝇，来陪灵，哭得两眼红又红。
蝎虎子，来打幡，哭得两眼一点点。
花公鸡，来摔盆，挺着脖子哏哏哏。

绿蚂蚱，来抬棺，蹦蹦跳跳跑得欢。

黑蛐蛐，来打墓，埋了耗子把口堵。

葫芦盘

大葫芦盘，小葫芦盘，请小姐掐花来。

花呢？卖了。

钱呢？买了肉了。

肉呢？老猫叼了。

猫呢？上树了。

树呢？大水冲了。

水呢？老牛喝了。

牛呢？上天了。

天呢？云彩盖了。

云彩呢？老婆掏了。

老婆呢？到庙里念佛去了。

摘柳瓣

教你个曲儿，教你个话儿，教你到村南摘柳瓣儿。

一个柳瓣儿没摘了，叼个粪蛋儿往家里跑。

碗扣上，猫拱了，把一个小孩子气肿了。

讲唱者：王进荣，女，82 岁，不识字。2013 年采录于正定县北关村。

扒柳枝

教你个话儿，教你个曲儿，教你上村南扒柳枝。

一个柳枝没扒了，叼个粪蛋儿往家里跑。

门限子高，绊倒了，大狗小狗都抢了。

大狗吃，小狗看，急得小狗一身汗。

数星星

小星星，亮晶晶，弟弟妹妹指着数，

一二三四数不清。

讲唱者：王进荣，女，82 岁，不识字。2013 年采录于正定县北关村。

新年好

新年好，新年好。

穿新衣，戴新帽。

家家过年多热闹。

弟弟妹妹敲锣鼓，哥哥出来放鞭炮。

讲唱者：王进荣，女，82 岁，不识字。2013 年采录于正定县北关村。

小老鼠扒炕沿

小老鼠扒炕沿，叼住奶奶裤腰带，
奶奶打了一巴掌。
叼住奶奶小妈妈❶，奶奶打了一鞋底。
叼住奶奶的肚荸荠。

————————

❶ 妈妈：方言，乳头。

讲唱者：李淑珍，女，60 岁，二年级。2014 年采录于
正定县朱河村。

汪汪狗

汪汪狗，咬谁呢？给你家闺女说媒呢。
谁抬轿？小蚂蚱。谁装酒？他舅舅。
猫着腰赖后头。

讲唱者：刘三女，女，74 岁，不识字。2013 年采录于
正定县塔元庄村。

小板凳

小板凳，骨碌碌。
谁来了？俺姑姑。
带着啥？带了两眼眵目糊。
我给你擦擦吧？俺不，俺不!

讲唱者：王喜连，女，80 岁，不识字。2008 年采录于
正定县西门里街。

小柏树，掐了尖

小柏树，掐了尖。
谁给耗子买包烟？我给耗子买包烟。
谁给耗子弹棉花？我给耗子弹棉花。
谁给耗子抱娃娃？我给耗子抱娃娃。
哦，哦，睡着啦!
在哪睡？在灶火腔里睡。
铺什么？铺格针。
盖什么？盖蒺藜。
枕什么？枕棒槌。
呼噜，呼噜，打鼾睡。

讲述着：正安阿姨，79 岁。正定县吴兴村。

大白菜

大白菜呀，大白菜，人人见了人人爱。
白菜底下捉迷藏，白菜帮子搭戏台。

讲唱者：王培校，男，82 岁。2013 年采录于北贾村。

228

小花牛

小花牛，肚皮花。

又干活，又发家。

这头牛是好牛，两个犄角一个头。

四个蹄子分八瓣，尾巴长在屁股蛋。

上坡好辖手，下坡好拉手，碾磨道里直着走。

要是卖了它，舍不得好吃手。

讲唱者：王培校，男，82 岁。2013 年采录于北贯村。

小羊乖乖

小羊乖乖，把门开开。

妈妈回来了，妈妈来喂奶。

讲唱者：安淑梅，女，62 岁，不识字。2013 年采录于正定县秦家庄村。

鼻子长到脊梁上

雄赳赳，气昂昂，鼻子长到脊梁上。

也不疼，也不痒，就是有点憋得慌。

讲唱者：安淑梅，女，62 岁，不识字。2013 年采录于正定县秦家庄村。

小鸡喳喳

小鸡喳喳，要吃黄瓜。黄瓜留种，要吃月饼。

月饼开花，要吃脚丫。脚丫嫌臭，要吃牛肉。

牛肉长毛，要吃酸桃。酸桃有核，乖乖吐核。

讲唱者：安淑梅，女，62 岁，不识字。2013 年采录于正定县秦家庄村。

哩溜莲花

哩溜哩溜莲花，到明年下。

吃好的，穿好的，家家户户包饺子。

什么馅儿？羊粪蛋儿。

什么皮儿？尿泡泥儿。

备注：此歌谣是多人做游戏所念，做法是个大一点的孩子排头，后边的拽着前面的衣服，以排头的为中心转，边转边念，排在最后的人由于圈大，跑得步数最多，有时跟不上跑就掉队了。也叫甩尾巴尖。

笑话笑

笑话笑，笑话笑，笑话背着二斗料。

又能吃，又能粜，卖了钱给姥姥。

姥姥买个香打鬼，香香屁股臭臭嘴。

上庙台儿

小孩子上庙台，摔了个跟头拾了个钱。
又打醋又买盐，又娶媳妇儿又过年。

小学生之歌

小学生，真活泼，平日间，快乐多。
坐板凳，口唱歌，妈妈见了笑呵呵。
爸爸出外买香果，回来给我吃几个，
你看快活不快活。

巴巴狗

巴巴狗，上南山，淘大米，捞干饭。
它爹吃，它娘看，急得巴巴狗一身汗。
巴巴狗，你别急，剩下锅巴是你的。

讲唱者：陶双姐，女，不识字。84 岁。2013 年采录于正定县吴兴村。

小小叶儿哗啦啦

小小叶儿哗啦啦，儿童好像一朵花。
长在解放区真正好，唱歌跳舞笑哈哈，
哗啦啦，哗啦啦！唱歌跳舞笑哈哈。

小小叶儿哗啦啦，妈妈叫我快长大，
长的身强力又大，骑马扛枪保国家，
哗啦啦，哗啦啦！骑马扛枪保国家。

小宝宝上学校

小宝宝，小宝宝，背上书包上学校，
快点跑，快点跑，跑得蔫了落下了。❶

———————
❶ 跑得蔫：方言，跑得慢。

讲唱者：程富姐，86 岁，不识字。2013 年采录于正定县东柏棠村。

母鸡母鸡我爱你

母鸡母鸡我爱你，我吃蛋，你吃米，
天天早晨喂喂你。

讲唱者：耿伟，女，58 岁，小学文化。2013 年采录于正定县占村。

红高粱叶

红高粱叶，白高粱叶，扒着墙头看姐姐。
姐姐，姐姐干吗呢？插花呢！
插几朵？插三朵。

你一朵，我一朵，剩下那朵给来姐。

问问来姐做嘛饭？烙白饼，擀白面，
巴巴锅里卧鸡蛋。
谁烧火？咱大哥，谁抱柴？小二来。
谁打水？小蚂蚱，掉到井里说笑话。

笑话笑，笑话笑，笑话背着二斗料。
笑话哭，笑话哭，笑话背着二斗谷。
笑话喜，笑话喜，笑话背着二斗米。
有的吃，有的梨，卖了钱给姥姥。

托儿所里欢乐多

说个小孩叫小坡，上个月送进托儿所。
托儿所里阿姨多，托儿所里孩子多，
托儿所里玩具多。
有飞机，有大炮，有火车，有汽车。
又学习，又唱歌，每日里乐呵呵！
有一天爸爸妈妈看小坡，他滔滔不绝讲给爸妈说。
最后还让爸妈也来托儿所，他还说一辈子也不出
托儿所。

讲唱者：王银山，男，75 岁。2013 年采录于正定县蟠
桃村。

小板凳真听话

小板凳，真听话，咱俩一起找妈妈。
妈妈下班回到家，给你个板凳你坐下。
你吃啥，你喝啥？请你来这报报话。

讲唱者：程富姐，86 岁，不识字。2014 年采录于正定
县东柏棠村。

电话

火车头，冒白烟，两边载着电线杆。
电线杆，铁丝拧，上头挂着琉璃瓶。
琉璃瓶，当间空，北京说话南京听。

讲唱者：刘克英，女，74 岁。2013 年采录于正定县永
安村。

魅魅牛

魅魅牛，拉大车，挣了钱，给你爹。
你爹戴着缨缨帽，你娘坐着花花轿，
嘭嘭，好热闹。

做早操

天上的朝霞好像百花齐放，树上的小鸟快乐地歌唱。
早晨的空气多么新鲜，早晨的阳光多么清爽。
我们起得早，起来做早操。

我们冬天不怕大雪飞飘，夏天也不怕火热的太阳。
早晨的空气多么新鲜，早晨的阳光多么清爽。
我们起得早，起来做早操。

讲唱者：施新元，男，83岁，师范毕业。正定县西柏棠村。

起身早

起身早，空气好，穿好衣裳向外跑。
看看东方太阳出，听听树上小鸟叫。

旅行真快乐

排着队，唱着歌，旅行真快乐。
草儿绿，花儿多，春风吹着我。
走过小桥，爬过山坡，
咱们一块来玩耍，旅行真快乐。

牧童歌

朝霞里牧童在吹小笛，露珠儿洒满了青草地。
我跟朝霞一块起床，赶着小牛儿上牧场。
我解开自己的小黄牛，把清水给牛儿喝个够。
赶出小牛坐在河边，静静坐在了篱笆旁。

讲唱者：曹凤荣，女，63岁，不识字。2013年采录于正定县永安村。

蝴蝶歌

蝴蝶蝴蝶，身穿花花衣，飞来飞去采花花蜜。
你喜欢我来，我喜欢你，唱歌跳舞做游戏。

讲唱者：曹凤荣，女，63岁，不识字。2013年采录于正定县永安村。

黄瓜架（一）

黄瓜架，架黄瓜，骑上大马上娘家。
爹看见，接包袱，娘看见，抱娃娃。
哥哥看见牵大马，嫂子看见一扭达。
嫂子、嫂子你别扭，前响来了俺后响走。
不吃你的饭，不喝你的酒。
有爹娘俺来走一遭，没爹娘咱就断亲了。

讲唱者：李文兰，女，75 岁，不识字。2002 年采录于正定县西关村。

黄瓜架（二）

黄瓜架，架黄瓜，骑上大马上娘家。
爹看见，接包袱，娘看见，接娃娃。
哥哥看见噘着嘴，嫂子看见直咬牙。
叫声哥哥别噘嘴，叫声嫂子别咬牙。
有咱爹娘来几遭，没咱爹娘断亲了。
她娘说："闺女，趁有我，
你愿意要嘛就要嘛，随便挑来随便拿。"
这闺女两眼就朝柜里睃，柜里有块老蓝布，
叫声娘呀给了俺吧。
两眼就朝屋里睃，屋里有二斗好细米，
叫声娘呀给了俺吧。
两眼就朝厨房里睃，厨房里有个掏灰耙，
叫声娘呀给了俺吧。
两眼就朝磨棚里睃，磨棚里有牛兜嘴、驴搁拉❶，
叫声娘呀给了俺吧。
两眼就朝二院里睃，二院里有个巴巴狗，
叫声娘呀给了俺吧。
两眼就朝当院里睃，当院里跑着小鸡十二三，
叫声娘呀给了俺吧。
她娘说："闺女，你要这么多东西怎么拿？"
肩膀背上二斗好细米，胳肢窝里胳夹上老蓝布。

头上戴上牛兜嘴，脖子上套上驴搁拉。
手里拿上掏灰耙，前面跑着巴巴狗，
小鸡仔跟着十二三。
爹娘看见哈哈笑，闺女的智法真不差。

──────────
❶ 驴搁拉：驴脖子上戴的套车物件。

讲唱者：李文兰，女，75 岁，不识字。2002 年采录于正定县西关村。

风来了

风来了，雨来了，大大背着鼓来了。
你敲敲，俺敲敲，敲得大大生叨叨❶。

──────────
❶ 叨叨：嘟囔。

小二姐挠豆叶

小二姐，挠豆叶，一挠挠了个小甜瓜。
拿到家里哄娃娃，哄得娃娃嘎嘎笑。
一声鼓，一声炮，你看热闹不热闹。

讲唱者：李文兰，女，75 岁，不识字。2002 年采录于正定县西关村。

白眼狼

门墩墩，铧锦锦❶，给娘开门睡觉觉。
谁胖谁挨娘，谁瘦谁靠墙。
你不是俺娘，你不是俺娘！
你是高粱地里白眼狼。

❶ 铧锦锦：闩门的物体。

讲唱者：李文菊，女，74岁，二年级。2011年采录于正定县东权城村。

拍辘轳

拍，拍，拍辘轳，杨家院里有扫帚。
谁说来？我说来，我见小狗刷锅来。
谁见来？我见来，我见小狗砸蒜来。

讲唱者：张银龙，男，82岁，不识字。2013年采录于正定县南岗村。

红葫芦

红葫芦，压悠稳❶，生了个闺女叫叼文。
十几了？十五了，花花轿，该娶了。
上轿呀，吃甜甜，下轿呀，拜神仙。

❶ 压悠稳：孩子们玩的一种游戏。

讲唱者：李文兰，女，86岁，不识字。2013年采录于正定县西关村。

小板凳歪歪歪

板凳低，板凳歪，板凳底下菊花开。
红荷包，绿湛带，丫丫葫芦水烟袋。
爹揉青，娘揉红，姥姥骂俺小百灵。
姥姥、姥姥你别骂，俺上官家借盐去。
官家有个大花女，今年不娶过年娶。
前头抬着花花轿，后头抬着压悠床。
十二个猪，十二个羊，十二个包袱压柜箱。
箱上搁着瓶桂花油，大姐二姐要梳头。
大姐梳了个窝窝纂，二姐梳了个柳木碗。
剩下小三没的梳，梳了个狮子滚绣球。

讲唱者：靳淑敏，女，83岁，不识字。2011年采录于正定县城内北门里街。

小小子

小小子，上北京，拾了个麦穗打半升。
碾子压，咯嘣嘣，烙白饼，卷大葱。

讲唱者：李文兰，女，85岁，不识字。2011年采录于正定县西关村。

小孩儿你别哭

小孩儿，小孩儿，你别哭，过了腊八就宰猪。
小孩儿，小孩儿，你别馋，过了腊八就过年。

揉小鸡

揉，揉，揉小鸡，小鸡穿着花兜兜。
十几了？十五了，打个帖子该娶了。

讲唱者：王银荣，女，47 岁，初中毕业。2005 年采录于正定县西关村。

扯大锯（一）
（正定县西部版本）

扯大锯，拉大槐，姥姥家门前搭戏台。
人家的闺女全来到，俺家闺女还不来。
说着说着来到了，骑着驴，打着伞，
胳肢窝里夹着个小木碗。

讲唱者：李文兰，女，81 岁，不识字。2008 年采录于正定县西关村。

扯大锯（二）
（正定县东北部版本）

扯大锯，拉大锯，姥姥家门前唱大戏。
接闺女，接女婿，就是不叫外甥去。
不叫去，赶紧去，一脖子拐打回去，
跟着奶奶喝粥去。
喝得肚子鼓溜溜，上不去炕，奶奶搊，
尿了被子尿枕头。
里间屋里发大水，外间屋里打浪头。
桌子底下蛤蟆叫，看看外甥你臊不臊。

扯大锯（三）
（正定县城内版本）

扯大锯，拉大锯，姥姥家门前唱大戏。
接闺女，接女婿，就是不叫外甥去。
不叫去，摸不着，啃你姥姥家泔水瓢。
泔水瓢，啃不动，啃你姥姥家泔水瓮。
泔水瓮里大蝎子，蜇得外甥尥蹶子。

扯大锯（四）

扯大锯，拉大锯，姥姥家门前唱大戏。
接你来，你不去，你娘走了赶紧去。

走到半路里，拾了个大红鞋，
叫老鼠咬了多半截。
这边截，那边截，截得老鼠叫姥爷。
这边赶，那边赶，赶得老鼠瞪着眼。
这边送，那边送，送得老鼠跳了瓮。

小闺妮

小闺妮，上梯子，老鸹凿了眼珠子。
爹也骂，娘也骂，哥哥出来轰老鸹，
斗，斗跑了吧。

打樱桃

太阳出来渐渐高，姐姐拿棍打樱桃。
人太矬，树太高，脱下鞋子上树梢儿。
过路的大哥你别笑，我家弟弟要樱桃。

讲唱者：施新元，男，83岁，师范毕业。2013年采录
于正定县西柏棠。

童谣

老鹰老鹰转三遭，回来给你个大元宝。

讲唱者：董小妮，女，52岁，高中文化。2007年采录
于正定县城杨庄。

小老鼠扒瓮沿

小老鼠扒瓮沿，拿上小瓢挖白面。
挖了白面烙大饼，媳妇媳妇你尝鲜。

讲唱者：张东姐，女，80岁，不识字。2014年采录于
正定县东汉村。

打棉柴

一个小孩打棉柴，棉柴高，耍大刀。
大刀快，切白菜，白菜强，一群羊。
羊不走，一群狗，狗不乖，打三百。
三百五，正定府，正定府里开大店。
又是包子又是面，吃了你们慢慢转。

大苹果

我是一个大苹果，哪个孩子不爱我？
又面又甜又好吃，皮上红红好颜色。
小朋友们常常吃，脸上也像红苹果。

洗衣裳

小姑娘在河边洗衣裳，风吹河水起波浪。
小姑娘洗衣裳又歌唱，一边洗一边唱。
衣裳洗得白又净，歌儿唱得响又亮。

捶板石四方方（一）

捶板石四方方，骑上大马去烧香。
大马拴到梧桐树，小马拴到花枝上。
隔着庙门看娘娘，娘娘搽着一脸粉。
坐着椅子嗑瓜子，喷儿喷儿地打嗝喷。

讲唱者：蔡桂，女，89 岁，不识字。2010 年采录于正定县斜角头村。

捶板石四方方（二）

捶板石，四方方，骑上大马去烧香。
大马拴到梧桐树，小马拴到花枝上。
扒着墙头看娘娘，娘娘戴着三朵花。
你一朵，我一朵，剩下那朵扭秧歌。

送闺女

破筛子，箩黄米，笤帚疙瘩送闺女。

一送送到关爷庙，隔着窗户往里瞧。
瞧见娘娘嗑瓜子，喷儿喷儿打嗝喷。

讲唱者：李文兰，女，81 岁，不识字。2007 年采录于正定县西关村。

呱嗒板响连天

呱嗒板，响连天，谁不上学也不沾。
在家里净淘气，淘得妈妈下不了地。
下不了地，挣不了分，找啥给你买小鸡？
买不了小鸡下不了蛋，拿啥给你做好饭？

洋学生

洋桌子，洋板凳，洋老师，洋学生。
洋学生识洋字，识了洋字说洋话。
洋老师，洋学生，洋学生，钻窑洞。
窑洞有个大蝎子，蜇得洋学生尥蹶子。

点点豆豆

点点豆豆，老魅咳嗽。
这是井，这是河，老鸹在这胳一胳❶。

------

❶ 胳一胳：咯肢窝里挠一挠。

拍豆角（一）

拍，拍，拍豆角，豆角弯，上南山。
南山有个小黑豆，开红花，结石榴。
金奶奶，银奶奶，都来俺家洗脸来。
大脚的，站着洗，小脚的，坐着洗。
花手绢，赔给你，你一条，我一条。
剩下那条裹小脚，裹的小脚好瘦呀。
街里有个卖肉的，卖肉的，好香呀。
街里有个卖姜的，卖姜的，好辣呀。
街里有个算卦的，算卦的，好灵呀。
街里有个卖糖的，卖糖的，好甜呀。
街里有个卖盐的，卖盐的，好咸呀。
街里有个卖鸡的，卖鸡的，下个蛋，
兵乓儿，两半儿。

拍豆角（二）

拍，拍，拍豆角，豆角弯，上南山。
南山有个小黑豆，开红花，鼓溜溜。
金奶奶，银奶奶，都来俺家洗脸来。
大脚的，站着洗。小脚的，坐着洗。
花手绢赔给你，你一条，我一条。
剩下那条裹小脚，裹的小脚好瘦呀。
街里有个卖肉的，卖肉的，好香呀。
街里有个卖姜的，卖姜的，好辣呀。
街里有个算卦的，算卦的，好灵呀。

街里有个卖绳的，卖绳的，好粗呀。
街里有个杀猪的，杀猪的，吱吱吱。
街里有人娶媳妇儿。
娶的媳妇儿脚真大，三间屋子盛不下。
关上门，露尾巴，关上窗户露头发。

讲唱者：李红敏，女，65 岁，不识字。2013 年采录于正定县西关村。

老爷儿❶晒晒我（一）

老爷儿，老爷儿，晒晒我，我给你娘烧大火。
老爷儿嫌我烧得小，我给老爷儿买大袄。
老爷儿嫌我烧得大，我给老爷儿砸风架❷。

---

❶ 老爷儿：太阳。❷ 风架：风箱。

老爷儿晒晒我（二）

老爷儿，老爷儿，晒晒我，
我给你娘拉大火，做中饭了来叫我。

嘞嘞记

嘞嘞，嘞嘞记，上村西，
村西有个卖盐的。

238

买了人家盐，不给人家钱，

堵着门子骂三年。

小桃树弯弯枝（一）

小桃树，弯弯枝儿，上头趴着个小闺女。

想吃桃，桃有毛，想吃杏，杏又酸，

沙瓜栗子面淡淡。

小桃树弯弯枝（二）

小桃树，弯弯枝，上头趴着个小闺女。

脸又白，手又巧，两把剪子对着铰。

一绞绞了个灵芝草。

灵芝草上一对鹅，扑腾扑腾跳下河。

河这边是你家，河那边是俺家，

铺上褥子晒芝麻。

一碗芝麻两碗油，大姐二姐要梳头。

大姐梳了个龙盘凤，二姐梳了个盖花楼。

剩下小三没的梳，梳了个狮子滚绣球，

一滚滚到山后头。

讲唱者：吴青淑，女，85 岁，不识字。2012 年采录于
正定县东权城。

小闺女穿花衣

小闺女，穿花衣，喜得两眼笑眯眯。

一会儿跑到这里，一会儿跑到那里。

爹娘夸她真美丽，她听了心里更欢喜。

一路跑，一路跳，嘴里唱着啦啦调❶。

———————
❶ 啦啦调：随便哼唱的小调。

吹泡泡

红的花，白的花，花间两个小娃娃。

小娃娃，在干吗？比比谁的泡泡大。

别出声，别说话，憋足气，使劲呀。

吹圆了泡泡，吹红了面颊，

吹笑了花间的小娃娃。

小小子拿钥匙（一）

小小子拿钥匙，开了前门开后门。

后门有棵小枣树，打一杆，落一地。

拾了一篮，馏了一箅，够你家娘俩吃一顿。

讲唱者：梁桂兰，女，86 岁，不识字。2013 年采录于
正定县东贾村。

小小子拿钥匙（二）

小小子，拿钥匙，开了前门开后门。
八仙桌，太师椅，八个小子坐一席。

摇篮曲（一）

哦，哦，睡觉觉。
猫来了，狗来了，乌龟背着鼓来了。
你敲敲，我敲敲，敲得乌龟胡㘗㘗❶。

————————
❶ 胡㘗㘗：瞎嘟囔。

摇篮曲（二）

哦，哦，睡觉觉，奶奶给娃打耗耗。
耗子皮，做大袄，耗子尾巴吹哨哨。

讲唱者：刘秀丽，女，56岁，初中毕业。2013年采录
于正定县东关村。

豁牙子

豁牙子，编耙子，编几张？编五张，
给你老婆婆挠痒痒。

讲唱者：江柱娘，85岁，不识字。正定县牛家庄。

童养媳

小闺女，顺墙爬，搭起梯子看婆家。
公公才十九，婆婆才十八。
女婿刚会走，小姑子刚学爬，
小姨子才会打哇哇。

锯大缸

锯，锯，锯大缸，大缸老婆子会耍枪。
枪对枪，杆对杆，不多不少十六点。

钉扣扣

小妞妞，钉扣扣，针尖尖，扎手手，
疼得妞妞吐舌头。
小妞妞，不撒手，困难面前不低头，
钉上扣子乐悠悠。

谜语谣

半截腰里一间房，又没柱脚又没梁。（窑）
你说窑，就算窑，什么物件水上漂？（船）
你说船，就算船，什么物件两头鞔？（鼓）
你说鼓，就算鼓，什么物件两头堵？（风箱）

你说风，就算风，什么物件两头空？（脆枣）
你说枣，就算枣，什么物件两头翘？
弯弯的月亮两头翘。

讲唱者：陈风格，女，80 岁，不识字。2010 年采录于正定县吴兴村。

拍巴掌

拍，拍，拍巴掌，拍了一张又一张。
坐着洗，立着洗，花花手巾递给你。
你不要，我不要，咱俩打个莲花落。

柳条蓝

柳条蓝，下南洼，生产队长看见他。
问他来这干什么。
这儿没栽梨，这儿没栽花。
乖乖听我话，快快回家吧。
他把手儿摇，开口把话答。
一不为摘梨，二不为摘花。
我来参加拾稻穗，别看我人小志气大，
我要做个好娃娃。

讲唱者：贾凤，女，63 岁，二年级。2013 年采录于正定县北贾村。

假日里干什么

社长伯伯来考我，问我长大干什么。
我说长大留在社，分配什么干什么。
让我养猪就养猪，让我放鹅就放鹅。
三夏我也不怕累，文化技术抓得邪。
要让白鹅下双蛋，要让肥猪赛骆驼。

讲唱者：贾凤，女，63 岁，二年级。2013 采录于正定县北贾村。

小白鸡（一）

小白鸡，炸炸窝，俺娘说俺不干活。
跟爹睡，爹打我，跟娘睡，娘骂我。
自个睡，猫咬我，哎哟，哎哟，好难过。

小白鸡（二）

小白鸡，炸炸窝，俺娘说俺不干活。
跟爹睡，爹打我，跟娘睡，娘骂我。
自己睡，猫咬我，上地里，掏窑窝。
掏不动，找头碰，一碰碰了个大窟窿。

小棒槌

小棒槌骨碌碌，俺娘打俺俺就哭。
俺奶奶不拉俺，一把一把还抓俺。
在哪睡？在灶火里睡。
铺什么？铺棘蘕。
盖什么？盖葛针。
呼噜呼噜打酣睡。

讲唱者：安淑梅，女，60岁，不识字。2011年采录于正定县秦家庄村。

小鸡

小鸡下学爱游戏，问声妈妈干嘛呢？
妈妈坐在灯光下，我给小鸡缝棉衣。
妈妈缝衣多辛苦，千针万线缝得密，
我听爸爸妈妈话，到学校里好学习。

讲唱者：李文兰，女，88岁，不识字。2015年采录于正定县西关村。

一二三四

一二三四，歪脖，淘气。
粪叉子，楞棍，剑鸡❶、蘑菇，
杜梨、茨菰，马鳖泡、狗尿苔。

❶ 剑鸡：一种野生菌的名字。

讲唱者：朱小福，女，93岁，不识字。2013年采录于正定县西关村。

呼噜呼噜打鼾睡

羊粪蛋儿找脚搓，你是兄我是哥。
装壶酒咱俩喝，喝醉了闹老婆，
闹得老婆没地儿睡。
在哪睡？在灶火腔❶里睡。
铺什么？铺蒺藜。
盖什么？盖簸箕。
枕什么？枕棒槌。
呼噜呼噜打鼾睡。

❶ 灶火腔：厨房。

讲唱者：李荣敏，女，63岁，二年级。2014年采录于正定县西门里街。

小金人

小金人骑金马，金马不走金鞭打。
打金鞭，骂金山。
金山上栽金树，金树上金老鸹。

金木耳金菩萨，金碗里头冒金花。

2009 年采录于正定县三里屯。

小孩要饼干

小汽车一拐弯，两个小孩要饼干。
别涕呼❶，别涕呼！一会给你个大憋堵❷。

————————

❶涕呼：哭。❷憋堵：痔疮。

讲唱者：赵玲果，女，52 岁，初中。2014 年采录于化
皮乡官庄村。

螃蟹一

螃蟹一，抓八个，横着走，竖着卧。
这么大个尖尖，这么大个坑儿。

讲唱者：赵玲果，女，52 岁，初中。2014 年采录于化
皮乡官庄村。

小二姐

小二姐，去打铁，挣了钱，给她爹。
她爹戴着莺莺帽，她娘坐着花花轿，
噔，嘎，好热闹。

讲唱者：吴青淑，女，85 岁，不识字。2012 年采录于
正定县东权城村。

吃饭饭儿

小孩儿，小孩儿，到面前，扭过脸来娘看看。
支锅锅儿，烙片片儿，坐着炕上吃饭饭儿。

小妮儿快点长

小妮儿，小妮儿，快点长，
长大了开工厂，穿皮鞋披大氅。
坐上汽车嘀嘀响，坐上火车咣当当。
去上海，进北京，出国留学耀祖宗，
你看高兴不高兴。

巧女缝衣

电灯光，亮堂堂，灯下有个巧姑娘。
手里拿着针和线，一针一针缝衣裳。

小鲫鱼

小鲫鱼口嚼香，摇头摆尾过大江。

问你鲫鱼哪里去？俺到上方找玉皇。
玉皇门上插花朵，哪里行好哪有我。

儿歌

一着，二着，两三四着。
四着，绺着，桃花纂着。
桃什么桃？裂瓜瓢。
裂什么裂？孙猴子赶着个猪八戒。
猪什么猪？道上堵。
道什么道？二马桥。
二什么二？张家文。
张什么张？牛皮箱。
牛什么牛？剪子轴。
剪什么剪？桃花纂。

破棉袄

门口站的哪一个？张果老。
手上拿的什么呀？破棉袄。
为什么不穿呀？怕虱子咬。
为什么不烫呀？没柴烧。
为什么不偷呀？怕狗叫。

跑跑跑

跑跑跑，黑鸡大，白兔小，黑鸡白兔一同跑。
跑到田园里，黑鸡吃菜，白兔吃草。

小闺女你过来

小闺女，你过来，今天熬的蔓菁菜。
蔓菁菜，也稀罕，忒喽忒喽吃两碗。

打麻雀

小麻雀，吃青苗，糟的粮食真不少。
青少年，打先锋，都把麻雀消灭净。
筛子扣，找棍打，我们做得真不差。

从小住在姥姥家

锯锯盆，锯锯瓦，从小住在姥姥家。
姥姥买花儿戴，妗妗买粉搽，一搽搽到十七八。
大姐二姐寻婆家，寻到哪？东庄卖瓦家。
又有骡子又有马，又有细车上娘家。

讲唱者：李荣敏，女，65 岁。2015 年采录于正定县西门里街。

244

调皮学生

铁梨铁梨咯嘣嘣，砸了桌子砸板凳。
老师说我不待听，我跟老师把眼瞪。

讲唱者：韩荣，女，63 岁，小学毕业。2015 年采录于
正定县封家庄。

鹅赶鹅

天上一只鹅，地下一只鹅。
鹅上鹅下鹅对鹅，鹅跑鹅追鹅赶鹅。
鹅赶鹅，鹅赶鹅！

讲唱者：苏秋菊，女，68 岁，不识字。2014 采录于正
定县南早现村。

吊金牌

吊金牌，吊银牌，吊到西头还回来。

西头有个奶奶庙，奶奶庙里耍大刀，
你看热闹不热闹。

讲唱者：高老胖，男，84 岁，不识字。2014 年采录于
正定县雕桥村。

攥鸡蛋●

攥，攥，攥鸡蛋，扔到房上摔不烂。
鸡蛋硬，滚下坡，下来砸烂你家锅。

———————
● 过去孩子们玩泥巴，抓一把攥成蛋，边攥边念。

讲唱者：王勤海，男，76 岁，晚学。2015 年采录于正
定县秦家庄村。

凿老脏

凿，凿，凿老脏，老脏媳妇叫玉香。
推小车，卖茶碗，不多不少十六点。

正定风情歌

▶ 正定城，"官帽"形，达官贵人出无穷。

正定县古城墙状为"官帽"形，东南缺少一角。传说修筑时取天满于西北，地缺于东南之意，此谓旧时迷信说法。

▶ 推推碾，扫扫面，离了拉风箱吃不了饭。

▶ 刷刷锅，半夜多。
拿拿盆，鸡唤唤。
烧烧炕，东方亮，脱了衣裳紧穿上。

此顺口溜形象地反映了正定老百姓忙碌的生活。

▶ 有闺女不寻三庄当，十天三集赶得慌。

三庄是权城、柳树科、王庄，意思是过去家家户户纺棉花，他们把纺好的线子或织的布匹拿到集市上卖，换回皮棉继续纺，夜以继日地劳作，忙得不可开交。

▶ 有闺女不往下河寻，吃曲菜，嚼草根，
纺棉花织布紧死人。

下河是曲阳桥、周家庄、胡村、里宅、叩村、辛庄等一带，过去没有机井，庄稼靠天收，大部分土地是盐碱地，老百姓在温饱线上挣扎，为此家家户户以纺棉花织布为生，以解燃眉之急。

▶ 有闺女不寻大小二临济，
黑天刮硝土，白天做豆腐。

▶ 有闺女不往南北二楼❶寻，
寻着南北二楼使死人。

———————
❶ 南北二楼：南楼和北楼。

▶ 道夹庙，庙夹道，一个路口五条道。

今历史文化街中部原有阳和楼一座，地处十字路口，阳和楼下的两个穹形门洞将往南去的街道分成了两条路。两路之间又夹有关帝庙一座，而关帝庙与东侧的岳王庙又夹着阳和楼东门洞的往南的道，故有此话。

▶ 古城有一丢，正定有一修。

正定古城经过岁月洗礼，许多古迹不复存在，谓之丢。

▶ 四月八，戴花了，不戴花的烂眵目。

正定过去有一种传统风俗：在农历四月初八，摘个槐穗给孩子们戴，意消眼疾。

▶ 门槛里，吃新米。门槛外，吃新麦。

过去没有表，人们看太阳影子判断时间和四季，故有此说此指太阳影子在门槛里或外。

▶ 沧州的狮子，定州的塔。
正定府的大菩萨，保定府的大裂瓜。

▶ 不怕过贱年，就怕织坊不偿钱。

　　老百姓对过去的描述，百姓以织布为生。

▶ 过了二月二，和黑❶纺个穗。
过了四月八，和黑纺俩仁。
过了三月二十七，叫你拐两拐线子再睡觉去。

---

　　❶ 和黑：傍晚。

▶ 不当家不知柴米贵，不养儿不知父母恩。

▶ 斜角头，塔元庄，东西两柏堂。
野头和寺上，一溜雕桥庄。

▶ 锵锵锵，气锵气。
上哪儿？上化皮，背上小米换大米。

▶ 一揭拍子热腾腾，焖的山药和蔓菁。
伸手拾了一大碗，吃饭别忘了毛泽东。

▶ 门户寻门户，板达寻板达，
豁口子寻了个破栅栏。

▶ 荞麦黏，麦子劲，闺女连着娘的心。

▶ 马驾辕，驴挑缫，上了道把他超。

▶ 剃了头，打三光，不掉头发不长疮。

▶ 光葫芦头，圆蛋蛋，你娘不给你梳辫辫儿。

▶ 天河吊角，棉裤棉袄。

▶ 参是犁杖，辰是靶。

▶ 破贾村，烂岗上，生气打架上庄当。

▶ 常胜将军赵子龙，中国史上最有名。
品行仁义礼智信，是我常山真定人。

▶ 前寺后寺龙王堂，当间夹着个火药房。

　　正定县城内西北隅至西北街从前有前寺、后寺、火药房、龙王堂等四处古建筑。

▶ 纪念章，人人爱。谁抢了，谁就戴。

　　20 世纪 70 年代前后，人们对毛主席纪念章特别喜爱，几乎人人胸前都佩戴一枚或多枚纪念章。由此衍生出抢纪念章，也就是从胸前揪上就跑，边跑边说："纪念章，人人爱，谁抢了，谁就戴。"

▶ 过冬天也不闲，窨子坑里去纺棉。
哪天不纺四两线，哪天不挣五分钱。

▶ 正定府里三大宝：扒糕、粉浆、豆腐脑。
城下三大宝：砖头、瓦碴、毛毛草。

正定县古城历史悠久，由于历代频拆频建或年久坍塌，故城内挖地数尺砖头瓦碴甚多。

▶ 走厢同，过许香，死活就在两里双。

过去对正定县北部偏僻地方的描述，人们最怕过这几个地方，时有劫匪出没，甚至在此丢掉性命的大有人在。

▶ 四十亩地一头牛，老婆孩子热炕头。

▶ 天上下雨地下流，小两口打架不记仇。
白天吃的一锅饭，晚上枕着一个枕头。

▶ 十七十八力不全，二十七八正当年。
三十七八不服老，四十七八抹了弦。

▶ 当间当，吃麻糖，边里边，吃麻花。
当间当，做皇上，边里边，做大官。

当间当：中间。

边里边：两边。

▶ 晌午错，老魅过，一个老魅逮十个。

▶ 空手来，净手走，临了攥俩空拳头。

▶ 一进南门闹哄哄，阳和楼前赛卜京。

▶ 脚一蹬跶，眼一摩挲。
头一奓拉，流一股子哈喇，
一生完了！

▶ 爬雪山，过草地，不如唱段样板戏。

▶ 二月二，敲敲梁，蝎子蚰蜒不上墙。
二月二，敲敲锅，蝎子蚰蜒不出窝。

▶ 千年的松树，万年的柏，
搁不住老槐树一扑甩❶。

❶扑甩：摇晃。指老槐树寿命比松树、柏树还要长。

▶ 人走时气，马走膘，穷汉走的是黑旮旯。

▶ 打是亲，骂是爱，不打不骂是白菜。

人们给小两口劝架的说和语。

▶ 一个旋❶的横，俩旋的拧，仨旋的打架不要命。

❶旋：头上的旋。

▶ 金木庄，银塔屯，玉石疙瘩小曹村。

▶ 进了十月中，梳头洗脸的工。
  茅子里走一遭，回来点上灯。

  进了十月，天气转凉，形容昼短夜长。

▶ 杨家庄好吃糠，吃菜饼子熬菜汤。

▶ 千间房子万顷地，不如寻个好女婿。

▶ 正定是个好地方，淹了有城池，旱了有双河。

▶ 柏堂的学，野头的窑。
  寺上的菜，到了雕桥煮颜色。

▶ 黑天下雨白天晴，打的粮食没处盛。

▶ 三翻六坐七爬爬，八个月上学扎扎❶。

  ❶扎扎：站定。

▶ 远亲不如近邻，近邻不如对门。
▶ 多年的道走成河，多年的媳妇熬成婆。

▶ 生气打架，不去也知道为啥。
  不是为财白，就是为说话。

▶ 灶王爷打跟头，出门就砸锅。

▶ 扫天婆扫扫天，天上云彩一扫干。

▶ 棒槌棒槌打滴流❶，到明晴天好日头。

  ❶打滴溜：方言，荡秋千。

▶ 不怕刀，不怕枪，就怕黑豆装芝麻。

  农历五月初一，用红布给幼儿做葫芦或布娃娃，内装黑豆、芝麻、艾叶、朱砂等，趋吉避凶。

▶ 穷永安，富贾村，估不透的三角村。

▶ 早死早安生，转个小孩吃烧饼。

▶ 正定城里真稀奇，家家户户刮地皮。

  指刮硝土。

▶ 砖塔寺一大怪，大钟落地法船开。

▶ 孙子、孙女，爷爷奶奶的命根子。

▶ 胶皮饼子气米芯面，锅里稀饭照人面。

▶ 吃树叶，啃树皮，勒紧腰带争口气。

- 二百五，两根弦，八月十五当过年。
  趴下就磕头，起来就要钱。

- 葱辣嘴，蒜辣心，芥末看着鼻子亲。

- 打机井，修河渠，不如单干使毛驴。

- 老要张狂少要稳，过了三十再搽粉。

- 漂白屋子亮白墙，见了女婿不想娘。

- 一个滚的疙瘩，俩滚的面，仨滚的饺子不用看。

- 新三年，旧三年，缝缝补补又三年。

- 不怕不识货，就怕货比货。

- 人比人该死，货比货该扔。

- 三里屯，缺个魂，不见楼房选楼门。

- 人老奸，马老滑，兔子老了鹰难拿。

- 起过早摸过黑，走过南闯过北，
  临了落了一把灰。

- 半大小子，吃死老子。

- 好借好还，再借不难。

- 寺大山门远，山门在河南。

- 大锅饭真稀罕，干多干少都一般。
  舒服懒散不少吃，吃苦受累有气怨。

- 爹有娘有，不如怀揣自己有。
  两口子有，还隔道手。

- 歪戴帽，斜穿衣，一看就不是好东西。

- 不打勤勤不打懒，专打那个不长眼。

- 三里不同乡，十里不同俗，各兴地道。

- 快咬人，慢咬神，不紧不慢咬死人。

  这里快慢是指狗的叫声。

- 扑啦扑啦散散，不叫娘看见。

- 花塔尖上挂苲草，淹不了岗上和蟠桃。

- 去暑不露头，割下喂了牛。

- 桃三杏四梨五年，枣树当年就还钱。

▶ 三月的乌鸦，四月的雀，五月的小兔满地跑。

▶ 猫三狗四，猪五羊六。
　牛七马八，驴一年，人怀二百八十天。

▶ 出门别露财，露财惹祸害。

▶ 亲戚别动财，动财两不来。

▶ 前不栽桑，后不栽柳，当院里不栽鬼拍手。
　鬼拍手：杨树。

▶ 得了滚肠沙，十个九个死。
　滚肠沙：阑尾炎，过去医学落后，得了阑尾炎无药可医。

▶ 酒肉朋友好找，患难朋友难交。

▶ 画皮画虎难画筋，知人知面不知心。

▶ 马渴盼得长江水，人到难处盼亲朋。

▶ 七月十五杠嘴，八月十五抻腿。
　指蚊子。

▶ 打伞不如云遮日，扇扇子赶不上自来风。

▶ 男怕穿靴，女怕戴帽。
　久病之人，如果男的小腿以下浮肿，女的头部浮肿的话，谓之病情加重，难以治愈。

▶ 叫老乡听我劝，千万别把坏事干，
　干了坏事，没人待见。

▶ 人生就是一场戏，一家有缘在一起。
　亲戚和朋友，街坊和邻居，谁也别比。

▶ 孩子大了随他去，千万别为他生气，
　气出病来没人替。

▶ 一个萝卜一个坑，拔出萝卜带出泥。

游戏歌

▶ 一白二红，高跷落成。
　落成打铁，靠给关爷。
　关爷拧鼻，一拧一根。

▶ 高粱地里轱辘板，你家兵，俺家拣。

▶ 卖锁的卖锁，
　什么锁？荷叶锁。
　什么开？两把钥匙对着开。
　什么刀？加银刀。
　银刀快，切白菜。
　白菜长，一群羊。
　羊不走，一群狗。
　狗不乖，打一百。
　一百五，正定府。
　正定府里开大店。
　呼呛，过门帘！

▶ 咕噜咕噜车，卖羊血。
　羊血完，花椒茴香卖完了。

▶ 公鸡头，草鸡头，不在这头在那头。

▶ 鸡鸡翎，扛大刀，你家兵马叫俺挑。
　鸡鸡翎，扛大板，你家兵马叫俺捡。

▶ 鸡鸡翎，上南城。
　南城高，我的兵马你家挑。

鸡鸡翎，上南城。南城北，骑着马，
挂着盔，马莲垛，挑你伙计哪一个？

玩法：两拨人手拉手相对而立，谁先喊就喊这句话，然后其中一人猛冲到对方中，假如对方被撞开，就拉过一个人来，要是撞不开就留在对方队伍中。最后看哪边人多，多的为胜。

▶ 咕嘟咕嘟开，烂白菜。不出手，烂指头。

▶ 敲金鼓，过金桥，问问大官饶不饶。

▶ 针针，扎扎，扎了你家扎俺家。

▶ 一碗水两碗水，浇得花咧着嘴。
　一碗醋两碗醋，浇得花绷着肚。
　一碗茶两碗茶，浇得花龇着牙。

一群小朋友玩耍，一个是浇花的，其余站成一排，将两手高高捧在头顶代表花。然后，浇花的在每一位头上做浇花动作，边做边念，各做三次。

▶ 英格倒兑，葱花芫荽，扫帚苗苦累。
　天上有嘛？星星月亮。
　地上有嘛？砖头，瓦碴。
　乒嚓，乒嚓，乒乒嚓。

两个人背靠背，胳膊勾在一起，轮换做背驮动作，互问一声后，两个人拍手结束。

257

▶ 谁上俺家高高山？我上你家高高山。

高高山上有你家嘛？有俺家红袍绿布衫。

叫谁穿？叫猴穿，

拿过来，我看看，

咯噔咯噔下了山。

▶ 青布，白布，茶糖，果露，有钱没钱走路。

▶ 哩蹓哩蹓莲花，到明年下。

上庙台呀，庙台高呀，也了腰❶哇，流黄水呀，

蒸年糕哇。

----

❶也了腰：闪了腰。

▶ 正月里去当采❷，当采赢了一大抱，

抱回家里焖山药。

山药没焖熟，打你个乌龟头。

----

❷当采：游戏名。

▶ 竹马竹马真正好，随我东西南北跑。

一日能行千里路，不喝水来不吃草。

小小年纪志气高，要想马上立功劳。

两腿夹着一杆竹，跑呀跑呀跳跳跳！

一个小孩，拿一根竹竿，夹到两腿之间当作马骑来回跑，边跑边唱。

▶ 抻，抻，抻洗脸盆，洗脸盆里有个人儿。

洗得白白的，转得快快的。

两个小孩手拉手边转边念，越转越快。

▶ 打腰艺，两三四，四四晚，挑花伞。

树叶青，喊里咔嚓响六声，

响什么响？牛皮膀。

牛什么牛？黑蛋头。

黑什么黑？燕王碑。

燕什么燕？沙瓜片。

沙什么沙？庙疙瘩。

庙什么庙？城隍庙。

城什么城？三角铃。

三什么三？牧羊鞭。

牧什么牧？上山打老虎。

游戏类歌谣，两个人手持木棍，打着节奏念。

▶ 你拍一，我拍一，马莲开花二十一。

二五六，二五七，二八二九三十一。

三五六，三五七，三八三九四十一。

四五六，四五七，四八四九五十一。

……

九十九，一百。

两个人伸出双手，对坐击掌，边击边念。

▶ 织溜溜的布，织溜溜的锁，王大娘待见我。

四个人手拉手，对面的一组紧对时，另一组相对抻展胳膊，然后轮换抻。

▶ 格格，格巧格，撑格挠格打巧格。

一二杠，两二杠，推牌九，打麻将。

格格一，格巧一，撑一挠一打巧一。

二郎，麦芒，麦芒地里后响。

格格二，格巧二，撑二挠二打巧二。

金三爷，倒穿鞋，金三庙，换了孝。

格格三，格巧三，撑三挠三打巧三。

你四呦，女儿贡，戴辣椒手疼。

格格四，格巧四，撑四挠四打巧四。

五格，麦莎，贼老婆当家。

格格五，格巧五，撑五挠五打巧五。

六月六，念谷秀，插花伞，杏花臭。

格格六，格巧六，撑六挠六打巧六。

七大，摸鱼，俩寡妇上坟。

格格七，格巧七，撑七挠七打巧七。

八月八，没钱花，招谷子，摘棉花。

格格八，格巧八，撑八挠八打巧八。

金九爷，夜是欢，骑白马过牛山。

格格九，格巧九，撑九挠九打巧九。

一十个，推布罗，俺问你欸十不？

格格！

游戏欸姐姐。用手翻来覆去抓挠六枚小石子。

▶ 格格鹦哥挠格打巧格，

一一儿跟根儿，跑马家闺女。

格格一，上传一，撑一挠一打桥一。

二郎，麦亡，卖小鸡的二双。

格格二，上传二，撑二挠二打桥二。

三三圆圆，圆豆包仁钱。

格格三，上传三，撑三挠三打桥三。

四拍，狗带，狗咬表嫂。

格格四，上传四，撑四挠四打桥四。

格格五，上传五，撑五挠五打桥五。

六六扣扣，扣花儿绣球。

格格六，上传六，撑六挠六打桥六。

七七咪咪，拿起刀来杀你。

格格七，上传七，撑七挠七打桥七。

八八描描，一架葡萄。

格格八，上传八，撑八挠八打桥八。

九月九，吹鼓手，前门来后门走；

格格九，上传九，撑九挠九打桥九。

一十要满，拿洋钱来换碗，

十上十全，搭把工钱。

歘格格，此游戏用直径一寸的子七枚。

讲唱者：李荣敏，女，65岁，不识字。正定县西门里。

▶ 三条腿，盘井架，

喊哩喀喳跪下吧。

儿童们玩耍的做法。三个孩子左腿站立，右腿呈三角形别在一起，说跪下时同时跪下，然后同时起来。此游戏既锻炼了身体，而且又锻炼了孩子们的协调性。

其他

九九歌

一九二九不出手，三九四九冰上走。
五九六九抬头看柳，七九河开，八九燕来。
九九加一九，耕牛遍地走。

2001 年采录于正定县内街头。

关云识天气

云彩往南大雨冲船，云彩往北一阵黑。
云彩往东一阵风，云彩往西关老爷披蓑衣。

2001 年采录于正定县内街头。

虹

东虹的日头西虹的雨，南虹出来发大水，
北虹出来卖儿女。

2001 年采录于正定县内街头。

连阴雨（一）

不怕初一阴，就怕初二下，初二要下下个怕。

2001 年采录于正定县内街头。

连阴雨（二）

一日阴，二日下，三日更比四日大。
五日发大水，六日捞河虾。
七阴八下九不晴，到了十日放光明。

2001 年采录于正定县内街头。

看雾测天气

看雾测天分季节，一年四季不一般。
春天起雾天要变，阴雨绵绵无晴天。
夏天起雾不见面，尽管大胆洗衣衫。
秋天大雾扑人脸，当天太阳火炎炎。
冬天起雾飞满天，大雨大雪跟后边。
季节看雾很重要，时间征兆更关键。

2002 年采录于正定县内街头。

头字歌（一）

一个老头上墙头，穿着一双破靴头。
戴着一个毡帽头，出溜下来拿砖头。
拿回家去盘锅头，盘了锅头上炕头。
炕上坐着个小丫头，板着小手数指头。
心里有个小念头，想上学里头。

263

讲唱者：马小琴，女，80岁。2009年采录于正定县西门里街。

头字歌（二）

一个老头上村头，上了村头砍树头。

砍了树头编筐头，编了筐头背砖头。

背了砖头盘炕头，盘了炕头做枕头。

做了枕头拽被头，蒙蒙头，露露头，

睁开眼，月黑头。

头字歌（三）

说了个头，道了个头，村东有个张老头。

翻身后干活有劲头，戴上他的毡帽头。

穿上他的破靴头，背起他的筐子头。

拿上他的铁钎头，悠悠荡荡村外头。

走大道，靠地头，走开道了扎着头。

人粪、马粪、牛粪拾满他的筐子头。

抬头碰见王老头，老头老头走碰头。

谈起国家大事头，李承晚狐狸头。

他是咱们的相反头，全国人民团结起，

打倒美帝个乌龟头。

讲唱者：张庆珍，男，不识字，72岁。2011年采录于正定县岸下村。

头字歌（四）

从东头到西头，从南过来个小老头。

头上戴着个毡帽头，嘴里叼着个烟锅头。

腰里掖着个窝窝头，手里拿着个小斧头。

来到山上砍木头，一不留神踢到小石头。

磕破了脚趾头，疼在心里头。

地主老财狠心头，压榨百姓没有头。

旧社会穷人无盼头，只好埋在心里头。

四七年五月头，解放军冲锋在前头。

飞机在上头，大炮在下头。

打败鬼子头，从此百姓见日头。

七八年喜鹊唱枝头，改革开放在前头。

责任制有奔头，奔向小康有盼头。

党的政策暖心头，美丽乡村起带头，

追梦路上跑在头。

这也是头，那也是头，头头是道点点头。

祝大家身体健康，万事如意，

美梦成真，家家都有好兆头，

好兆头！

老头喝酒

一个老头来喝酒，一盅酒，一片肉，一片藕。

一个鲜桃掰一掰呀，扭一扭呀，咬一口呀。

一棵柳树搂一搂呀！

264

两个老头来喝酒，两盅酒，两片肉，两片藕。

两个鲜桃掰两掰呀，扭两扭呀，咬两口呀。

两棵柳树搂两搂呀！

三个老头来喝酒，三盅酒，三片肉，三片藕。

三个鲜桃掰三掰呀，扭三扭呀，咬三口呀。

三棵柳树搂三搂呀。

四个老头来喝酒，四盅酒，四片肉，四片藕。

四个鲜桃掰四掰呀，扭四扭呀，咬四口呀。

四棵柳树搂四搂呀。

五个老头来喝酒，五盅酒，五片肉，五片藕。

五个鲜桃掰五掰呀，扭五扭呀，咬五口呀。

五棵柳树搂五搂呀！

……

2010 年采录于正定县朱河村。

麻雀对话

麻雀甲：

老麻雀，请你告诉我，

你为什么不进你的窝？

你为什么唧唧唧老叫着？

麻雀乙：

我的小女儿今天不见了，

不知道飞到什么地方去了。

有谁人给它东西吃？

到夜里有谁人照顾它睡觉？

今天要不回来，一定是活不了。

光剩我自己在这屋子里，

到哪也哭哭啼啼实在是着急。

麻雀甲：

将心来比心，咱俩是一样。

家中的小女儿今天也不见了，

心里直发慌，啼哭也不离床。

两只老麻雀正在对话，小麻雀扑棱从南边飞回来了，老麻雀乙高兴地抱住孩子道：

可怜呀我的小宝宝，你的身体好不好？

可把我急坏了，可把我急坏了！

小麻雀说：

小青豆小虫儿吃了一个饱，

我的妈妈呀，又吃又喝就是管住了。

讲唱者：朱小福，女，93 岁，不识字。2013 年采录于正定县西关村。

比拼

甲：你溜地里搭窝棚，你这算个户吗？

乙：你娶媳妇挂草苫，你这像个画不？

甲：你灶火腔里耍武，你这算个场不？

乙：你耗子跑到风架里，你两头受气。

甲：你耗子掉到面瓮里，你别翻白眼了。

乙：你蛤蟆蹦到脚面上，咬不咬吓一下子。

甲：你蛤蟆过门槛，你墩了屁股擦了脸。

乙：你井里蛤蟆，你见过多大的天呢？

甲：你蛤蟆蹦到窗台上，你呱呱的叫个门不？

乙：你兔子枕着我鸟枪睡，你好大的胆呀！

甲：你兔子吃了麦苗，你背着手充没事儿的人呢！

乙：你兔子掉到井里，你没本事喝水，光有本事叫唤。

甲：你屎壳郎爬到煤堆里，你不鼓弄鼓弄显不着你黑。

乙：你老鸹落到猪身上，你不过一般黑。

甲：你甭说啦！你屎壳郎爬到牲口槽里，充大个料豆去了。

乙：你屎壳郎爬到大门上，你充大帽钉子了？

甲：哼！你屎壳郎爬到马路上，你充小吉普了？

乙：屎壳郎戴花，臭美。

甲：屎壳郎过淋沟，臭美一江。

乙：你狗坐到炕上，充什么人灯了？

甲：俺哪比你呀？俺竹篮子打水，不上提：你是罐子打水，筲坏了。

乙：哎！俺可比不过你呀，你耗子拉木锨，大头在后头呢！俺呢？俺耗子的尾巴，一绺子细，俺比不住你。

甲：你比不过我？你不过是去了装裹打滚，热处难离得了！

乙：你围着装裹作揖，你不过是败家子一个。

甲：你甭闹了，这河边没青草，不缺你多嘴驴。

乙：你常在河边走，没有你不湿鞋呢！

甲：你武大郎耍夜猫子，什么人耍什么鸟。

乙：要说这！你武大郎攀杠子，上下够不着。

甲：你粪筐子打坯，土蛋一个。

乙：你和尚打伞，无法无天了。

……

讲唱者：李祥，男，72 岁，二年级。2018 年采录于正定许厢村。

谜　语

四四方方一座城，里头住着女花容。
要想看你就看，要想打万不能。（打一物）

谜底：镜子

四四方方一座城，里头住着百万兵。
光见兵打仗，不见兵出城。（打一物）

谜底：算盘

四四方方一座城，里头兵马乱了营。
个个穿着黄马褂，不知道哪个是朝廷。（打一物）

谜底：蜂箱

四四方方一座柜，里头住着光头队。
派出一个来打仗，打破脑袋烧成灰。（打一物）

谜底：火柴

四四方方一座城，里头住着毛相公。
两头板子摁着打，打死相公不出城。（打一物）

谜底：风箱

三块瓦盖个庙，里头住着白老道。（打一植物种子）

谜底：荞麦❶

五湖四海一美人，十五十六正应春。
二十七八得了病，三十以上命归阴。
（打一自然景物）

谜底：月亮

青石板，青石青，青石板上钉银钉。（打一自然物）

谜底：星空

一个黄鼬，在你家屋里走走。（打一物）

谜底：笤帚❷

雾气昭昭刮北风；蝎子落到海洋中。
四两银子买碗饭；一只鞋子四人蹬。
（打四个省名）

谜底：云南、浙江、贵州、四川

软的软，硬的硬，软的就把硬的碰。
十七八里碰的准，四十以上碰着蹭。（打一物）

谜底：纫针

三角四棱房，里头住皇娘。
想吃皇娘肉，解带脱衣裳。（打一食物）

谜底：粽子

黄布袋，包黑豆，半截腰里打滴溜。
（打一植物种子）

谜底：国槐种子

豆大，豆大，三间屋子盛不下。（打一物）

谜底：灯头❸

一个人走得挺慌张，一走走到俺身上。
饶了俺不言语，他还生嘟囔。（打一物）

谜底：棘❹

从南过来一群鹅，扑腾扑腾跳了河。（打一物）

谜底：煮饺子

---

❶ 荞麦是三角形，脱壳后里面是白色。

❷ 过去笤帚多为黍子秧加工而成。

❸ 过去的煤油灯。

❹ 俗称圪针。

蹊跷蹊跷真蹊跷，眼里吃饭肚里饱。

肋肢缝里排泄掉，你说蹊跷不蹊跷。（打一物）

　　　　　谜底：过去磨豆腐的石磨

天上有个老老老；地下有个吃不饱。

河里有个洗不净；河岸上有个晒不干的草。

（打四物）

　　　　　谜底：太阳、鸡、泥鳅、马齿苋

大哥蹦，二哥裂，三哥长了一身疥。

四哥穿着紫龙袍，五哥长着一身毛。

（打五种瓜果）

　　　　谜底：西瓜、面瓜、黄瓜、茄子、桃子

俩小孩，一般高。

拉着手，哭姥姥。（打一物）

　　　　　　　　谜底：砘子 ❶

一根棍，拙拙拙，俺上河沿找俺哥。

俺哥说俺没眼哩，俺比俺哥眼还多。（打一植物）

　　　　　　　　　谜底：藕

一棵树两半子，上头结着个油罐子。（打一蔬菜）

　　　　　　　　　谜底：茄子

铜皮铁相连，腰里挂钩环。

中心八宝镜，怀揣一架山。（打一物）

　　　　　　　　　谜底：火镰

尖尖锥，地瓦罐。

牛皮响，铁叫唤。（打四物）

　　　　　　　谜底：塔、井、鼓、钟

大姐出来稳排大坐，二姐出来跳二啰唆 ❷。

三姐出来成家过日子，四姐出来破家无归。

（打四种物件）

　　　　　谜底：捶板石、棒槌、针、剪刀

一个布袋仨口，人人都有。

要是没有，见不起亲戚朋友。（打身上衣物）

　　　　　　谜底：领口、袖口、裤口

上树不动，下树不摇。

吃它没肉，捋它没毛。（（打一动物））

　　　　　　　　　谜底：蚂蚁

黑爹黑娘，养个孩子焦黄。（打一食物）

　　　　　　　　　谜底：浆皮 ❸

炕东头，炕西头，俩小罐盛腥油。（打一器官）

　　　　　　　　　谜底：鼻子

南边来了一群雁，喝黑水，下白蛋。（打一物）

　　　　　　　　谜底：纺棉花穗子

嘴对嘴，吧砸嘴，扔到地下壳叉腿。（打一动作）

　　　　　　　　　谜底：嗑瓜子

---

❶ 砘子是一种古老的农具，它是把两个直径约十八厘米的石
　磙子，分别按在木轴两端，谓之砘子。拉砘子，是播种后
　把松土压实，利于出苗。

---

❷ 撺掇不着地。

❸ 类似烙饼。

弟兄十个去上山，八个忙来两个闲。

雪花落到脸面前，面恼心喜欢。（打一动作）

谜底：双手挠头

青枝绿叶一树桃，外长骨头里长毛。

有朝一日桃老了，里长骨头外长毛。（打一植物）

谜底：棉花

梧桐树，梧桐花。

梧桐树上开喇叭，喇叭落了还开花。（打一植物）

谜底：棉花

一朵鲜花不栽盆，青枝绿叶爱死人。

虽说不是国家宝，家家户户离不了。（打一物）

谜底：棉花

舒着个枝，蜷着个枝，黑马变成白骡驹。

（打一植物）

谜底：棉花

一亩地，二亩草。

张三拿不住，还得李大嫂。（打一物）

谜底：梳头篦子

六月十三出了家，红秆绿叶开白花。

结得黑籽一扑啦。（打一植物）

谜底：荞麦

绑起来就能走，解开了站不起来。（打一物）

谜底：裤腰带

猴猴，扒着窗户露着头。（打一物）

谜底：纽扣

姐妹二人一个娘，一个圆来一个长。

一个落到春三月，一个落到秋风凉。（打一植物）

谜底：圆是榆钱，长是榆树叶

初五、十四、二十三，闺女打水娘去担。

卖油的没拿秤，卖了半月零一天。（打三种花卉）

谜底：月季、牡丹、石榴

上山格扭扭，下山滚绣球。

抬头梆子响，洗脸不梳头。（打四种动物）

谜底：蛇、刺猬、狗、猫

千条线，万条线，落到河里都不见。（打一物）

谜底：雨

有时像圆盘，有时像镰刀。

有时落山头，有时挂树梢。（打一自然景物）

谜底：月亮

铁山靠木山，一边下冷子，一边下雪片。

（打一劳动）

谜底：轧棉花

藤藤树，藤藤根儿，藤藤树上一窝蛆儿。

拿起棍来打藤藤，打得藤藤出了蛆儿。

（打一植物）

谜底：芝麻

弯弯脖，大银针，头上的花瓣两边分。

衣裳脱到江岸上，走到街上去卖身。（打一蔬菜）

谜底：绿豆芽

青脸红花，绿齿嚼牙，黑屁股，酱尾巴。

（打一昆虫）

谜底：蛐子

两头尖尖当间裂，在地里占了八个月。

有人问俺好和歹，没人问俺冷和热。（打一植物）

谜底：麦子

日走千里不出房，同胞弟兄不同娘。

肚里没胎生下子，恩爱夫妻不久长。（打一娱乐）

谜底：唱戏

三角四方滴溜溜的圆，冰凉梆硬热乎乎的黏。

（打一物）

谜底：膏药

天上喝雷响，地上照天明。

水打桥头过，淹了莱州城。（打一劳动）

谜底：推水车浇园 ●

上头小鸡叫，底下镜子明。

经过淘州府，流到莱州城。（打一劳动）

谜底：摇辘轳浇园

土里生来空中摇，长来长去像樱桃。

活了九九算一岁，临死脱了一身毛。

（打一植物种子）

谜底：杨树穗

皱皱床，皱皱被，皱皱姑娘里边睡。（打一食物）

谜底：核桃

远看一个庙，近看走不到。

手打莲花板，脚蹬莲花落。（打一农具）

谜底：土布织机

一个西瓜，七个疤瘌。

五个流水，两个干巴。（打一物）

谜底：头

又扁又圆又四方，三婶子赶不上二大娘。

（打一物）

谜底：碾子

里圆外四方，不对你说猜一后晌。（打一物）

谜底：锅头台

里四方外圆，不对你说，叫你猜一年。（打一物）

谜底：铜钱

千窟窿，万眼眼，里头装着肉卷卷。（打一物）

谜底：顶针

铜勺，铁把，拿起来讲价。（打一水果）

谜底：梨

弟兄七八个，围着柱子坐。

有朝一日分了家，衣服都扯破。（打一蔬菜）

谜底：大蒜

四个啪嚓，一个滴拉。

两个尖尖，两个忽闪。

两个明滴溜，一个气煞吼。（打一动物）

谜底：牛

● 过去铁质水车，由两个人推，水被不断提上来。

铜盆扣铜盆，上下八道纹。

剪子要两把，筷子要八根。（打一动物）

谜底：螃蟹

楈权从毛里过，毛从楈权里过。

你要不相信，你娘有一个。（打一物）

谜底：梳子

许配牛郎织女，它给木郎作妻。

钉拉给它说和，气得光棍老蹦打。（打一物）

谜底：鼓

一母生下弟兄多，先有兄弟后有哥。

兄弟生下把门口，有了大事找他哥。

（打人身上一物）

谜底：牙

柳条身子经是麻，两个佳人搂着它。

君子人不和它对面坐，嫌它嘴头太腌臜。（打一物）

谜底：簸箕

四方炕，圆菱被，一个木猴在里睡。

铁猴撵，肉猴退，撵得圆菱被稀烂碎。（打一物）

谜底：擀面杖

浑身长毛一根腿，曲柳拐棒鸭子嘴。

身上没有四两肉，压得老汉咧着嘴。（打一物）

谜底：幡

有园不种菜，有网不打鱼。

姊妹十八个，守着个乌嘴驴。（打一物）

谜底：木轮大车

空柳树，扁皮柴，野鸡下蛋土里埋。（打三种蔬菜）

谜底：葱、韭菜、土豆

远看高楼大瓦，近看一个好人家。

出来有大有小，回屋男女混杂。（打一事物）

谜底：戏班

一个鹰，一个鹞，一个摁着一个跳。（打一劳动）

谜底：人工铡草 ❶

墩墩，胖胖，小巴长到肚子上。（打一物）

谜底：茶壶

奇怪，奇怪，真奇怪，肠子长到肚皮外。（打一物）

谜底：辘轳

红裙子，绿领子，肚里揣着黄饼子。（打一蔬菜）

谜底：辣椒

红公鸡，绿尾巴，一头扎到地底下。（打一蔬菜）

谜底：胡萝卜

一块砖无限宽，敲金鼓，打金鞭，

半升芝麻撒遍天。（打四种自然现象）

谜底：天、雷、闪、星

头大，身长，脖子细，它上田里去学艺。

杀了曹操一家人，唯独剩下苗广益。（打一物）

谜底：锄头

———————————

❶ 过去的铡刀床子，一个人摁着入草，另一个人双手攥着刀把
往下压，每铡一刀都要用力跳一下。

273

俩小小，一般高，吱扭吱扭哭姥姥。（打一劳动）

谨底：挑水

天上的飞器满嘴的牙，地下的走兽没尾巴。

见过没根的菜，吃过没子的瓜。（打四物）

谨底：蝙蝠、青蛙、云彩、糖瓜

天上的飞器下羔，地下的走兽下蛋。（打两种动物）

谨底：蝙蝠（下羔），长虫（下蛋）

打了个早起天不明，十回耍钱九回赢。

孩子哭了他娘哄，小佳人不嫌丈夫穷。

（打四种食物）

谨底：枣、杏、柿子、核桃

一棵树五棵杈，上头顶着五块瓦。

（打身体的一个部位）

谨底：手

一棵树，两半子，上头结着个油罐子。

（打一蔬菜）

谨底：茄子

有翅不会飞，无脚千里跑。（打一动物）

谨底：鱼

小丁丁，格宁宁，不找馒头挖窟窿。（打一昆虫）

谨底：蚂蚁

远看是个牛，近看不会走。

嘴里吐黄沙，肚里翻筋斗。（打一物）

谨底：碾米机

远看一座楼，近看似绣球。

各样的木头它都有，不使锛子和斧头。（打一物）

谨底：老鸹窝

光光棍，棍棍光，光棍爱穿花衣裳。

绸子缎子都穿过，后面长着个窟窿疮。

（打一物）

谨底：缝衣针

傻乖乖，傻乖乖，越冷越出来。

（打一人体分泌物）

谨底：鼻涕

从南来了个小黑人，头上顶着个洗脸盆。

问你吃里什么饭，吃了一肚子小饺子。（打一物）

谨底：黑枣

从南过来了个黑老婆，腆着肚子不养活。

（打一植物）

谨底：锅

一个牛，人人都说瘦了好，越胖越有油。

（打一物）

谨底：枕头

一头牛，两个犄角一个头。

俺也不是卖饭的，别问俺稀和稠。（打一农具）

谨底：耧子

小时青枝绿叶，大了格节成纹。

进了深宅大院，陪伴美貌佳人。（打一物）

谨底：席子

274

一个小伙生得楞，不在村里站，光在村外蹭。
（打一物）

谜底：擦脚石

远看像个磬，近看像个钟。
敲敲也不响，称它没分量。（打一物）

谜底：水泡

长着一大扎，粗着一大把。
裤子一脱，毛就支纱。（打一植物）

谜底：玉米棒

捅捅晃晃，根朝上长。（打一物）

谜底：马蜂窝

一物生来不成材，请客总是它先来。
客人来了它就躲，客人走了就出来。（打一物）

谜底：抹布

一物生来真奇怪，出水不怕太阳晒。
烈日越晒越结实，再要入水它就坏。（打一物）

谜底：食盐

青竹竿，挑箔碗。下大雨，流不满。（打一物）

谜底：老鸹窝

小时青，大了红，脱了红袍换紫菱。（打一水果）

谜底：桑葚

三只眼睛一条腿。（打一物）

谜底：路灯

有帮没盖，公子来买，小姐不卖。（打一物）

谜底：绣花鞋

铜钱大的一块布，上头格褶没其数。
（打身体一部位）

谜底：肛门

巴掌大块瓢，里外都长毛。（打动物身上一部位）

谜底：猪耳朵

外方里圆，冷硬热黏。（打一物）

谜底：膏药

小小诸葛亮，独坐军中帐。
摆上八卦阵，专捉飞来将。（打一昆虫）

谜底：蜘蛛

四角方方，落在长江。
双手提起，眼泪汪汪。（打一物）

谜底：捞鱼网

四角棱棱，无音无声。
说话句句清清，件件分明。（打一物）

谜底：信

黑鞋子，和一体，当家夹着个白袜底。（打一物）

谜底：西瓜子

一个童子真俊俏，衣服穿了七八套。
怀中藏有珍珠宝，头上戴着红缨帽。（打一植物）

谜底：玉米

从南来个黑大汉，腰里插着两把扇。

走一步，扇一扇，阿弥陀佛好热天。（打一物）

谜底：乌鸦

四四方方一戏台，生旦净丑走出来，会演的不会

唱，会唱的不上台。（打一物）

谜底：木偶戏

高高山，低低山，鲫鱼游过白沙滩。（打一劳动）

谜底：织布

两扇加一扇，当家轴也转。

抄起两条腿，使了一身汗。（打一劳动）

谜底：过去推的平头车

二小，二小，头上长着毛毛草。（打一字）

谜底：蒜

人人都有，住在袖口。

有它不嫌，没它泪流。（打身体一部位）

谜底：脉搏

红门楼，白板达，里头住着耍娃娃。

（打身体一部位）

谜底：嘴

青丝线，搭彩楼，一个仙人在里头。

（打身体一部位）

谜底：眼

骨头包肉。（打一食物）

谜底：核桃

肉包骨头。（打一食物）

谜底：枣

一个媳妇和面，俩媳妇扒着头看。

我要不是占着手，拧你个稀烂。（打一动作）

谜底：擤鼻涕

娘子江上一座屋，半夜三更孩子哭。

卖油郎女不使秤，八十多里妈妈没丈夫。

（打四朵花）

谜底：莲蓬，柳叶桃，芍药，牡丹

身穿青，头戴花，掉进黄河没人拉。

谁要救着我黄河岸，我把衣裳脱给他。（打一植物）

谜底：麻

远看像座塔，女人把男人压。

走一走，颤一颤，累的男人一身汗。（打一劳动）

谜底：抬花轿

红山头。（打一地名）

谜底：赤峰

格豆豆格豆豆，沙地里肥，草地里瘦。

远看有，近看没有，不是砖头和石头。

（打一自然现象）

谜底：旋风

哩哩啦啦，层层叠叠，黑黑白白，两头尖尖。

（打四种景致）

谜底：星星，一盘经，天宫，月宫

竹门竹林竹庙台，摆上酒宴等我来。

一去明灯蜡烛，回来闭门难开。（打一物）

谜底：扑鸟笼

一个牛，盘腿卧，百样子草都吃过。（打一物）

谜底：过去烧柴禾的灶

高高山，平地案。

毛大嫂来了漫，破砂壶里煮鸡蛋。（打四物）

谜底：柴禾垛，场面，扫帚，粪筐

一个物件，都给它磕头作揖。（打一物）

谜底：洗脸盆

青竹竿，挑玻碗，再大的雨也下不满。（打一物）

谜底：老鸹窝

青竹竿，挑彩楼，数不清的学生在里头。

他娘不给他买帽子，个个出来光着头。（打一植物）

谜底：向日葵

青竹竿，挑簸箕。你闪闪，我过去。（打一物）

谜底：门帘

有脚不着地，有嘴不出气。

白天在家里，黑天赶出去。（打一物）

谜底：门神

一个东西四边有牙，不是电影，不是图画。

有它通过海洋，有它走遍天下。（打一物）

谜底：邮票

尖底船，盛白米，两支桨，划到底。（打一动作）

谜底：吃饭

小时青，大了黄，石头旮夹搓衣裳。

木瓜瓢里洗洗脸，铁锅里头闹嚷嚷。（打一物）

谜底：小米

黑货对黑货，俩手捧一个。

你要不相信，你娘有一个。（打一物）

谜底：纂

大花鼓，夜花鞭，麻秸棍顶着天。（打一自然现象）

谜底：闪电

它娘又会飞，又会走。

养活了个孩子又没脚，又没手。

它娘说："儿呀，你怎么走？"

孩子说："娘呀，你别发愁，我走道时一扭一扭。"

（打一昆虫）

谜底：蛆

一个小闺女，常常靠墙根。

俺不言语，还揪俺小辫子。（打一物）

谜底：秤

满天星星月亮牙，两根胡彩捡着拿。（打一物）

谜底：秤

有眼无视两肋空，恩爱夫妻不过冬。

赶到立夏它来到，到了去暑它回宫。（打一物）

谜底：凉枕

一个小小，穿着红袄，你去哪儿？
我上衙门口里呀，你还回来吗？
骨头回来肉不回来了。（打一干果）

谜底：枣

紫紫树，紫紫花，紫紫手帕包芝麻。（打一蔬菜）

谜底：茄子

青枝青稞，就地盘窝。
我也不是鲜桃鲜果，你为什么用脚踹我。
（打一物）

谜底：蒺藜

嘴尖尖，肚囊囊，洪州府里是家乡。
捏州府里得了病，到了挤州见阎王。（打一害虫）

谜底：虱子

上边毛，下边毛，中间有个黑葡萄。
猜不着，猜不着，你就对我瞧一瞧。
（打身体一部位）

谜底：眼睛

半道里一间房，又没柱脚又没梁。（打一物）

谜底：窑

长在山上，落在肩上。
干活时躺着，休息时靠墙。（打一物）

谜底：扁担

一朵花人人爱，有时合来有时开。
花儿开在大街里，花根儿扎在手心上。（打一物）

谜底：雨伞

两条黑汉靠墙站，中间肋条穿，干活踩中间。
（打一物）

谜底：梯子

身穿竹袍，头戴木帽。
肚子灌饱，口开气冒。（打一物）

谜底：竹皮暖壶

远看一个碑，近看俩人推。
光见雪花儿落，不见雪花儿飞。（打一动作）

谜底：拉大锯

墙头上一棵瓜，瓜蔓串到家。
婆婆一个眼，媳妇满脸疤。（打三件妇女常用物）

谜底：线、针、顶针

皮帮铁底铜链环，里头有着一架山。（打一物）

谜底：火镰

上坡下坡，一个兔子俩窝。（打一物）

谜底：上码子 ❶

揉揉团团，团团揉揉，抬起大腿塞到里头。
（打一劳动）

谜底：轧饸饹

南边来了个大老猛，反穿皮袄棉大领。
白天丢嘴❷打瞌睡，夜晚做贼挖窟窿。
（打一动物）

谜底：老鼠

---

❶ 过去背在肩上用于盛东西的器物。

❷ 方言，打盹。

278

一个胖小孩，头大满身白。

不怕风飘飘，就怕太阳晒。（打一物）

谜底：雪人

层层石头不见山，短短路程走不完。

隆隆雷声不下雨，飘飘雪花不见寒。（打一劳动）

谜底：推石磨

两头尖尖中间粗，它娘养了个死骨碌。

呼啦呼啦不动欢，急得它娘瞎叫唤。（打一物）

谜底：母鸡下蛋

白胖白胖，一天出来三趟。（打一物）

谜底：碗

一头涩一头光，一杵一拽流白汤。（打一物）

谜底：牙刷

一个小屋憋憋憋，里头住着五个客。（打一物）

谜底：鞋

开门关门，里头住着仙女。（打身体一部位）

谜底：眼

前八后九，两边都有。

猜着就猜，猜不着就罢。（打一物）

谜底：耙

先修十字路，后修转花台。

老爷当堂坐，吃头自己来。（打一昆虫）

谜底：蜘蛛

冬天有，夏天藏，眼前的事儿，难思量。（打一物）

谜底：呼出的气体

走着闲着，闲着使着。（打一物）

谜底：车梯

远看是个坟，近看是屋林。

屋林张大嘴，张嘴吃进人。（打一物）

谜底：砖窑

曲柳树，曲柳干，曲柳树上挂金铲。

谁要猜着姐和妹，就把世界翻一翻。（打一物）

谜底：犁杖

因为家贫不住搂，黄河两岸度春秋。

寒冬腊月北风起，不住搂来也住搂。（打一劳动）

谜底：搂柴禾

越洗越脏，越窟欻越粗。（打两物）

谜底：水（越洗越脏），井（越窟欻越粗）

一家分两院，两院人口多，多的不抵少的多。

（打一物）

谜底：算盘

远看一座山，近看颤连连。

老婆嫁汉子，倒贴二百钱。（打一劳动）

谜底：抬轿

从南过来个小黑人，头上顶着洗脸盆。

走一步，打一锤。（打一物）

谜底：水车

279

一口吃了半头牛。（打一字）

　　　　　　　　　　　　谜底：告

一口吃了多半截。（打一字）

　　　　　　　　　　　　谜底：名

一点一横长，俩人坐在土堆上。（打一字）

　　　　　　　　　　　　谜底：座

四四方方一座城，里头住着十万兵。

八万人民要打仗，十一万人民得解放。

（打一字）

　　　　　　　　　　　　谜底：界

一点一横长，一撇到南洋。

南洋有个躺着的山，躺着的山上水相连。

（打一字）

　　　　　　　　　　　　谜底：康

半块巴巴锅炒斗，炒仨蹦俩。（打一字）

　　　　　　　　　　　　谜底：心

一个字共十一，没有横竖和弯曲。

你要猜到这个字，一壶烧酒一只鸡。（打一字）

　　　　　　　　　　　　谜底：谈

一点一撇，扭扭捏捏，一嘴逮四个小烧饼。

（打一繁体字）

　　　　　　　　　　　　谜底：為（为）

山字两头低，谷子去了皮。

田间有一女，她是叔叔的妻。（打一繁体字）

　　　　　　　　　　　　谜底：嬸（婶）

一字十三点，世上到处选。

颜回问孔子，孔子白瞪眼。（打一字）

　　　　　　　　　　　　谜底：汁

一字不在家，二字去找他，一找找到老王家。

老王家有个轳轳把，棒了四个大疙瘩。

（打一繁体字）

　　　　　　　　　　　　谜底：馬（马）

一个字九个口，有人问曹操，曹操说百家姓里有。

（打一字）

　　　　　　　　　　　　谜底：曹

十四人抬一人，抬到山东问圣人。

圣人见了哈哈笑，世上没有这样的人。

（打一繁体字）

　　　　　　　　　　　　谜底：傘（伞）

一点一横长，梯子顶着梁。

大口张着嘴，小口往里藏。（打一繁体字）

　　　　　　　　　　　　谜底：高（高）

一点一横长，一撇到南洋。

十字碰十字，日头碰月亮。（打一繁体字）

　　　　　　　　　　　　谜底：廟（庙）

三面墙，一面空，一个斤字在当中。（打一字）

　　　　　　　　　　　　谜底：匠

一头小，一头肥。

一年来一遭，一个月见三回。（打一字）

　　　　　　　　　　　　谜底：八

一个工人真奇怪，十字帽子歪着戴。（打一字）

谜底：左

三人合用一盆水。（打一字）

谜底：泰

田字不出头，不许添申甲由。
一笔添成字，必定做王侯。（打一字）

谜底：团

山字不念山，王字在中间。
四人来保驾，一心坐江山。（打一繁体字）

谜底：宪（宪）

半边鳞甲半边毛，半边腥气半边臊。
半边出水难逃命，半边入水命难逃。（打一字）

谜底：鲜

有人不是你我，有土能种庄稼。
有马能行千里，有水能养鱼虾。（打一字）

谜底：也

上有一段田，下有半平川。
三山口朝下，二月紧相连。（打一字）

谜底：用

一个人本姓王，腰里掖着两块糖。（打一字）

谜底：金

这个字真稀奇，池中没有水，地上没有泥。
（打一字）

谜底：也

一边大，一边小；一边跑，一边跳；
一边吃青草，一边把人咬。（打一字）

谜底：骚

一字九横六直，其字人人不知。
孟子去问孔子，孔子猜了三日。（打一字）

谜底：晶

破徐州折兵大半，战吕布打掉巾冠。
骂曹操骑马逃走，恨董卓有心无肝。（打一字）

谜底：德

一个和尚一生员，二人为口去见官。
和尚不是真和尚，生员不是假生员。（打一字）

谜底：赏

说人不是人，住在小树林。
丈夫咧着嘴，惊吓又害人。（打一字）

谜底：杀

四四方方一座城，上有二十一万兵。
城里兵马有十万，城外有八百护城兵。（打一字）

谜底：黄

一点周瑜步量，三战吕布关张。
口骂曹操奸贼，十万精兵过江。
一阵杀在东吴，四川刘备为王。
目下就要登基，八万雄兵难当。（打一繁体字）

谜底：讀（读）

两只动物并肩站，一个会游泳，一个会爬山。
（打一字）

谜底：鲜

281

一边绿，一边红，一边喜欢雨，一边喜欢风。
（打一字）

谜底：秋

一点一横一大撇，拐个弯，撇两撇，拐个弯，撇
两撇，左一撇，右一撇，一撇一撇又一撇。（打一字）

谜底：廖

又一村。（打一字）

谜底：树

人在云上飞。（打一字）

谜底：会

一家十一口，一家二十口。
两家并一家，全家乐无愁。（打一字）

谜底：喜

一点一撇一佝偻，里头住着个女丫头。（打一字）

谜底：安

上不在上，下不在下，不但在上，而且在下。
（打一字）

谜底：一

春天无人日高飞，村中树木化成灰。
镇殿将军真走了，运粮将军不戴盔。
（打四字成语）

谜底：三寸金莲

百万雄师卷白旗，天子无人去征西。
秦王不用余元帅，骂阵将军无马骑。（打四字）

谜底：一、二、三、四

虫入凤凰飞去鸟，七人头上长青草。
大雨下在横山上，半个朋友不见了。
（打四字成语）

谜底：风花雪月

三人同日去观花，百友本来是一家。
禾火二人并肩坐，夕阳下边两个瓜。（打四字）

谜底：春夏秋冬

种豆山脚下，月在天边挂。
打柴不见木，王里是一家。（打四字常用语）

谜底：岂有此理

天上刮去一层云，大战一月元旦临。
脚蹬铁鞋不粘土，亲人相见肉一斤。（打四字）

谜底：大胆革新

一个和尚去种田，十日十月紧相连。
大统江山无人保，一家三口得团员。（打四字）

谜底：当（當）朝一品

左日东门失火，惊动内里人多。
还是女子相救，酉时得用水泼。（打四繁体字）

谜底：烂（爛）肉好酒

三人同日去观花，百友本来是一家。
愁人去了心头恨，终身不挂一丝麻。（打四字）

谜底：春夏秋冬

有言说在青山前，二人各坐土两边。
三人骑在牛头上，一人躲在草木间。（打四字）

谜底：请坐奉茶

身在穴中把弓拉，全国王子不在家。

淮汉两河皆无水，桥去天木进去家。

（打四字语"繁体"）

谜底：穷（窮）人难过（過）

一字上有牛，立日在心头。

西下有一女，女子好风流。（打四字）

谜底：生意要好

山上来看山，闯王把马牵。

用目把儿看，嘉庆力不全。（打四字成语）

谜底：出门见喜

一家千口住水边，全凭手足挡饥寒。

要捉草下小毛蒋，非要破城在里边。（打四个字）

谜底：活捉蒋匪

象士马炮一盘棋，老汉心里乐嘻嘻。

五个卒子全都在，为啥输了这一局。

（猜缺什么字）

答案：缺车（車）

忽然哭了声好亲里人，你爹是我爹里女婿，

我爹是你爹里老丈人。（猜这是谁和谁对话）

答案：娘俩对话

一六三棵柳，拴着十头牛，拴单不拴双。

（问几棵柳树）

答案：十棵

弟兄五个去出征，铜环把住穆桂英。

差的孟良去放火，后头跟着小燕青。

弟兄五个上古城，古城道上没人行。

铜环把住三关子，弟兄二人讲太平。（打一嗜好）

弟兄五个是手指头、铜环把住穆桂英是火镰，因火镰是由一铜环所箍，差的孟良去放火是点烟，后头跟着小燕青是烟袋荷包，弟兄二人讲太平是抽烟。

283

村名谜语

树尖上挂油瓶：高平。

树尖上系篦子：高吉。

水皮上画画：南化。

鞋阁楼里扣杏：吴兴。

井里扔坯：化皮。

半道里撒大灰：白店。

脚后跟上扣木碗：叩村。

井里筛箩：同下。

坟头上立砖：小碑。

罐子里睡觉：权城。

炕洞里烧馍馍：胡村。

炕洞里劈干柴：南阳府。

鸡凿馍馍：南早现。

布袋没有底：白庄。

脚后跟上趴虱子：咬村。

走着走着挡住了：站村。

风筝落到平地上：平乐（落）。

揭着墙头扔坯：房头。

麦子磨三落：白伏。

扛着铁耙子上山：平山。

门墩上点灯：照门。

月子里闺女插画：巧女。

月子里孩子坐席：小客。

圪针泊里挠豆叶：南楼。

抱着孩子下井：良下。

大闺女绾纂：蟠桃。

树棵权上耍牌：高家营。

鞋阁楼里装沙子：协沉。

被窝里打兔子：里双。